«Non compatirmi» sbottai, ma la voce mi uscì debole e roca.

«Non ti sto compatendo».

Ora era il mio turno di sollevare un sopracciglio; la sua mente mi aveva rivelato che stava mentendo. «E non farmi mai più una cosa del genere».

«Non posso promettertelo» disse. «Ma non ti farò del male senza una buona ragione».

Sbuffai. «*Senza una buona ragione*». Tipica risposta da alfa. «E lasciami indovinare… rifiutare il tuo nodo sarebbe una buona ragione, giusto?».

«Cosa ti fa pensare che ti offrirei mai il mio nodo?» replicò.

«Siamo accoppiati. Non è forse tuo diritto, ora, *alfa*?».

Piegò la testa di lato. «Il nostro è un accoppiamento di convenienza, Kyra. Abbiamo fatto quello che dovevamo fare per proteggere i nostri migliori amici».

Un accoppiamento di convenienza, ripetei tra me e me con uno sbuffo mentale. *Esiste davvero una cosa del genere?*

Beh, in effetti, la maggior parte degli alfa avrebbe trovato piuttosto *conveniente* avere costantemente accesso a un'omega.

Lorcan emise un suono infastidito, suggerendo che avesse udito il mio ragionamento e che non fosse d'accordo. Ma ciò non lo rendeva meno vero.

Conoscevo gli alfa. Capivo i loro desideri. Non importava di quale specie fossero. Avevano un solo scopo: procreare.

Era per questo che si accoppiavano.

E nonostante le nostre circostanze fossero diverse, almeno al momento, prima o poi Lorcan avrebbe ceduto all'istinto. Non era una questione di *se*, ma di *quando* lo avrebbe fatto.

Serie V-Clan
Il settore Blood
Il settore Night
Il settore Eclipse

Serie X-Clan
Le origini
Il settore Andorra
L'esperimento
La freccia di Winter
Il settore Bariloche

il Settore Night

Autrice di Bestseller USA Today

Lexi C. Foss

Questo libro è un'opera di fantasia. I nomi, i personaggi, i luoghi e gli eventi descritti sono frutto dell'immaginazione dell'autrice, oppure sono usati in modo fittizio. Qualsiasi somiglianza con persone, vive o defunte, attività, luoghi o fatti reali è puramente casuale.

Titolo originale: *Night Sector*

Traduzione italiana: Claudia Sartori

A cura di: Biba Sven

Edito da: Outthink Editing, LLC

Proofreading: Katie Schmahl & Jean Bachen

Design di copertina: Jay R. Villalobos con Covers by Juan

Fotografia di copertina: CJC Photography

Modelli di copertina: Marcel Pospiech & Jenna Pospiech

Pubblicato da: Ninja Newt Publishing, LLC

Edizione Digitale

ISBN: 978-1-68530-256-6

Edizione Paperback

ISBN: 978-1-68530-336-5

il Settore Night

Un romanzo della serie V-Clan

IL SETTORE NIGHT

Non ho mai voluto una compagna.
E di certo non *lei*, la famigerata assassina di alfa.
Ma il destino ha voluto che diventasse mia.

Per fortuna, abbiamo un accordo. Io la vedo raramente e lei fa finta che io non esista.

Stava andando tutto bene.
Finché non è stata rapita da un sadico alfa, deciso a renderla la sua sacca di sangue personale.

Ora sono l'unico che può udire le sue urla.
E sono furibondo.

Per quanto non la voglia come compagna, lei è mia.

E devo proteggerla.
Vendicarla.
Darle la caccia.

Non preoccuparti, piccola killer.
Sto venendo a prenderti.
E quando ti avrò trovata,
ti darò il tuo pugnale d'argento
e ti guarderò uccidere.

Nota dell'autrice: Questo è un romanzo autoconclusivo sui mutaforma con elementi dell'Omegaverse, tra cui le dinamiche tra alfa, beta e omega, nodi, nidi e morsi. Per maggiori dettagli, vi rimando alla nota sui contenuti nell'introduzione.

UNA NOTA DI LEXI

Il settore Night è un romanzo autoconclusivo ambientato nell'universo della serie *V-Clan*. Non è necessario leggere gli altri libri per poter seguire la trama.

Si tratta di una storia d'amore tra mutaforma con elementi legati all'Omegaverse. Sono presenti dinamiche alfa/omega, nidi, fusa, estro e, ovviamente, *nodi*. Se non avete molta familiarità con questi termini, non preoccupatevi: sono spiegati nel corso del libro. ;)

Chi di voi conosce la serie *X-Clan* noterà alcune somiglianze.

Tuttavia, probabilmente vi accorgerete anche che Lorcan è un po' diverso dagli alfa del mondo X-Clan. Lui, infatti, comprende l'importanza del rispetto e del consenso.

Purtroppo, l'antagonista di questa storia non è altrettanto gentile. È un alfa che prende quello che vuole, solo perché può. **Per questo motivo, sono presenti anche sfumature oscure e situazioni prive di consenso, che possono mettere a disagio chi legge.**

Detto ciò, Kyra è una sopravvissuta. E Lorcan è pronto

a sostenere la sua omega nel suo percorso di guarigione e rivalsa.

Questa è una storia piena di passione, cura e vendetta. Nonostante l'accoppiamento di Lorcan e Kyra sia iniziato per convenienza, diventerà molto di più…

Buona lettura! <3

INTRODUZIONE

Quasi un secolo fa, in tutto il mondo si è diffuso un virus che rende simili agli zombie, e che ha annientato più del novanta per cento del genere umano. Molte creature soprannaturali ne sono immuni, altre no. Ora, i sopravvissuti governano i loro territori, noti anche come *settori*.

State per entrare nel mondo dei V-Clan, una razza di lupi mutaforma con tratti simili ai vampiri. Queste creature preferiscono la notte. Si nutrono di magia. E, cosa forse più importante di tutte, gli alfa hanno molto a cuore il benessere delle loro compagne omega.

KYRA

Maledetti alfa e i loro fottuti nodi, brontolai tra me e me, infilando il pugnale nello stivale. Avrei voluto uccidere qualsiasi divinità avesse deciso di rendere le omega dipendenti dai loro alfa, durante l'estro.

Purtroppo, non potendo ammazzare lo sconosciuto creatore nascosto in cielo, avrei dovuto accontentarmi di qualche alfa V-Clan.

E, più precisamente, il Principe del settore Blood. Nonché il compagno designato della mia migliore amica. E l'uomo a causa del quale aveva trascorso tutta la mattina a urlare.

«Qualunque cosa tu stia pensando, non farlo». La voce profonda di Fritz fluttuò nell'aria dall'ingresso della mia stanza.

Inarcai un sopracciglio e lanciai un'occhiata all'omega. Lui fece lo stesso, appoggiandosi allo stipite della porta e incrociando le braccia muscolose sul petto scolpito. Il maglione nero si tese, mettendo ancora più in risalto il suo fisico atletico.

Se fossi stata un'alfa, probabilmente gli sarei saltata addosso. Ma l'unico lato "alfa" di me era il mio spirito.

Fisicamente, ero senza dubbio un'omega.

Alta poco più di un metro e mezzo.

Corporatura minuta.

Fragile, almeno all'apparenza.

Tuttavia, l'aspetto poteva ingannare. E, nel mio caso, mi divertiva vedere come la gente tendesse a sottovalutarmi. Pagandone le conseguenze.

Fritz, però, non lo aveva mai fatto. Sapeva di cos'ero capace.

Come dimostrò anche in quel momento, dicendo: «Kyra». Riecheggiò un avvertimento nel modo in cui pronunciò il mio nome. «Stai per teletrasportarti nel settore Blood. Non puoi farlo coperta di armi».

«E invece penso proprio di sì, Fritz» ribattei, tornando a concentrarmi sull'armadio in cui conservavo i miei giocattoli. «Dopotutto, l'ho già fatto molte volte in passato».

«Sì, per rubare le loro scorte di sangue» disse. «E aveva senso, per difenderti nel caso fossi stata scoperta. Stavolta, però, vuoi lasciarti trovare da un principe alfa. Che non sarà ben disposto a parlare, se ti presenti armata fino ai denti».

«Oppure…». Arricciai le labbra di lato, osservando uno dei miei coltelli preferiti. «Mmh».

«Non puoi ucciderlo».

«Beh, in realtà potrei» commentai in tono disinvolto. «Sarebbe divertente».

Ma Quinn non l'avrebbe pensata allo stesso modo. E non volevo far incazzare la mia migliore amica. Anche se ero convinta che fosse pazza ad aver scelto come compagno *Kieran O'Callaghan*.

«Non puoi» mi corresse Fritz con lo stesso tono. Che divenne più serio, quando aggiunse: «Quinn ha cercato di portarlo qui. L'hai sentito anche tu. Ciò significa che l'ha ufficialmente scelto».

«A meno che lui non abbia trovato un modo per convincerla». Era stata la mia preoccupazione principale, da quando Quinn era arrivata inaspettatamente l'altro giorno. Aveva cercato di farlo entrare nel Santuario di sua spontanea volontà? O lui l'aveva manipolata?

«Sono sicuro che ci sia stata anche un'opera di convincimento» disse Fritz da dietro di me. «Gli alfa sono molto bravi a *convincere* gli altri. Ma c'è solo un modo in cui il principe Kieran avrebbe potuto sapere di questo posto. Quinn gli ha raccontato tutto».

Sì, ero giunta alla stessa conclusione. Inoltre, Quinn mi aveva detto che lo voleva lì. Solo che non sapeva come farlo passare attraverso lo scudo magico che circondava l'isola, e ora era troppo debilitata dal calore imminente per tornare da lui.

Inoltre, c'era qualcosa di strano nell'incantesimo che nascondeva quel luogo al resto del mondo. Non ne ero sicura, ma avevo l'impressione che stesse indebolendo anche Quinn. Non era normale, visto che era la sua linea di sangue ad alimentare e mantenere la barriera protettiva.

Ad ogni modo, non avevo altra scelta che recarmi nel settore Blood e scambiare due parole con il principe.

Ma mi sembrava profondamente sbagliato farlo con solo un minuscolo pugnale infilato nello stivale.

Arricciando di nuovo le labbra di lato, esaminai il maglione e i jeans che avevo addosso, chiedendomi se sarei riuscita a nasconderci qualcosa di affilato.

Potrei mettermi in tasca qualche shuriken, oppure…

«Forse sarebbe meglio se prima provassi a telefonare» suggerì Fritz, interrompendo il mio ragionamento. «Chiedi un incontro per parlare di Quinn e dargli la fiala».

Lanciai un'occhiata alla *fiala* in questione. Le mie narici fremettero, la mia parte vampira riconobbe l'odore familiare del sangue che vi era all'interno. *Il sangue di Quinn.* Me lo aveva dato nella speranza che fornisse a Kieran la protezione necessaria per attraversare la barriera magica.

L'incantesimo permetteva l'accesso all'isola soltanto alle omega. Non importava di che tipo fossero, se lupi X-Clan, V-Clan, Shadow, W-Clan, Z-Clan, vampiri. O qualsiasi altra rarissima specie. Potevano entrare solo le omega.

Ma niente alfa o beta.

A meno che…

A meno che l'alfa non fosse accoppiato con una legittima abitante dell'isola.

Quinn aveva già morso Kieran, marchiandolo così come compagno prescelto. Tutto ciò che doveva fare lui era morderla a sua volta, ma non era ancora successo. Ciò significava che l'accoppiamento era stato completato solo in parte.

Tuttavia, la componente fondamentale del rituale era lo scambio di sangue. Speravamo che dare a Kieran una fiala dell'essenza di Quinn sarebbe stato sufficiente a ingannare l'incantesimo protettivo e permettergli di attraversarlo.

Altrimenti, non sapevo cosa avremmo fatto.

Perché l'intero piano si basava sul fatto che io portassi il dono di Quinn al principe e lo convincessi a fare ciò che era necessario per aiutarla.

La maggior parte delle omega riusciva a sopravvivere al calore anche senza la presenza dell'alfa. Ma c'era qualcosa, nell'estro di Quinn, che sembrava… diverso. E *pericoloso.*

Mi morsi il labbro inferiore. Qualsiasi cosa stesse accadendo alla mia migliore amica non era normale.

Come dimostrato dallo stato in cui l'avevo trovata quella mattina, pallida e tremante.

Per questo mi ero offerta volontaria per andare nel settore Blood e affrontare uno dei più pericolosi alfa V-Clan esistenti.

E non aiutava che fosse sempre affiancato da altri due celebri principi alfa, Lorcan e Cillian. Noti anche come i famigerati *Élite* di Kieran.

«Okay». Mi voltai del tutto verso Fritz. Aveva detto qualcosa sul chiamare e chiedere un colloquio. Ma non avevo intenzione di farlo. Avevamo poco tempo. Inoltre, non ne vedevo il senso. Se Kieran amava davvero Quinn come avrebbe dovuto, non gli sarebbe importato del mio arrivo inaspettato. «Andrò con un pugnale soltanto».

Sapevo già come muovermi nel settore Blood, grazie alle mie visite clandestine. C'erano depositi di armi sparsi per tutto il quartier generale di Kieran. In caso di necessità, avrei potuto facilmente teletrasportarmi in una di quelle stanze.

O tornare sull'isola.

Lì, gli alfa non avrebbero potuto seguirmi. Non solo a causa della magia che proteggeva il Santuario, ma anche perché le coordinate erano sconosciute a tutti coloro che si trovavano al di fuori della barriera.

Mi legai i capelli in una coda di cavallo e guardai la giacca di pelle sull'appendiabiti.

Ci sarebbero così tante tasche e nascondigli per i coltelli, pensai con un sospiro mentale. *Ma Fritz ha ragione*. Dovevo avvicinare Kieran con almeno un pizzico di diplomazia.

Forse sarebbe stato tutto inutile.

Ma dovevo provarci. Per Quinn.

Mi misi in tasca la fiala e rivolsi un cenno d'assenso a Fritz. «Il Santuario è nelle tue mani, eccetera eccetera.

Tornerò presto». E mi teletrasportai prima che potesse rispondermi. Entrambi conoscevamo bene la procedura.

Quinn era la nostra regina, di conseguenza era lei a comandare. Ma era stata via per più di un secolo, lasciandomi il ruolo di leader del Santuario. Non avrei saputo dire quando fosse successo esattamente. Era stata una cosa naturale. Così, avevo scelto Fritz come mio secondo in comando. Ogni volta che me ne andavo, la responsabilità dell'isola ricadeva su di lui.

E, nonostante Quinn fosse tecnicamente presente, era persa nel calore.

Pertanto, sarebbe stato Fritz a occuparsi del Santuario.

Il familiare paesaggio islandese mi apparve intorno, mentre entravo illegalmente nel settore Blood. Mi infiltravo sempre nella stessa zona, un'area boschiva accanto una cascata famosa per le sue formazioni rocciose nere.

I miei polpastrelli sfiorarono il terreno ghiacciato, e il mio udito soprannaturale entrò in azione.

Come ibrido, avevo ereditato le caratteristiche migliori di entrambi i miei genitori. La capacità di teletrasportarmi, la magia e la mia lupa da mia madre, una V-Clan. La velocità soprannaturale, la vista acuta, la destrezza e l'istinto da cacciatrice da mio padre, un vampiro.

L'unico inconveniente del mio particolare patrimonio genetico era che avevo un'insaziabile sete di sangue.

Era per questo motivo che spesso mi avventuravo illegalmente nel settore Blood per attingere alle loro scorte.

Ai lupi V-Clan bastava bere un po' di sangue di tanto in tanto, a distanza di qualche settimana tra un pasto e l'altro. Era una sorta di carburante che alimentava i nostri poteri magici. O almeno così mi era sembrato di capire.

Tuttavia, essendo in parte vampira, ne avevo bisogno molto più spesso. Soprattutto perché non avevo un alfa che soddisfaceva le mie necessità.

Okay, tecnicamente, quella era una bugia. Avevo un alfa. Ma lo avevo ucciso.

E ora infesta i miei incubi. Il pensiero mi fece correre un brivido indesiderato lungo la schiena. *Non è né il momento né il luogo per pensare a lui.*

Mi alzai lentamente, attenta a cogliere qualsiasi suono che potesse segnalare la presenza di un lupo o di un mortale.

In quel settore, erano entrambi una possibilità. L'Islanda era riuscita a salvare la maggior parte degli umani dal Contagio.

La sua capacità di proteggere *chiunque* abitasse il suo territorio, non solo i suoi lupi, era una delle qualità che, ai miei occhi, riscattavano Kieran O'Callaghan.

E cosa chiedeva in cambio della sua protezione? Un tributo di sangue.

Un'idea brillante, pensai a malincuore.

Ma non lo avrei mai ammesso davanti a lui. Avrei preferito farlo a pezzi, che fargli un complimento.

Sospirando, iniziai la mia solita traversata dell'isola, teletrasportandomi tra i vari nascondigli che avevo individuato nel corso degli anni. E continuando a fare attenzione a non essere scoperta o seguita.

Come sempre, nessuno si era accorto della mia presenza.

Purtroppo, però, non sarebbe durato a lungo.

Con una smorfia, mi teletrasportai in una familiare strada di Reykjavik, a due isolati dal palazzo di Kieran.

Tecnicamente, quella residenza apparteneva a Quinn. A dirla tutta, l'intero settore era suo, essendo l'unica MacNamara ancora in vita. Apparteneva alla famiglia reale. Era una vera principessa. *La futura regina.*

Ma, in sua assenza, Kieran aveva mantenuto lo status

di principe alfa. Dopo che Quinn lo aveva convinto a fidanzarsi ed era fuggita.

Probabilmente, anche il fatto che fosse rimasto a governare avrebbe dovuto rappresentare un altro punto a suo favore.

Ma quale alfa non avrebbe colto al volo l'occasione di impadronirsi del settore Blood, la capitale dei lupi V-Clan?

Era un settore ricco e potente; sarebbe stato un idiota a rifiutare.

Okay. Basta temporeggiare, mi dissi, incamminandomi sul marciapiede. *Ora entro lì dentro e chiedo, anzi,* esigo *un colloquio con il principe.*

Esitai.

Uhm... no. Mi teletrasporterò all'interno e lo sorprenderò.

Meno persone sapevano che ero lì, meglio era.

Farò in fretta. Come con le mie solite incursioni.

Ma stavolta sarebbe stato un po' più complicato che rubare qualche litro di sangue.

Smettila di tergiversare, Kyra, mi ripetei. *Fallo e basta.*

Visualizzai la suite di Kieran, una stanza in cui ero stata solo una volta, mentre curiosavo nel suo palazzo, e apparii nel suo salotto.

Una rapida occhiata in giro mi disse che non aveva apportato grandi cambiamenti dalla mia ultima visita. Era ancora tutto decorato in uno stile mascolino, con toni scuri e molto legno.

Ma non c'era nessun alfa.

«Certo che non sei qui» borbottai, controllando anche in camera da letto e in bagno. «Perché dovresti essere facilmente reperibile? Non è che la tua promessa abbia bisogno di te».

A meno che non l'avesse scacciata.

Non ero ancora del tutto convinta che Quinn lo avesse realmente scelto.

Perché… quale omega sana di mente avrebbe deciso di accoppiarsi con un alfa? Volevano solo un contenitore per il loro nodo.

«E riprodursi» aggiunsi ad alta voce.

Anche se quello non era mai stato nei piani dell'alfa Fare. Lui voleva soltanto un giocattolo da condividere con i suoi amici.

Deglutii, e nascosi i miei ricordi in una cassaforte mentale, che sembrava aprirsi sempre nelle situazioni più inopportune.

Come in quel momento, mentre mi aggiravo nell'alloggio del principe alfa.

Era trascorso più di un secolo da quando avevo ucciso l'alfa Fare, eppure riusciva ancora a torturarmi. «Stronzo» sibilai.

«Ciao anche a te» rispose una voce profonda, facendomi voltare di scatto verso l'ingresso della suite di Kieran.

Dove trovai un uomo muscoloso appoggiato allo stipite della porta, con la testa che quasi ne sfiorava la parte superiore. Era indubbiamente un alfa. Furtivo. Con un accenno di aura letale.

Ma non è Kieran.

No. Sono Cillian, rispose. La voce maschile si insinuò nella mia mente, mentre il proprietario inarcava un sopracciglio perfettamente disegnato. *E tu chi sei?*

Lo fulminai con lo sguardo. «Esci dalla mia testa». Le parole lasciarono la mia bocca in un ringhio minaccioso e le mie dita si fletterono, pronte ad afferrare il pugnale.

Non avevo mai incontrato un lupo V-Clan con abilità telepatiche, ma conoscevo diversi vampiri che potevano facilmente penetrare nelle menti degli altri. *Alfa come Fare.*

«È un nome piuttosto lungo» mormorò Cillian, entrando nella stanza. «Hai un soprannome?».

Digrignai i denti. Avevo trascorso l'ultimo secolo a evitare Kieran e i suoi Élite. Tutti e tre i principi alfa erano notoriamente letali. Ed erano anche famosi per la loro mancanza di pietà, una caratteristica che sembrò sottolineata dall'espressione impaziente di Cillian.

«Dirò il mio nome al principe Kieran» lo informai in tono secco. «Dov'è?».

Cillian si fermò a metà di un passo. Le sue iridi scure mi esaminarono dalla testa ai piedi, indugiando sul mio stivale abbastanza a lungo da farmi capire che sapeva dell'arma nascosta. Poi riportò lo sguardo sul mio. «Al momento, il principe Kieran è indisposto. Ma sarò lieto di accompagnarti in una cella dove potrai aspettare il suo ritorno».

Arricciai le labbra. «Penso che lo aspetterò qui».

«Non mi sembra di averti offerto questa opzione».

«Non mi sembra di aver chiesto nessuna opzione» ribattei. «Solo un incontro con il tuo capobranco».

Per un istante, un sorriso gli lambì le labbra. «Non credo che il futuro Re del settore Blood apprezzerebbe sentirsi chiamare "capobranco"».

«Come lo chiami, allora? Sire? Signore? Padrone?».

«Cugino» intervenne una nuova voce, proveniente da dietro di me.

Mi girai di scatto, pronta a reagire, ma mi ritrovai con il fianco stretto in una morsa, mentre un alfa dagli occhi incredibilmente neri mi fissava. I capelli scuri gli ricadevano sulla fronte abbronzata, le ciocche disordinate gli sfioravano le orecchie. Piegò appena la testa di lato.

«Mmh» mormorò, osservandomi.

Aspettai che aggiungesse qualcosa, ma non lo fece. Si limitò a studiarmi in silenzio. La sua aura mi metteva a disagio in un modo che non riuscivo a definire.

Non era opprimente o soffocante, eppure mi sentivo in trappola. Imprigionata. Incapace di muovermi.

Cercai di fare un passo indietro, ma mi ritrovai con i piedi incollati al suolo, come se fossi rimasta incastrata nel cemento.

È colpa del potere dell'alfa, capii, fulminandolo con lo sguardo. «Cosa mi stai facendo?».

«Perché sei qui?» mi chiese, ignorando la mia domanda.

«Per vedere il principe Kieran».

Strinse la presa. Non molto, ma quel tanto che bastava per alludere al suo presunto dominio. «A quale proposito?».

«Non sono affari tuoi».

«Al contrario, sono decisamente affari *nostri*» rispose. Aveva la voce un po' roca, come se non parlasse spesso. «Se vuoi incontrare Kieran, devi passare attraverso di noi. Ora dicci chi sei e perché sei qui».

LORCAN

Omega.

Ibrido.

Pericolosa.

La mia mente si soffermò su quell'ultimo aggettivo, mentre il mio potere avvolgeva lentamente la donna davanti a me.

L'allarme che segnalava la presenza di un intruso mi aveva fatto accorrere nell'alloggio di Kieran, spinto dall'istinto di proteggere lui e il settore Blood. Ma non mi ero aspettato che l'intruso fosse un ibrido tra una lupa e una vampira, minuta, con i capelli neri dalle sfumature blu e gli occhi verdi da gatta.

"Meravigliosa" non riusciva nemmeno lontanamente a descrivere il suo aspetto. E aveva anche un profumo divino. Come arance rosse con una spolverata di cannella.

Una piccola trappola seducente con un'aura antica.

E fu per questo che dedussi in meno di un attimo che quella donna era una minaccia. Non aveva un fisico imponente, come la maggior parte delle omega, ma possedeva un eccezionale corredo genetico che aveva fatto ringhiare il mio lupo.

Pericolo. Pericolo. Pericolo.

Ed era riuscita a teletrasportarsi nella suite di mio cugino.

Serrò la mascella, dandomi un altro aggettivo per descriverla. *Testarda.*

Bene. Se voleva giocarsela così, per me non c'era nessun problema. «Non pensare nemmeno per un istante che il tuo status di omega possa proteggerti. Qui non vediamo di buon occhio gli intrusi».

Non so cosa mi affascini di più, se la tua capacità di mentire o il fatto che tu abbia messo insieme più frasi negli ultimi due minuti che negli ultimi sei mesi.

Il tono sardonico con cui le parole di Cillian mi risuonarono nella mente fu un'invasione sgradita, ma ormai ero abituato alle sue abilità telepatiche.

La porto nella mia tana, gli dissi, cominciando già ad avvolgere me e l'omega con il mio potere.

Lei spalancò gli occhi per mezzo secondo, prima che la stanza si dissolvesse intorno a noi. Poi le sue narici si dilatarono, quando fu il mio alloggio a ricomparire alla vista.

«Lasciami andare» disse, cercando di divincolarsi dalla mia stretta invisibile.

«No». Mi avvicinai ancora di più a lei, facendole urtare il mio petto con il mento. Poi sfruttai i miei poteri telecinetici per darle un leggero strattone ai capelli, costringendola ad alzare il viso.

Le sue labbra carnose si schiusero per la sorpresa, la sua espressione confermava che stava iniziando a comprendere la reale portata del mio potere. Non lo usavo spesso in quel modo, ma qualcosa mi diceva che quella piccola omega era a rischio di fuga. E non le avrei permesso di sparire finché non avesse risposto a qualche domanda.

«Dimmi come ti chiami» ringhiai, mentre Cillian le compariva alle spalle.

Non so bene come comportarmi. Di solito, sei tu a restare in silenzio e sembrare minaccioso, mentre io mi occupo dell'interrogatorio.

Ignorai i suoi inutili commenti e mi concentrai invece sul sostenere lo sguardo dell'omega.

«Non sono qui per creare problemi. Voglio solo parlare con Kieran».

Inarcai un sopracciglio. «Entrare illegalmente nel settore Blood e insinuarsi nell'alloggio privato di Kieran suggerisce il contrario. Forse è meglio se la prossima volta organizzi un incontro normalmente. Con una telefonata, per esempio».

Alzò gli occhi verdi al cielo in un moto di stizza. «Maledetto Fritz».

Le mie sopracciglia si sollevarono ancora di più, la sua risposta non aveva alcun senso.

Quando si rifiutò di aggiungere altro, iniziai una perlustrazione mentale del suo corpo alla ricerca di armi e altri oggetti pericolosi. Le mie doti telecinetiche erano eccezionalmente utili in situazioni come quella.

Ha un coltello nello stivale, dissi a Cillian.

Lo so.

Certo che lo sapeva. Sentivamo entrambi l'odore del metallo su di lei. Così come sentivamo entrambi l'odore del *sangue* che aveva in tasca. *Il sangue di Quinnlynn?*, chiesi, riconoscendone l'aroma.

Sembra proprio di sì. Cillian superò la donna e venne accanto a me. *Forse è così che è riuscita a materializzarsi nel nostro territorio senza farsi scoprire?*

Risposi con un grugnito mentale, mantenendo una facciata esteriore annoiata. E lo sguardo sulla pericolosa omega.

«Perché hai con te il sangue della principessa Quinnlynn?» le chiese Cillian.

Lei gli lanciò un'occhiata con un'espressione indecifrabile. «Darò spiegazioni soltanto a Kieran».

«Allora ti consiglio di darci un nome da riferirgli» mormorò Cillian, con un tono fintamente gentile.

Io non dissi nulla, limitandomi a osservare la donna e il modo in cui sembrava valutare le parole di Cillian. Un muscolo le si contrasse nella mascella, l'unico segnale che stava iniziando a perdere la pazienza. Strinsi la mia presa magica su di lei, consapevole che avrebbe potuto tentare di teletrasportarsi altrove in qualsiasi momento.

Ma i miei poteri lo avrebbero reso impossibile.

«Kyra». Il nome uscì con un basso ringhio, la sua irritazione era palpabile. «Ditegli che Kyra è qui per parlare di Quinn. Il sangue è per lui. E che la mia offerta non sarà valida all'infinito».

Kyra, ripetei a Cillian. Un nome molto familiare a entrambi.

L'assassina di alfa, disse lui. *Mezza vampira, mezza lupa V-Clan. Se ne frega di attraversare illegalmente i nostri confini. Non sembra avere nessuna paura di noi. Corrisponde tutto alla sua reputazione.*

Mmh, mormorai in risposta. Avevo già intuito che fosse pericolosa. Ora la consideravo una vera e propria minaccia. Forse era lì per uccidere Kieran. Avrei suggerito di incatenarla da qualche parte, ma dubitavo che sarebbe servito a qualcosa.

Non ero nemmeno sicuro che le mie abilità potessero trattenerla ancora a lungo.

Quell'omega aveva fatto fuori un vampiro alfa vecchio mille anni. Il suo *compagno*. E altri alfa non identificati. Era la vedova nera della nostra specie, temuta dagli alfa perché poteva essere facilmente sottovalutata.

Era un pacchetto completo. Splendido e letale.

Ora contatto Kieran, disse Cillian. *E vedo come vuole procedere.*

Quasi grugnii. Considerato l'umore di Kieran, al momento, probabilmente avrebbe "voluto procedere" uccidendo l'omega. Era appena stato tradito nel peggiore dei modi dalla sua compagna, e questo lo rendeva imprevedibile.

Se Kyra voleva sopravvivere alla sua rabbia, doveva apparire il più indifesa possibile. La sua statura certamente aiutava, ma i suoi occhi rivelavano il potere che celava dentro di sé.

Antico. Furioso. Ostile.

Le lasciai andare il fianco. «Seguimi». Allentai la mia morsa telepatica quel tanto che bastava per permetterle di camminare, e mi avviai lungo il corridoio, verso il mio ufficio.

«Lo ascolterei, se fossi in te» le consigliò Cillian in tono disinvolto. «È il cugino di Kieran. Se c'è qualcuno che può convincere il futuro Re del settore Blood a parlare con te, quello è lui».

Mi venne da sbuffare, perché le parole di Cillian erano a dir poco ridicole. *Ti ascolta molto più di me.*

Solo perché io gli parlo.

Stavolta non sbuffai. Aveva ragione.

«Se il vostro *futuro re* ci mette troppo ad accettare, mi assicurerò che non veda mai più Quinn» ribatté Kyra, facendomi fermare di colpo.

«Stai minacciando Quinnlynn MacNamara?» chiese Cillian, con un tono tagliente che rivaleggiava con la reazione suscitata dentro di me dalle parole dell'omega. Una reazione inferocita.

«Come se potessi fare del male alla mia migliore amica!» rispose con altrettanta furia. «Ma la proteggerò da qualsiasi alfa non sia adatto a lei. Ed è esattamente così che interpreterò il disinteresse di Kieran, se continua a lasciare che i suoi Élite parlino per lui».

«Quindi sai dove si trova?» insistette Cillian.

«Mi sembra ovvio».

Cillian inarcò un sopracciglio. «E sei disposta a dirlo a Kieran?».

Incrociò le braccia sul petto con aria di sfida. «Dipende da come risponde alla mia *richiesta di un incontro*». Le ultime parole erano intrise di irritazione. Un'irritazione che non capivo. «Ma se continua a farmi aspettare, me ne andrò e mi assicurerò che non la trovi mai più».

Beh, non era del tutto vero. Con il mio potere che la avvolgeva, non sarebbe riuscita ad andare da nessuna parte. Ma non mi preoccupai di correggerla.

Studiai invece il suo profilo, incuriosito dalla sua presunta amicizia con Quinnlynn. Di certo sembrava molto protettiva nei suoi confronti. Ma ciò non garantiva che fosse sincera.

Chiedi a Kieran se sa niente di Kyra, suggerii a Cillian. *E digli del sangue.*

«Puoi aspettare Kieran nel mio ufficio» aggiunsi ad alta voce, rivolto a Kyra.

Non aspettai che obbedisse, né attesi una risposta da parte di Cillian.

Entrai invece nel mio studio e andai verso la scrivania. C'erano armi nascoste ovunque, rendendolo il posto ideale in cui trattenere Kyra. Perché così, almeno, sarei stato in grado di difendermi.

Certo, se fosse riuscita a trovare uno dei miei giocattoli, sarebbe cambiato tutto. Ma era un rischio che ero disposto a correre.

Passò qualche secondo, il mio lupo interiore scalpitava. Sembrava interessato a quella femmina, e non solo perché era un'omega.

Il suo interesse aumentò quando il profumo agrumato di Kyra pervase la mia tana. Entrando nell'ufficio, il suo sguardo felino esaminò ogni centimetro del mio spazio personale.

Le indicai la sedia della scrivania, l'unica presente nella stanza, come a suggerirle una tregua.

Kyra la osservò per un istante, poi si strinse nelle spalle e si sedette come se fosse stato il suo trono.

Poi si infilò la mano in tasca, facendomi rizzare i peli sulla nuca. I miei poteri si stavano di nuovo attivando, pronti a bloccarla. Ma lei non fece altro che tirare fuori una fiala di sangue, il sangue di Quinn, e appoggiarla sulla mia scrivania come una sorta di offerta.

Lanciai un'occhiata alla fiala, poi incontrai ancora una volta lo sguardo dell'omega.

Non disse nulla.

E anch'io rimasi in silenzio.

Dopo diversi minuti, piegò la testa di lato, con una domanda che le aleggiava negli occhi.

Non le chiesi cosa volesse sapere. Probabilmente non le avrei risposto comunque. E dubitavo che si trattasse di qualcosa che volevo sapere.

Le sue iridi brillavano di magia, la sua aura sembrava pulsare di energia antica.

Affascinante, pensai, riprendendo a studiarla.

Se qualsiasi altra omega avesse emesso simili vibrazioni letali, sarei stato tentato di giocare. Mi era sempre piaciuta la lotta. Ma temevo che quell'omega in particolare sarebbe stata impossibile da gestire.

Riuscivo praticamente a udirla architettare la mia morte. Ciò avrebbe spiegato il leggero fremito delle sue labbra.

A quella donna piaceva infliggere dolore.

Nonostante la trovassi intrigante, non ero rimasto in

vita così a lungo solo per essere sedotto dalla prospettiva di una morte sensuale.

Sta arrivando, mi informò Cillian, raggiungendoci nell'ufficio.

L'odore di Kieran, proveniente dalla mia camera da letto, mi solleticò il naso un attimo dopo. Dato che avevamo la stessa taglia e la stessa altezza, immaginai che si fosse teletrasportato lì per prendere in prestito un paio di pantaloni. Doveva essere stato fuori a correre con il suo lupo, nel tentativo di sfogare un po' di aggressività.

Andai verso la porta del mio ufficio, avevo bisogno di capire quale fosse l'umore di mio cugino. Se si fosse avventato sull'omega, non sarebbe stato un bene per nessuno. Kyra era una minaccia di cui ancora non conoscevamo la portata. Era un'omega con poteri ignoti.

Una killer di alfa.

E non volevo che si sentisse provocata nella mia tana, visto che non avevo idea di come tenerla a bada.

Incontrai Kieran sulla soglia dello studio. I suoi occhi scuri cercarono i miei.

La maggior parte dei lupi sarebbe arretrata; la sua presenza spingeva istintivamente alla sottomissione. Ma la mia età e il mio potere rivaleggiavano con i suoi, così come quelli di Cillian, rendendomi quasi impossibile distogliere lo sguardo.

Io e Cillian seguivamo Kieran perché volevamo, non perché dovevamo.

Mio cugino mi lanciò un'occhiata indagatrice, mentre io valutavo rapidamente il suo umore. Non mi fece domande, né mi ordinò di spostarmi. Si limitò a fissarmi con un'espressione vagamente incuriosita.

Okay, per me è sufficiente, decisi, spostandomi di lato e rivelando la presenza dell'omega seduta alla mia scrivania.

Kieran entrò nella stanza con movimenti fluidi e

aggraziati che suggerivano quanto il suo lupo fosse ancora vicino alla superficie. La sua attenzione fu catturata per prima cosa dalla fiala, le sue narici si dilatarono visibilmente. Poi esaminò Kyra dalla testa ai piedi.

«Dov'è?» chiese, senza preoccuparsi dei convenevoli.

Fortunatamente, Kyra sembrava condividere la stessa impazienza. «Al Santuario» rispose. Nessuna esitazione.

Mi avvicinai a Kieran, senza togliere per un attimo gli occhi di dosso dall'omega. Il fatto che avesse nominato il Santuario suggeriva che stesse dicendo la verità sulla sua amicizia con Quinnlynn, dato che lei stessa ne aveva parlato con Kieran.

E lui aveva condiviso i dettagli con me e Cillian.

Era dove gli aveva promesso di portarlo qualche giorno prima. Purtroppo, però, lo aveva tradito ed era fuggita di nuovo.

«Dimmi dov'è. Adesso». Il tono di Kieran non lasciava spazio a discussioni, il suo status di alfa era palese.

«Non posso. Prima devi bere questo». Indicò la fiala con un'unghia affilata. «Ma ti avverto: non sono sicura che funzionerà».

Kieran aggrottò la fronte. «Che funzionerà per fare cosa?».

«Per attraversare la barriera magica e accedere all'isola. In teoria dovreste essere accoppiati, ma spero che l'incantesimo ti lasci passare lo stesso, se hai in circolo il sangue di Quinn». Si alzò in piedi. «Bevi. Così poi ti porto da lei».

Oh, col cazzo. Feci un passo avanti, posando una mano sulla spalla di Kieran. No. Non sarebbe assolutamente successo.

«Perché dovrei andare da qualche parte con te?» chiese «So tutto della tua propensione a uccidere gli alfa, Kyra. E non ho intenzione di diventare la tua prossima vittima».

Presumo che questo significhi che sia realmente un'amica di Quinnlynn?, ipotizzai, rivolto a Cillian.

La sua presenza non l'ha sorpreso, quindi ho immaginato che la conoscesse.

Mmh.

Le labbra di Kyra si incurvarono in un ghigno felino, che si intonava al suo sguardo. «Uccido solo gli alfa che se lo meritano, Kieran. Hai fatto qualcosa per guadagnarti la mia ira?».

«Non lo so» rispose Kieran. «L'ho fatto?».

«Ti ci stai avvicinando pericolosamente». Andò verso di lui, camminando con movimenti fluidi e seducenti, confermando la sua reputazione di affascinante piccola killer. «La tua futura compagna è ferita e sta andando in calore. Se continui a scegliere di non aiutarla, allora sì, ti guadagnerai la mia ira».

Kieran si limitò a guardarla, ma sapevo che non l'avrebbe sottovalutata. Noi tre non eravamo sopravvissuti così a lungo lasciando che il nostro ego avesse il sopravvento sulla logica.

«È la mia migliore amica, Kieran» continuò Kyra. «E quando me ne sono andata, era rannicchiata nel suo nido a urlare. Quindi, se non vuoi aiutarla, dillo subito. Perché qualcuno deve confortarla. E nonostante voglia te, non posso lasciarla a soffrire da sola».

Kieran la osservò con sospetto. «Mi ha rifiutato in modo piuttosto plateale. Quindi perdonami se non credo a nulla di quello che mi stai dicendo».

«Ha perso l'udito, quando la barriera lo ha risbattuto qui?» chiese in tono di scherno, guardando prima me e poi Cillian. «Perché giuro che gliel'ho appena spiegato».

«Cosa ne dici di provarci di nuovo?» suggerì Cillian, con una voce priva di emozioni.

Kyra alzò gli occhi al cielo e riportò la sua attenzione

su Kieran. «È stata *la barriera* a rifiutarti. Non Quinn. E l'incantesimo l'ha quasi ammazzata».

«L'incantesimo che ha usato per teletrasportarsi senza di me?».

Nei suoi occhi lampeggiò un bagliore omicida. «No, idiota. L'incantesimo che protegge l'isola».

Ringhiai per il tono e il modo in cui si era rivolta a mio cugino. Era il futuro Re del settore Blood, meritava rispetto.

Ma Kyra mi ignorò completamente, e continuò: «L'ha stordita mentre attraversava la barriera, facendola finire contro un blocco di ghiaccio. Dopo l'impatto, è caduta in acqua. L'abbiamo recuperata, e qualche giorno più tardi si è svegliata ed è andata in calore. Ora sono qui perché ha bisogno di te».

«Cosa protegge l'incantesimo?».

«Il Santuario».

Ma non mi dire, pensai.

«Cos'è il Santuario?» chiese Kieran. L'impazienza accentuava la sua cadenza irlandese. «Dimmelo, e valuterò la possibilità di venire con te».

«Kieran» mormorai con un ringhio. Non gli avrei mai permesso di andare.

Lui alzò la mano per mettermi a tacere, irritandomi profondamente. *Non può essere serio*, pensai, rivolto a Cillian. *Sa di cosa è capace Kyra.*

È accecato dal bisogno di trovare la sua compagna.

Allora dobbiamo dargli una svegliata.

Sì, concordò Cillian.

«Quinnlynn ha detto che doveva mostrarmelo perché potessi capire» continuò Kieran, in tono leggermente meno severo di prima. «Non mi fido né di lei né di te, considerato tutto quello che è successo. Quindi spiegamelo e basta».

«Non te l'ha mai detto?». Un accenno di disagio si era insinuato nella voce e nell'espressione di Kyra. Scrutò Kieran con diffidenza.

«Ovviamente no».

«Ma… ha detto che vuole accoppiarsi con te» disse lentamente Kyra, improvvisamente confusa. «Sono… sono qui per aiutarla. A meno che… a meno che non sia il calore a parlare?».

Kyra fece un passo indietro. Sentii i suoi poteri prendere vita sotto i miei vincoli telecinetici. Mi teletrasportai istintivamente dietro di lei, afferrandole i fianchi per consolidare la presa magica sul suo essere.

Lei rabbrividì, e il suo cuore saltò un battito.

Il suo potere si innescò ancora una volta, provocando la reazione del mio.

Non così in fretta, piccola killer, pensai rivolto a lei, pur sapendo che non poteva sentirmi. Ma espressi lo stesso concetto stringendo la presa sui suoi fianchi. *Ti sei intrufolata nel nostro settore e hai preteso un incontro con il nostro futuro re. Ora resterai qui finché non ti dirà che puoi andartene.*

Gli occhi scuri di Kieran incontrarono i miei con un'aria consapevole. *L'hai imprigionata qui*, sembrò dire.

Sì, confermai, mentre Kyra tentava di scappare per la terza volta.

Sentendo i suoi poteri bloccati, il suo battito accelerò. L'omega stava mostrando i primi segnali di incertezza.

Quindi puoi essere sottomessa, pensai. *Adesso collaborerai? O sarò costretto a mostrarti perché tutti mi temono?*

Kieran sapeva essere paziente. Ma avrebbe fatto qualsiasi cosa per trovare la sua promessa. Così come io avrei fatto qualsiasi cosa per aiutarlo.

Incluso interrogare l'omega davanti a me.

Inizia a parlare, le dissi con la mia stretta. *O dovrò obbligarti a farlo.*

KYRA

Kieran non sa cosa sia il Santuario…

Ho…?

Avrei dovuto portare più coltelli…

E se…?

Quei pensieri si rincorrevano nella mia mente, facendomi girare la testa. Le parole sembravano mescolarsi le une con le altre.

Kyra, datti una calmata, dissi tra me e me. *Non puoi permetterti di abbassare la guardia proprio adesso.*

Soprattutto mentre *Lorcan* mi impediva di teletrasportarmi. Nonostante non mi avesse detto il suo nome, lo avevo dedotto da quello che era accaduto. C'era solo un altro alfa in Islanda che possedeva un tale potere; visto che avevo già incontrato Cillian, doveva trattarsi per forza di Lorcan.

Quasi ringhiai per la frustrazione, la mia lupa era sempre più agitata. Nonostante tutti i preparativi per la missione, non mi ero aspettata un alfa in grado di bloccare i miei poteri. Era una novità. Una novità che non apprezzavo affatto.

«Parlaci del Santuario» mi ordinò Kieran.

Deglutii a fatica. «Pensavo… pensavo che lo sapessi già. Quinn… Quinn stava cercando di portarti lì. Perché non…?».

Che mi sia completamente sbagliata? Che Quinn stesse tentando di fuggire di nuovo da lui?

«Sono passati anni dall'ultima volta che l'ho vista» aggiunsi in un sussurro. «Forse ho capito male?».

Ciò significava che mi ero messa in grave pericolo, venendo lì e rendendo nota la mia presenza.

Perché ora ero circondata da tre alfa noti per le loro abilità e la loro ferocia. Uno dei quali aveva in qualche modo annullato la mia capacità di smaterializzarmi a mio piacimento.

Tutto questo non…

«Mi ha detto che avevo bisogno di vederlo per capire di cosa si trattasse». L'accento irlandese di Kieran interruppe i miei pensieri. «E poi mi ha spiegato che soltanto lei avrebbe potuto teletrasportarci lì. È stato a quel punto che ho deciso di fidarmi di lei, e lei mi ha tradito, respingendomi con il suo incantesimo».

«Perché avrebbe cercato di portarlo laggiù, se non aveva intenzione di dirgli la verità?» intervenne Cillian, mettendosi vicino a Kieran.

«A meno che non fosse tutto uno stratagemma» mormorò l'alfa alle mie spalle, stringendo ulteriormente la presa sui miei fianchi. Era come se stesse cercando di dirmi qualcosa con il suo tocco, ma non avevo idea di cosa fosse.

Forse un avvertimento? Un modo per ricordarmi che ha i miei poteri sotto controllo?

O mi sta chiedendo un commento? Invitandomi in modo sottile a difendere la mia amica?

«Non era uno stratagemma» risposi. Le mie parole erano più per Lorcan che per gli altri. «Ho sentito che ha provato a portare con sé anche Kieran. Poi Fritz l'ha trovata a galleggiare in acqua. Mi ha aiutato a condurla nel suo nido».

«Fritz?» ripeté Kieran. «Chi cazzo è Fritz?».

Merda. Non avrei dovuto nominarlo.

Ma non riuscii a trattenermi dal rispondere. Era come se il tocco di Lorcan mi imponesse di rivelare ogni cosa. Anche i dettagli che avrei voluto tenere per me.

«Un Protettore». L'ammissione lasciò le mie labbra in un sussurro. «Il Santuario…». Mi interruppi, tornando a concentrarmi su Kieran. «È un rifugio per omega. La magia dei MacNamara protegge l'isola. E quella magia funge da barriera. Solo le omega possono attraversarla. O i loro compagni».

«Un'isola piena di omega V-Clan?» domandò con un'espressione sorpresa.

Scossi la testa. «Omega di tutti i tipi». E le avevo appena tradite tutte nel modo peggiore.

A meno che Quinn non volesse davvero che Kieran lo sapesse. Altrimenti, perché avrebbe cercato di fargli attraversare la barriera?

Non aveva mostrato alcun segno di volerla costringere a farlo. Anzi, stando alla sua versione, sembrava che lei gli avesse mentito, dicendo che lo avrebbe portato sull'isola, solo per guadagnarsi la libertà.

Ma Quinn non gli avrebbe mai parlato del Santuario in una situazione del genere. Avrebbe trovato un altro modo per scappare da lui.

Quindi voleva davvero che lui lo sapesse.

Era l'unica spiegazione possibile. E ora dovevo aiutarla. Dovevo condurre il suo compagno da lei, per assicurarmi che la mia migliore amica sopravvivesse.

Eppure, Kieran è qui, a permettere ai suoi Élite di maltrattarmi.

Una scarica di rabbia mi aiutò a radicarmi nel momento, ricordandomi la mia forza. Il mio scopo. La mia *esistenza*.

Non ero un'omega che lasciava che gli alfa la calpestassero. Li massacravo anche solo se osavano provarci.

C'era qualcosa, in quel trio, che mi aveva fatto quasi dimenticare chi fossi. Forse a causa dei loro poteri... Dopotutto, erano tre degli alfa V-Clan più forti al mondo.

E non mi sottovalutano come farebbe la maggior parte degli alfa, mi resi conto, con la fronte che minacciava di aggrottarsi. *Mi trattano come una loro pari, imbrigliando i miei poteri e costringendomi a parlare.*

Non con violenza, con... con fermezza.

«Ecco perché un alfa ha ucciso i suoi genitori» mormorò Kieran, attirando la mia attenzione. «Ma a cosa è servito? La loro morte ha indebolito la magia della barriera?».

«No. La magia ha retto grazie a Quinnlynn».

«Allora cosa sperava di ottenere il loro assassino?».

«Non li ha esattamente uccisi» dissi lentamente, riflettendo su come rispondere, prima di proseguire.

Tuttavia, Quinn doveva aver rivelato a Kieran i nostri sospetti sul fatto che un principe alfa avesse ucciso i suoi genitori, perché tutti gli altri credevano che il jet avesse semplicemente avuto un malfunzionamento e fosse esploso. Erano in pochi a conoscere la verità.

E, a quanto sembrava, tra quei pochi c'erano anche Kieran e i suoi Élite.

Fornire una spiegazione più approfondita non avrebbe fatto male a nessuno.

«Aveva lanciato un incantesimo sul loro aereo per tracciarne gli spostamenti, e l'unico modo di confonderlo era atterrare da qualche altra parte. Solo che non c'era un luogo sicuro dove atterrare... non dove si trovavano. Non senza rivelare troppo. Così hanno scelto... hanno scelto di sacrificarsi».

«È questo che intendeva Quinnlynn» mormorò Kieran. «Ha detto che il colpevole aveva lanciato un sortilegio sull'aereo e che i suoi genitori avevano dovuto farlo schiantare. Non mi ha dato altre spiegazioni». Rimase in silenzio per qualche istante, poi aggiunse: «Ecco perché è rimasta nel settore Bariloche. Perché ha bisogno dei miei poteri di guarigione. Perché è scappata».

«Non poteva fidarsi di nessuno» ammisi. «Soprattutto non di un principe alfa».

Kieran annuì, con un'espressione comprensiva. In cui si insinuò un accenno di rimorso.

Bene. È giusto che tu ti senta in colpa per aver dubitato di lei, pensai, per poi dire ad alta voce: «Ma ha cercato di portarti al Santuario. E ora ha bisogno di te. Non solo è andata in calore, ma sta guarendo molto più lentamente del solito, probabilmente a causa dell'energia che usa per alimentare la barriera».

L'alfa continuò a studiarmi. Il suo rimorso stava aumentando visibilmente.

Ciò significava che dovevo decidermi a dirgli tutto. Fargli capire come stavano le cose. Assicurarmi che fosse d'accordo.

Perché a Quinn non restava molto tempo, prima di sprofondare nel pieno del suo calore. E non ero sicura di quali conseguenze avrebbe avuto su di lei e sul Santuario.

«Non so se bere il suo sangue ti permetterà di superare la barriera, ma dobbiamo almeno provarci» dissi, con una nota di urgenza. «Il Santuario ha bisogno di lei. Cazzo, il Santuario ha bisogno anche del suo alfa. Non l'ho mai vista così debole. È come se stesse usando tutta l'energia che ha a disposizione per mantenere attiva la barriera».

Kieran mi osservò con un'espressione impenetrabile.

Era giunto il momento in cui avrebbe dovuto

dimostrare di essere all'altezza delle aspettative di Quinn. O in cui avrebbe confermato i miei pregiudizi su di lui.

Cosa farai, alfa? Ti importa davvero della mia amica? O sei come tutti gli altri?

«Non permetteremo che Kieran vada da qualche parte da solo con te» disse Cillian, facendomi quasi trasalire. Mi ero dimenticata della sua presenza, nonostante fosse lì, accanto a Kieran.

Lorcan colse l'occasione per ricordarmi anche della sua esistenza, contraendo appena le dita sui miei fianchi.

Come ho fatto a dimenticarmi che fosse lì? E perché non ho ancora cercato di oppormi a lui?

Odiavo essere toccata dagli alfa. Soprattutto perché la mia lupa interiore sembrava desiderarlo. Anche in quel momento, era raggomitolata in una palla soddisfatta, felice della vicinanza di Lorcan. La reazione più sbagliata da avere, in presenza di un uomo così pericoloso.

Fortunatamente, la mia vampira interiore era dotata di logica.

Perché se quei due Élite non avessero permesso a Kieran di recarsi al Santuario con me... «Allora non potete aiutarmi».

E questo significava che avevo sprecato minuti preziosi, e che era ora di andare.

Cercai di sottrarmi alla presa di Lorcan, ma lui non fece che stringermi ancora di più i fianchi. Premendo la bocca sul mio orecchio, mormorò: «Non sta dicendo che Kieran non verrà con te». Parlò a voce bassa, con un tono intriso dello stesso avvertimento espresso dal suo tocco. «Sta solo dicendo che non lo lasceremo andare *da solo* con te».

Kieran guardò il cugino a bocca aperta. Avrei fatto lo stesso, se Lorcan mi avesse permesso di voltarmi verso di lui.

«Verrà anche uno di noi» aggiunse.

Cillian annuì. «Sì. Uno di noi si unirà a voi per proteggere Kieran».

Non possono fare sul serio. «Ma non mi avete sentita?» sbottai. «La barriera permette di entrare soltanto alle omega e ai loro compagni».

«E tu sei disponibile» rispose Cillian senza esitazioni. «Visto che hai ucciso il tuo alfa».

È vero, fui quasi sul punto di confermare.

Ma poi… poi le sue parole cominciarono a farsi realmente strada nella mia mente. O meglio, le *implicazioni* di quello che aveva detto.

Non può intendere che…

«Accoppiati con uno di noi, così potremo attraversare la barriera con te» dichiarò. Come temevo. «In questo modo, anche se Kieran non riuscisse a passare, io o Lorcan porteremo Quinnlynn da lui».

«Credete che non abbia cercato di farlo io stessa? Perché fidatevi, ci ho provato». Proprio la notte prima, perché il mio primo istinto era stato ricongiungere Quinn e Kieran. «Ma la barriera me lo ha impedito, e Quinnlynn ha urlato così forte da svegliare tutto il Santuario».

«Fidarci di te?» chiese Cillian in tono sarcastico. «Penso…».

«Non ci hai dato un solo fottuto motivo per fidarci di te» intervenne Lorcan. «Ti abbiamo trovata appostata nell'alloggio di Kieran con un coltello».

Alzai gli occhi al cielo. Non lo avevo nemmeno tirato fuori, era ancora infilato nel mio stivale. *In più, era…* «Per proteggermi» sibilai. «Non sono qui per fare del male a nessuno. Voglio solo aiutare Quinn».

«E a parte qualche spiegazione fantasiosa, che potrebbe o meno essere vera, non ci hai dato alcun motivo per fidarci di te» ribatté Lorcan. La sua cadenza irlandese era meno marcata di quella di Kieran e Cillian.

Non che me ne fosse fregato qualcosa, in quel momento. Non con quegli stronzi che mettevano in dubbio ogni cosa che dicevo.

«Quindi, mi state dando un ultimatum» conclusi, con un tono sempre più irritato.

«No, ti stiamo offrendo l'opportunità di dimostrare la tua lealtà» replicò Cillian.

«Costringendomi ad accoppiarmi con uno di voi». Emisi una risatina priva di ilarità. «Molto galante da parte vostra».

«Pensi che noi *vogliamo* avere una compagna? Per non parlare di una nota per aver ucciso il suo alfa?» chiese Cillian.

Lo fulminai con lo sguardo. Non sapeva niente dell'alfa Fare o del motivo per cui lo avevo ucciso. Eppure, mi faceva sembrare quella cattiva. *Stronzo*.

Purtroppo, non aveva ancora finito.

«Abbiamo entrambi più di mille anni, omega. Se avessimo voluto una compagna, ne avremmo già presa una. Il nostro dovere è unicamente nei confronti di Kieran. Se ciò significa accoppiarci con te per garantire la sua sicurezza, allora è quello che faremo».

«Questa è vera lealtà» aggiunse Lorcan. «Moriremmo per lui. Faresti lo stesso per la tua presunta *migliore amica*?».

Non riuscii a reprimere il ringhio che mi stava risalendo la gola. Perché fanculo tutto quanto e soprattutto fanculo *loro*. «Non sapete niente di me». O di quello che avevo passato. O di quello che avrei fatto per aiutare Quinn.

«Sappiamo abbastanza da non fidarci, piccola killer» ribatté Lorcan. Il suo tono, la sua vicinanza e le sue parole mi fecero ribollire il sangue.

Non ho più nessuna intenzione di stare qui ad ascoltare queste cazzate.

Afferrai il polso di Lorcan e gli affondai le unghie nella pelle. Lui sibilò, lasciandomi andare e permettendomi così di girarmi verso di lui. «Non ti fidi di me, eppure vuoi accoppiarti con me?».

«Non voglio affatto accoppiarmi con te» rispose. «Ma è il modo migliore per proteggere Kieran. E ti costringe a dimostrare le tue reali intenzioni».

«Non dovrei dimostrare proprio nulla. Quinn ha bisogno del suo compagno. Kieran può decidere se andare da lei o meno. Fine della discussione»

«La questione non è se Kieran voglia o meno andare da lei. La questione è se sei davvero disponibile a fare tutto il necessario per aiutare la tua amica». Inarcò un sopracciglio con un'espressione arrogante. «Noi faremmo qualsiasi cosa per Kieran, incluso accoppiarci con una famigerata assassina di alfa. Fino a dove ti spingerai per proteggere Quinnlynn, Kyra? O le tue sono solo parole vuote?».

Cillian mormorò qualcosa dietro di me, ma non riuscii a sentire nulla. Avevo il cuore che mi martellava nelle orecchie.

Quegli alfa avevano l'audacia di mettere in dubbio la mia lealtà nei confronti di Quinn, dopo che avevo rischiato la vita per venire lì e aiutare Kieran a raggiungerla.

«Non ho tempo per queste stronzate» sbottai. «Ma sappi che quando tornerò, ti farò il culo, *alfa*». Mi resi conto di aver parlato con un accento marcato, lo stesso che avevo abbandonato secoli prima. Un'ulteriore conferma di quanto fossi incazzata.

Fanculo tutto e fanculo voi, pensai, cercando di smaterializzarmi.

Ma non ci riuscii. *Di nuovo*.

Lorcan mi guardò con un'espressione fredda e calcolatrice, e mi domandò: «Problemi, *omega*?».

Ringhiai. «Bene. Vuoi una dimostrazione di lealtà? Eccola qui». Afferrai una manciata dei suoi lunghi capelli scuri e lo strattonai verso di me.

Poi gli affondai le zanne nel collo.

«Cazzo!» sentii Kieran gridare alle mie spalle.

Ah, puoi dirlo, pensai, decisa a strappare la gola di Lorcan.

Ma poi quel bastardo *ringhiò*.

Un suono di avvertimento.

Una bassa vibrazione di potere.

Un'intenzione sussurrata dal suo lupo alla mia.

Mi cedettero le gambe, mi sembrò di sciogliermi. E Lorcan mi afferrò, sollevandomi in aria e sigillando la bocca sul mio collo.

Merda. Merda. Merda.

I suoi denti mi perforarono la pelle, suscitando un mugolio dalle profondità del mio essere.

La mia lupa fece le fusa.

La mia vampira rabbrividì.

E io… io mi afflosciai su me stessa.

«Hai completamente perso la testa?» sbottò Kieran.

«Siamo i tuoi Élite» rispose Cillian. «Il nostro compito è proteggerti».

«Non a spese della vostra stessa vita» ribatté il futuro Re del settore Blood.

«Ormai è fatta» tagliò corto Lorcan. La sua voce mi sembrava così profonda e ipnotica. Mi faceva girare la testa. Un attimo prima, avrei voluto ucciderlo. E ora…

Ora voglio… voglio qualcosa di completamente diverso.

Non accadrà mai, piccola killer, disse nella mia mente, lasciandomi andare.

Sbattei le palpebre, stordita. *Cosa?* Il suo viso

continuava a essere fuori fuoco. Eppure, sentivo la sua presenza nella mia testa. Nel mio cuore. *Nella mia anima.*

Proprio come lui.

Proprio come l'alfa Fare.

Ebbi l'impressione che il mio cuore si fermasse, e che tutto l'ossigeno abbandonasse i miei polmoni.

Siamo compagni.

Io e Lorcan siamo compagni.

È quello che succede quando un'omega morde un alfa, e lui fa lo stesso con lei. L'affermazione di Lorcan, pronunciata in tono piatto, mi riecheggiò nei pensieri.

Smettila, gli ordinai.

Ma non lo fece.

Continuava a frugare nella mia testa, come se fosse alla ricerca di qualcosa, esplorando le profondità della mia mente. E mantenendo aperta la sua, lasciandomi l'opportunità di ricambiare il favore.

Ne approfittai immediatamente.

Se voleva rovistare tra i miei pensieri, avrei fatto lo stesso.

Il primo che trovai, però, mi spinse a fermarmi a riflettere. Perché confermava che non aveva mentito sul non volere una compagna. L'idea stessa di legare la sua anima a quella di un'altra persona lo ripugnava. Tuttavia, lo aveva fatto comunque.

Per Kieran.

Suo cugino.

Erano come fratelli, ed erano sopravvissuti insieme per oltre un millennio. Lorcan aveva giurato la sua fedeltà a Kieran secoli prima, e avrebbe fatto letteralmente di tutto per garantire la sua sicurezza.

Incluso accoppiarsi con me.

Era profondamente dispiaciuto di averlo dovuto fare, ma ne avrebbe affrontato le conseguenze.

Lo fissai a bocca aperta, la verità mi aveva scioccata. Non perché mi turbasse o ferisse i miei sentimenti, ma perché era così… *strano*.

La maggior parte degli alfa prendeva una compagna per scopare e procreare.

Ma non Lorcan. Lui non aveva alcun desiderio di fare una cosa del genere.

Oh, non era affatto innocente. Nella sua mente vedevo sprazzi del passato, precedenti omega che si era portato a letto. Ma nessuna di loro aveva significato qualcosa per lui. Non nel senso dell'accoppiamento, almeno. Aveva dormito con le omega per senso del dovere, per aiutarle ad affrontare il calore.

Prendendo sempre precauzioni, in modo da evitare di ingravidarle.

È così… diverso, pensai. *Un alfa che non vuole figli.*

Lorcan reagì sbuffandomi nella mente. Poi guardò Kieran e disse ad alta voce: «Sta dicendo la verità».

«Ma che sorpresa» borbottai, toccandomi la ferita sulla gola. Lanciai un'occhiata a Cillian. «Almeno so che il tuo amico diceva sul serio, quando ha affermato che non volevate una compagna».

«Dobbiamo andare» intervenne Lorcan, ignorandomi. «Bevi il sangue di Quinnlynn. Se non funzionerà, la riporterò qui io».

Kieran fulminò con lo sguardo *il mio nuovo compagno*, nei suoi occhi quasi neri brillavano fiamme di ossidiana. «Ne riparleremo». Si teletrasportò accanto alla scrivania per afferrare la fiala, i suoi movimenti avevano un qualcosa di letale.

«Puoi ringraziarmi più tardi» rispose Lorcan in tono piatto.

L'espressione di Kieran si fece ancora più gelida. Ma stavolta la sua furia era rivolta a me. «È meglio che tu non ci stia ingannando, omega» mi avvertì, stappando la fiala.

Dopo quello che è appena successo, ancora non mi crede?

Fanculo lui. Fanculo tutto.

Tra l'altro, non ho paura di lui. Cos'altro potrebbe farmi, anche se li stessi realmente "ingannando"?

«Sono sicura che non ci sia una punizione peggiore che tu possa infliggermi in questo momento, alfa» dissi tra i denti.

Era già successo una volta che un alfa si accoppiasse con me contro la mia volontà. Nonostante fossi stata io a iniziare la procedura con Lorcan, non significava che lo avessi *scelto*.

Lorcan mi guardò. *Accoppiarti con me non doveva essere una punizione, omega. E non sono stato io a costringerti a farlo. Sei stata tu a mordermi per prima.*

Non mi hai costretta ad accoppiarmi con te, ma mi avete costretta ad accoppiarmi, ribattei. *O così, o avrei dovuto lasciare che la mia amica soffrisse. Non avevo altra scelta.*

Se si sentiva in colpa, non lo diede a vedere. Né si preoccupò di rispondermi. Guardò invece Kieran che beveva la fiala di sangue di Quinn, senza che la sua espressione e la sua mente rivelassero alcunché.

E, in fin dei conti, perché avrebbe dovuto sentirsi in colpa? Era un alfa. E gli alfa prendevano sempre quello che volevano.

«Portami da Quinnlynn» mi ordinò Kieran.

«Portaci» lo corresse Lorcan, tendendomi la mano.

«Certo» borbottai tra me e me. «Almeno laggiù ho più coltelli». Gli afferrai la mano e allungai l'altra verso Kieran. Poi aggiunsi, in tono ben udibile: «Spero che vi faccia male. *E tanto*».

LORCAN

Il mio lupo era agitato, non vedeva l'ora di assaggiare la sua nuova compagna.

Non gli importava che non fosse davvero nostra. Che nulla di tutto ciò fosse frutto di una scelta, ma di una *necessità*. La voleva e basta. La sua omega. L'assassina focosa con lo sguardo arrabbiato e le curve seducenti.

Soffocai il suo desiderio, concentrandomi sul paesaggio ghiacciato che ci circondava. I pensieri di Kyra mi risuonavano nella mente, la sua furia era palpabile.

Fottuti alfa, continuava a pensare. *Stronzi arroganti*.

Non aveva tutti i torti. In effetti, di solito eravamo piuttosto arroganti.

Ma udire le sue considerazioni sul non aver avuto scelta, sull'essere stata *costretta* ad accoppiarsi con me, mi aveva un po' turbato.

L'avevo vista come una decisione dettata dal dovere, volta a proteggere mio cugino. Mi aspettavo che lei si sentisse allo stesso modo. Tuttavia, pochi secondi all'interno della sua mente complessa mi avevano rivelato che le sue scelte di vita erano molto più complicate delle mie.

Era fedele a Quinnlynn, questo lo sapevo per certo.

Ma Kyra aveva un passato oscuro, che mi sforzai di non esplorare. Perché non erano affari miei. Né tantomeno un mio problema. Il nostro accordo era strettamente professionale, un accoppiamento di cui beneficiavamo entrambi. Io avevo aiutato il mio migliore amico, e lei la sua. Niente di più e niente di meno.

«Kyra?». Una voce profonda risuonò dalla nebbia gelida.

«Va tutto bene» rispose lei. «È qui per Quinn».

«E l'altro?» incalzò il maschio, la cui presenza si celava dietro una sorta di cortina magica. Perché intorno a noi vedevo solo acqua e blocchi di ghiaccio.

«È qualcuno di cui mi occuperò io stessa» disse in tono seccato.

Le lanciai un'occhiata, inarcando le sopracciglia. *E come hai intenzione di occuparti di me, piccola killer?*, le domandai in tono divertito. *Con quel coltello nello stivale?*

Lei rispose con un grugnito, senza aggiungere altro. Tuttavia, la sua mente mi mostrò una miriade di modi in cui le sarebbe piaciuto *occuparsi di me*, nessuno dei quali era particolarmente piacevole.

Ma ciò suscitò l'entusiasmo del mio lupo, perché la mia bestia interiore amava una bella lotta. Soprattutto contro una splendida omega con un'inclinazione per la violenza.

Non è nostra, lo informai. *Dacci un taglio.*

«Perde spesso conoscenza sull'isola?» chiese Kieran, osservando l'ambiente circostante e il velo incantato intorno a noi.

«No, ma è passato molto tempo dalla sua ultima visita» rispose Kyra in tono diffidente. «È venuta qui dopo la vostra cena di fidanzamento. Poi è partita per seguire una pista e non è più tornata».

Kieran annuì. «L'isola la sta spingendo a recuperare il tempo perduto. Portami da lei».

Kyra deglutì visibilmente e fece un passo avanti, con lo sguardo sulla coltre luccicante.

È questa la barriera?, le chiesi.

L'intera isola è una barriera, rispose, elaborando con la mente ciò che non spiegò ad alta voce.

Sembrava che avessimo già oltrepassato la prima cupola che si librava su quelle terre incantate, ora restava soltanto la nebbia ghiacciata davanti a noi. Quella nebbia, però, non era un vero e proprio scudo. Si trattava di un incantesimo creato dall'uomo che aveva chiesto informazioni sulla mia presenza.

Fritz, capii. Il suo nome risuonava nei pensieri. Di Kyra. *Il Protettore di cui ha parlato a Kieran.*

Solo che era un omega, non un alfa.

Un omega V-Clan.

Lo scorsi attraverso la nebbia, aveva una corporatura muscolosa e sorprendentemente robusta per un omega. Non avrebbe mai potuto competere con me o Kieran, ma capivo come le sue dimensioni gli avessero fatto guadagnare il titolo di Protettore.

«È meglio se camminiamo» disse Kyra. «Temo che lo scudo possa reagire malamente, se ti teletrasporti».

Kieran annuì, seguendola, mentre io chiudevo la piccola fila, senza mai smettere di scrutare l'ambiente circostante alla ricerca di potenziali minacce.

La barriera gli permetterà di restare, se non si smaterializza?, domandai a Kyra. *O potrebbe comunque respingerlo?*

Mi ignorò, ma la sua mente mi fornì la risposta di cui avevo bisogno; non ne aveva idea. Ed era combattuta su come si sentiva al riguardo. Una parte di lei voleva che il suo piano funzionasse, ma a una parte più oscura sarebbe piaciuto vedere l'incantesimo farlo a pezzi.

Ti conviene che non succeda, le dissi, riferendomi alla seconda opzione.

Non ami il ghiaccio decorato con il sangue?, rispose, girandosi e lanciandomi un'occhiata. Il suo sguardo da gatta brillava alla luce della luna.

«Non ho mai avuto a che fare con un incantesimo del genere. A quando risale?» chiese Kieran.

Quando Kyra non rispose, le estrassi le informazioni dalla mente. «È più antico di noi».

Mi guadagnai un'altra occhiata omicida. «Smettila di curiosare nella mia testa».

«No. Non finché non sarò certo che qui siamo al sicuro».

«Non siete minimamente al sicuro qui» replicò.

«Appunto» conclusi.

Lei digrignò i denti e girò sui tacchi, con passi meravigliosamente abili, nonostante il terreno ghiacciato sotto i suoi stivali.

«Ti ho detto che va tutto bene, Fritz» disse, avvicinandosi alla parete luccicante. «Apri la porta».

La magia brillò davanti a noi, rivelando la "porta" di cui aveva appena parlato. Solo che non si trattava di una vera e propria *porta*, ma di un imponente ingresso infuocato.

Notevole, pensai, ammirando il modo in cui le fiamme scintillavano sulla neve. Che però non si stava sciogliendo, luccicava e basta per il riflesso del fuoco magico.

Kyra attraversò l'ingresso fiammeggiante, con i capelli corvini che ondeggiavano verso di noi, invitandoci a seguirla.

Mi teletrasportai davanti a Kieran, il mio modo per dirgli tacitamente che avrei affrontato il fuoco per primo. La mente di Kyra non indicava nessuna potenziale minaccia, ma ciò non significava che mi fidassi di lei.

Perché se c'era qualcuno in grado di nascondere al proprio compagno pensieri pericolosi, quel qualcuno era sicuramente lei.

Al di là dell'ingresso fiammeggiante, apparve un cortile che sembrava fatto di cristallo. Un'immagine che mi ricordò alcune zone dell'Islanda nel cuore dell'inverno.

Considerato quanto fossimo a nord, immaginai che lì fosse così per tutto l'anno. Si trattava sicuramente di un luogo inospitale per gli esseri umani. Le creature soprannaturali erano in grado di viverci soltanto grazie alla magia che pervadeva l'atmosfera.

«È sicuro» dissi a Kieran, indugiando con lo sguardo sulle varie sentinelle disseminate nel territorio. "Sicuro" forse non era la parola esatta, ma almeno ora sapevo cosa avremmo affrontato. In parte grazie all'accesso alla mente di Kyra, ma anche per quello che vedeva e annusava il mio lupo.

La principale minaccia era rappresentata dagli arcieri nascosti nelle torri di ghiaccio intorno al cortile. Al momento, tutte le loro armi erano puntate su di me.

Non era un problema.

Mi bastò avvolgere le frecce con i miei poteri telecinetici, assicurandomi che non potessero essere rilasciate.

Gli arcieri non se ne sarebbero accorti finché non avessero tentato di colpirmi, e a quel punto sarebbe stato troppo tardi per reagire. Perché mi sarei materializzato nelle torri e avrei distrutto le loro armi con le mie stesse mani.

C'erano altri arcieri dietro di me, sul muro che avevo appena attraversato. Ma niente fiamme. A quanto sembrava, erano riservate all'ingresso principale.

Kieran mi raggiunse mentre tre omega entrarono nel cortile davanti a noi con un'espressione diffidente.

«Va tutto bene» ripeté Kyra per l'ennesima volta. «Non mi stanno costringendo. Ed è il futuro Re del settore Blood quello che hai sotto tiro, Jas!» gridò a una delle sentinelle sul muro di ghiaccio. Immaginai che le parole fossero indirizzate a quella che aveva una freccia puntata proprio sulla testa di Kieran.

Non mi preoccupai di dire a Kyra che me ne ero occupato io. Se era in sintonia con i miei pensieri come lo ero io con i suoi, allora lo sapeva già.

«Quanto è lontana Quinnlynn?» chiese Kieran.

Kyra indicò un palazzo di ghiaccio scintillante dall'altra parte del cortile. «È là dentro, al sicuro nelle sue stanze. Più o meno un quarto d'ora a piedi da qui».

«E se corressimo?» le chiese.

Arricciai le labbra. Considerato quello che avevo letto nella mente di Kyra… «Meglio di no» mormorai. «C'è un intero esercito di omega a protezione del palazzo, e sembra che stiamo infrangendo i loro protocolli sull'accoglienza degli ospiti. È per questo che abbiamo così tante armi puntate addosso».

Certo, avevo avvolto ogni arma con i miei magici filamenti invisibili, ma sarebbe stato meglio non testare la portata dei miei poteri proprio in quel momento. Non sapevamo nulla di come avrebbe reagito l'incantesimo che proteggeva l'isola.

«Grazie di aver rubato tutte queste informazioni dalla mia mente, *compagno*» disse Kyra con un tono fintamente dolce.

Prego, piccola killer, pensai, rivolto a lei.

Mi fulminò di nuovo con lo sguardo. Sembrava essere la sua espressione preferita.

«Camminiamo in fretta, allora» disse Kieran, ignorando i nostri commenti. L'unica cosa che gli importava era trovare la sua compagna.

Kyra procedette accanto a Kieran. Io, invece, preferii restare dietro di loro, concentrandomi sia sui pensieri di Kyra che su ciò che ci circondava.

"Esercito" era un termine fin troppo generoso. "Milizia" sembrava più appropriato. Erano stati addestrate a usare le loro doti naturali contro gli intrusi. Una tattica intelligente, soprattutto se applicata a un gruppo numeroso.

Ma si trattava comunque di omega.

Un alfa del mio calibro avrebbe potuto ucciderne all'istante almeno un quarto, se avesse voluto. Forse di più. Fortunatamente per il Santuario, non esistevano molti alfa con le mie capacità. Ma questo non significava che la popolazione dell'isola fosse realmente al sicuro.

Accarezzai gli archi e le frecce con il mio potere prima di passare alle altre armi presenti nel cortile. La maggior parte era antiquata, forse perché le omega presenti erano quasi tutte lupe. E noi lupi preferivamo combattere con le zanne e con gli artigli, non con le pistole.

Ma quando c'era il rischio di dover affrontare un nemico più forte, come ad esempio degli alfa decisi a razziare e a prendere le omega contro la loro volontà, sarebbe stato meglio avere delle armi più all'avanguardia.

Continuai a ispezionare il cortile mentre passavamo accanto a sculture di ghiaccio simili a fontane gelate e ad altre decorazioni scintillanti. Era davvero un bel paesaggio, la cui natura delicata si addiceva alle sue abitanti.

Mentre ci avvicinavamo, due sentinelle minute ci raggiunsero ai cancelli; il loro odore indicava che si trattava di mutaforma, ma non erano lupe V-Clan.

W-Clan, colsi nella mente di Kyra.

Chinarono appena la testa nella sua direzione, indicando che la vedevano come un leader. E ne ebbi la conferma grazie ai suoi pensieri. A quanto sembrava, durante l'assenza di Quinn, era stata lei la regina. Ma ora che Quinn e Kieran erano lì, Kyra sarebbe stata la seconda in comando, lo stesso ruolo che coprivamo io e Cillian nel settore Blood.

Anche se, visto che Quinn era in calore, probabilmente era ancora Kyra a comandare.

Mentre attraversavamo i cancelli, mi lanciò un'occhiata con un'espressione ancora carica di disprezzo. Probabilmente perché mi udiva analizzare tutto ciò che riguardava il Santuario, compreso il suo ruolo.

Non mi sarei scusato. Aveva ammesso che io e Kieran non eravamo al sicuro lì. E i suoi pensieri continuavano a confermarlo, mentre meditava sui vari modi in cui avrebbe voluto uccidermi.

Ho accettato di prendere un compagno, non di tenerlo, disse tra sé e sé. *Finché morte non ci separi…*

Le mie labbra si arricciarono in un sorrisetto, quando si voltò per concentrarsi su Kieran. I suoi propositi di uccidermi incuriosivano il mio lupo. Non dubitavo che sarebbe stata in grado di farlo… Dopotutto, aveva già ucciso degli alfa. Ma non mi sarei tirato indietro. Avrei lottato.

La maggior parte degli alfa che conoscevo trattava le omega come delle fragili bamboline.

Purtroppo per Kyra, io non ero come la maggior parte degli alfa.

Rispettavo e proteggevo ogni omega, e in passato ne avevo addirittura amato un paio, ma non avrei mai sottovalutato le loro intenzioni.

Kieran prese il comando, con passi lunghi e decisi, dirigendosi verso il palazzo e salendo una rampa di scale senza le indicazioni di Kyra. Il mio naso mi spiegò il motivo: *l'odore di Quinnlynn.* Il suo dolce profumo pervadeva l'aria, implorando il suo alfa di trovarla, di scoparla, di aiutarla a superare l'estro.

Rallentai per lasciare spazio a Kieran. Sapevo che, se mi fossi avvicinato troppo, avrei rischiato di essere attaccato. Gli alfa diventavano molto aggressivi, in presenza di un'omega in calore. Soprattutto se era la compagna desiderata. L'ultima cosa che volevo era provocarlo.

A ogni passo, rimasi sempre più indietro. Mi mantenni comunque abbastanza vicino da proteggerlo, se ce ne fosse stato il bisogno, ma non troppo da irritare il suo lupo.

Non avevo nessun desiderio di dare il mio nodo a Quinnlynn. Lei apparteneva a Kieran. Ma, ritrovandosi davanti la sua futura compagna nel bel mezzo del calore, il suo lupo avrebbe potuto dimenticare la nostra amicizia secolare e dubitare delle mie intenzioni.

In cima alla scalinata, iniziammo a percorrere un corridoio adornato da vetri di cristallo sulle pareti e sul soffitto. Era un lavoro elaborato, con incisioni decorative che si intonavano alla delicatezza del cortile esterno.

I motivi cambiavano man mano che proseguivamo, e ci vollero alcuni minuti per arrivare fino alla fine.

Quella parte del palazzo era molto meno popolata, un aspetto che aiutava il mio lupo a rilassarsi e tenersi sempre più indietro rispetto a Kieran. Ci trovavamo chiaramente negli alloggi privati di Quinnlynn; ciò significava che non sarei stato il benvenuto ancora a lungo.

Kieran aprì una porta massiccia, e il movimento permise al profumo di Quinnlynn di abbattersi sui miei sensi. *È vicina. Molto vicina.*

Kyra mi lanciò un'occhiata sprezzante.

La ignorai, concentrato sui movimenti sempre più rapidi di Kieran. Sembrava ancora abbastanza lucido da costringersi a non affrettarsi troppo, ma non sarebbe durata a lungo.

Davanti a noi si stagliò un'altra rampa di scale, che Kieran percorse due gradini alla volta.

Aspettai che arrivasse fino in cima, prima di seguirlo a mia volta. Lentamente. Le vetrate sparirono, sostituite da porte che dovevano condurre a diverse camere da letto.

Kieran si diresse subito verso quella in fondo, con Kyra alle calcagna, mentre io mi attardavo nei pressi del pianerottolo.

Le sue fusa risuonarono nello spazio vuoto, e sparì nella stanza alla fine del corridoio. Qualche istante più tardi, si udirono i mugolii di Quinnlynn.

L'aria sfrigolava di energia. Kyra si fermò sulla soglia, osservando Kieran e Quinnlynn con una postura rigida. Non osai avvicinarmi di più, consapevole che una mossa sbagliata avrebbe scatenato l'ira di mio cugino.

«Cosa stai facendo?» chiese Kyra in tono severo.

Le sta dando ciò di cui ha bisogno, spiegai.

Facendo cosa? Costringendola ad assorbire il suo potere?

La sta guarendo, Kyra.

«Kieran» gemette Quinnlynn. «Mi dispiace».

«Ssh» mormorò. «Sono qui, piccola»

«Mi odi» rispose lei, con un sussurro pieno di tristezza. «Questo è un sogno».

«No, non lo è». Le sue fusa si intensificarono, così come la sua aura curativa. La riconobbi subito, perché la possedevo anch'io, anche se non era potente quanto quella di Kieran. «E poi, non potrei mai odiarti, principessa».

È meglio se ce ne andiamo, dissi a Kyra. *Hanno bisogno di stare da soli.*

Kyra non si mosse, ma vidi i suoi muscoli tendersi quando Quinnlynn cominciò a singhiozzare.

Ti giuro che non le sta facendo del male. Sottolineai le mie parole accarezzandole la schiena con un accenno della mia essenza guaritrice, in modo che potesse sentirla. *Le sta dando il suo potere.*

Kyra trasalì, e i suoi occhi da gatta guizzarono su di me. *Non toccarmi.*

Mi limitai a sostenere il suo sguardo, inarcando un sopracciglio. Mi trovavo a circa sei metri di distanza da lei, quindi ovviamente non la stavo toccando. Stavo solo cercando di farle capire quello che stava accadendo. *Guarda nella mia mente, ti sto dicendo la verità.*

L'ho già fatto.

Allora perché siamo ancora qui?, chiesi.

Quando non rispose, continuando a non muoversi, scossi la testa e iniziai a scendere le scale. Dovevo trovare una stanza in cui stare, mentre Kieran e Quinnlynn si accoppiavano. Perché non li avrei mai lasciati da soli in una terra sconosciuta e in una condizione di tale vulnerabilità.

Tuttavia, non potevo nemmeno stare troppo vicino. Avevo bisogno di una camera abbastanza lontana da non disturbare il lupo di Kieran.

Gli alloggi della famiglia sarebbero stati perfetti per proteggerli, ma la distanza non andava bene.

Consultai la mente di Kyra per capire chi abitava nel palazzo e scoprii che le sue stanze si trovavano in quell'ala, ma che vi si accedeva da una scala diversa, che si trovava un po' più in basso, al secondo piano.

Mi avviai in quella direzione, solo che la donna in questione si materializzò davanti a me, con le braccia incrociate sul petto. «Assolutamente no, cazzo. L'hai scortato fino a qui. Hai visto che dicevo la verità. Ora puoi tornare nel settore Blood e aspettare una sua telefonata».

Le mie sopracciglia si sollevarono di nuovo. A quanto sembrava, ormai era la mia espressione standard, quando avevo a che fare con Kyra. Un po' come lei e le sue occhiate omicide. «Non lascerò Kieran e Quinnlynn qui da soli, senza alcuna sorveglianza».

«Sono perfettamente al sicuro».

«Ah sì?» ribattei. «Per via della barriera magica o del vostro esercito di omega?».

Ecco di nuovo quell'occhiataccia, pensai, quando il suo sguardo felino scintillò di furia malcelata. «Cosa temi che possa succedere, alfa?».

«Non lo so» ammisi. «Ed è proprio questo il problema. Quest'isola è piena di incognite. E tu stessa hai detto che non è sicura per gli alfa».

«Se si accoppia con Quinn, non avrà nessun problema».

«E io dovrei crederti sulla parola?».

«Non mi interessa se mi credi o no. Ma non puoi restare qui».

Le mie labbra minacciarono di incurvarsi in un sorriso. La sua sicurezza era irritante e affascinante al tempo stesso. «Non ti sto chiedendo il permesso, omega» la informai dolcemente. «Puoi accettare la mia presenza ed essere accogliente, o posso arrangiarmi da solo. Perché non mi interessa se mi vuoi qui o meno. Non vado da nessuna parte».

Sembrò quasi che dei pugnali le si formassero negli occhi.

Ma poi la sua espressione mutò in un istante, mentre la sua mente prendeva tutt'altra direzione. Una direzione che implicava la mia morte imminente.

Non feci alcun commento al riguardo. Se pensava davvero che la mia permanenza avrebbe reso più semplice uccidermi, si sarebbe ricreduta presto.

«Okay» disse in tono stucchevole. «Seguimi».

KYRA

Vuole una stanza? Okay. Gli darò una stanza. Nelle fottute segrete.

Cominciai a camminare, ma mi ritrovai con i piedi bloccati sul pavimento, avvolti dalle corde invisibili create dal potere di Lorcan.

Telecinesi. Avevo capito di cosa si trattasse poco dopo il nostro arrivo al Santuario, quando aveva messo fuori gioco tutti i sistemi di difesa.

Aveva capacità immense. Imprevedibili. *Pericolose*.

E ora mi aveva resa vittima del suo potere, tenendomi in ostaggio nella mia stessa casa.

Mi girò lentamente intorno, fermandosi di fronte a me con un'espressione impassibile. Ma, nonostante il suo viso non lasciasse trapelare nulla, riuscivo a sentire il divertimento che gli animava i pensieri.

Puoi provare a sbattermi in cella, piccola killer. Ma ti assicuro che non resterò imprigionato a lungo. La sua presa mentale mi diede una stretta alla vita, assicurandosi che sentissi l'enormità del suo potere. *Peccato che tu non possa dire lo stesso, eh?*

Digrignai i denti. *Non vuoi giocare proprio qui, alfa. Mi basta una parola, e un esercito di omega si avventerà su di te.*

Uhm… ma devi essere in grado di parlare, rispose, inarcando ancora una volta quel suo maledetto sopracciglio.

Le mie labbra formicolarono, facendomi sussultare. Perché quella sensazione proveniva da lui, non da me. Aprii la bocca per parlare, ma… non ci riuscii. Non riuscivo a muovere la mascella. *Lorcan…*

Kyra, replicò, piegando la testa di lato. *Allora, hai intenzione di mostrarmi una stanza degli ospiti appropriata, o devo continuare con la mia lezione?*

Un ringhio mi solleticò il petto, ma il corridoio continuò a essere immerso nel silenzio. Nessuna vibrazione. Nessun suono. Non un solo fottuto movimento.

Perché mi stava controllando completamente.

Proprio come l'alfa Fare.

Nel rendermene conto, il sangue mi si gelò nelle vene. Decine di ricordi si abbatterono su di me con una forza tale da togliermi il respiro.

Le zanne dell'alfa Fare nel mio collo.

I suoi amici che si davano il turno per scoparmi.

Le sue prese in giro.

Quello che mi costringeva a fare.

«Ti piacerà, te lo prometto. Ora spalanca quelle belle cosce e…».

«*Kyra*». La voce profonda riverberò nella mia mente, confondendomi. Non era quella giusta. «Guardami».

Sbattei le palpebre. *Cosa? Non è così che…*

«*Adesso*» mi ordinò il maschio.

La mia lupa uggiolò. Ma la mia parte vampira… *sibilò*.

Non ha alcun senso.

Sbattei di nuovo le palpebre, sconcertata dall'improvviso brillare di luci intorno a me. *Finestre. La luna sopra di me. Il ghiaccio.*

Non una grotta buia. Nessun odore di sangue fresco. *Non sono in calore.*

Strinsi istintivamente le cosce. Non spinta dal desiderio, ma dalla paura. E sospirai, quando sentii che non c'era niente che non andava. Nessun dolore. Nessun bruciore residuo.

Perché era successo tutto nel passato.

Prima del Contagio. Nel periodo appena precedente alla pandemia.

Rabbrividii. *Cazzo. Cos'ha provocato tutto questo?* Mi sembrava che la mia gola fosse foderata di carta vetrata. E sentivo ancora il gelo provocato dagli incubi che mi avevano paralizzata.

Solo che… no. No, non erano stati gli incubi a paralizzarmi.

Spalancai gli occhi, obbedendo all'ordine di *guardare…*

Lorcan.

Il suo nome mi rimbombò nella mente con un ringhio. Alzai lo sguardo dal suo petto, portandolo sul suo viso. Avevo momentaneamente perso la vista, troppo consumata dal passato per accorgermi del presente.

Mi fissò con quegli insondabili occhi neri. La sua espressione era ancora impenetrabile. Ma colsi un accenno di senso di colpa nella sua mente.

«Non compatirmi» sbottai, ma la voce mi uscì debole e roca.

«Non ti sto compatendo».

Ora era il mio turno di sollevare un sopracciglio; la sua mente mi aveva rivelato che stava mentendo. «E non farmi mai più una cosa del genere».

«Non posso promettertelo» disse. «Ma non ti farò del male senza una buona ragione».

Sbuffai. «*Senza una buona ragione*». Tipica risposta da alfa. «E lasciami indovinare… rifiutare il tuo nodo sarebbe una buona ragione, giusto?».

«Cosa ti fa pensare che ti offrirei mai il mio nodo?» replicò.

«Siamo accoppiati. Non è forse tuo diritto, ora, *alfa*?».

Piegò la testa di lato. «Il nostro è un accoppiamento di convenienza, Kyra. Abbiamo fatto quello che dovevamo fare per proteggere i nostri migliori amici».

Un accoppiamento di convenienza, ripetei tra me e me con uno sbuffo mentale. *Esiste davvero una cosa del genere?*

Beh, in effetti, la maggior parte degli alfa avrebbe trovato piuttosto *conveniente* avere costantemente accesso a un'omega.

Lorcan emise un suono infastidito, suggerendo che avesse udito il mio ragionamento e che non fosse d'accordo. Ma ciò non lo rendeva meno vero.

Conoscevo gli alfa. Capivo i loro desideri. Non importava di quale specie fossero. Avevano un solo scopo: procreare.

Era per questo che si accoppiavano.

E nonostante le nostre circostanze fossero diverse, almeno al momento, prima o poi Lorcan avrebbe ceduto all'istinto. Non era una questione di *se*, ma di *quando* lo avrebbe fatto.

«Senti, Kyra, tutto quello che voglio è una stanza in cui stare, mentre proteggo Kieran e Quinnlynn in un momento così vulnerabile» disse. Sembrava stanco. «E, se ti va, non mi dispiacerebbe fare un giro del Santuario, in modo da capire meglio come siano organizzati i sistemi di sicurezza».

Aspettai che aggiungesse qualcos'altro, ma non lo fece. Si limitò a guardarmi, mentre i suoi pensieri confermavano che l'unico motivo per cui voleva restare era proteggere il cugino e Quinn.

Tuttavia, sotto sotto, avvertivo la presenza di un lupo

affamato. Nonostante al momento fosse in grado di tenerlo a bada, non sarebbe durata per sempre.

Ciò significava che dovevo prepararmi ad affrontare l'inevitabile. Ma non potevo riuscirci, con Lorcan che mi teneva sotto stretta sorveglianza.

Suppongo di non avere altra scelta se non quella di comportarmi bene. Per ora.

Lorcan sospirò e si passò le dita tra i capelli. «Non ci conosciamo, Kyra. Possiamo fare supposizioni da entrambe le parti. Ma piuttosto che perdere tempo così, cerchiamo di trovare un modo per guardare avanti. Cordialmente, se possibile».

Mi strinsi nelle spalle. «Okay». Non era per nulla *okay*. Ma non potevo stare lì a rimuginarci sopra. «Non ci sono camere disponibili vicino al mio nido. Quindi dovrai dormire al piano di Fritz, se vuoi rimanere in quest'ala». Fritz era l'unico con intorno qualche letto vuoto, perché amava avere il suo spazio.

Tecnicamente, anche Quinn aveva delle stanze disponibili vicino al suo alloggio, ma sapevo dai pensieri di Lorcan che quelle non sarebbero andate bene.

Per quanto mi sarebbe piaciuto vedere Kieran e Lorcan che cercavano di farsi a pezzi, non avrei apprezzato che accadesse *lì*, in un luogo in cui erano presenti fin troppe creature innocenti che avrebbero rischiato di essere ferite dalla zuffa degli alfa.

Girai sui tacchi e mi avviai lungo il corridoio, superando la scalinata che conduceva al mio nido, diretta verso quella a sinistra. Lorcan mi seguì in silenzio, non riuscivo nemmeno a udire il suono dei suoi passi. Ma *sentivo* la sua presenza, era come un predatore che si muoveva nella mia scia, pronto a colpire.

Ma ciò che leggevo nella sua mente era in contrasto

con quella sensazione. Era troppo impegnato a catalogare ogni dettaglio del palazzo, per concentrarsi su di me.

Quando arrivammo in cima alle scale, trovammo Fritz in attesa con un'espressione diffidente stampata in viso.

«Lorcan ha bisogno di una stanza dove stare» gli dissi a mo' di saluto. «Quale consigli?».

Strinse la mascella, e i suoi occhi azzurri sembrarono dire: *"Nessuna"*.

Capivo la sua riluttanza. Tutte le console dei sistemi di sicurezza si trovavano su quel piano. Ma Lorcan le avrebbe scovate anche senza il mio aiuto. Perché stava frugando nei miei pensieri con la stessa libertà con cui io rovistavo nei suoi, permettendogli così, a malincuore, di conoscere ogni segreto dell'isola.

Ahimè, al momento non potevo farci un bel niente.

«Vuole anche un tour del Santuario» continuai. «Per esaminare in dettaglio le nostre procedure di sicurezza».

Praticamente riuscii a sentire Fritz digrignare i denti.

«Mi risulta che la magia dei MacNamara sia ciò che tiene insieme quest'isola» disse Lorcan, appoggiandosi alla parete del corridoio. «Mio cugino sta curando quella magia, e a breve sarà il compagno ufficiale di Quinnlynn. Come suo Élite, ho il diritto di conoscere tutte le informazioni possibili sul territorio che sta per ereditare».

«*Ereditare*» ripeté Fritz in tono sprezzante. «Quest'unica parola dimostra che non capisci affatto cosa sia il Santuario. Un alfa non può *ereditare* questa terra. È di proprietà delle omega».

«E protetta dal Re e dalla Regina del settore Blood» ribatté Lorcan, prima che potessi dire qualcosa.

Non che avessi altro da aggiungere. Fritz aveva riassunto chiaramente come stavano le cose.

«In qualità di Élite di Kieran, la protezione dell'isola ricadrà anche su di me» continuò Lorcan. «Pertanto, voglio conoscere a fondo le misure di sicurezza del Santuario, in modo da individuare eventuali punti deboli che potrebbero dover essere rafforzati in futuro».

Io e Fritz sbuffammo all'unisono.

«Ovviamente, dai per scontato che abbiamo dei punti deboli» borbottai.

«Tipico degli alfa» aggiunse Fritz.

Lorcan rimase in silenzio, la sua presenza si faceva sempre più ingombrante ogni secondo che passava. Soprattutto perché udivo l'irritazione che cresceva nei suoi pensieri. Non apprezzava che mancassimo di rispetto al suo potere e alla sua autorità, eppure riuscì miracolosamente a frenare il desiderio di dare una lezione a entrambi.

Mi spinse quasi ad ammirare il suo autocontrollo. *Quasi.* Ma conoscevo troppo bene la sua razza per fidarmi di quella dimostrazione di disciplina.

Una porta si aprì alla nostra sinistra, facendomi aggrottare la fronte. Solo Fritz aveva le chiavi delle stanze del piano e, per esperienza, sapevo che le teneva tutte chiuse.

Lorcan fece un passo avanti, ma Fritz lo fermò con un'occhiata. «Non quella stanza» sibilò l'omega. «Quello è il *mio* nido».

L'alfa si limitò a scrollare le spalle. Poi si aprì un'altra porta.

Poi all'improvviso capii. E fu come ricevere uno schiaffo in pieno viso. Non solo stava usando la telecinesi per spalancare le porte, ma anche per sbloccarne la serratura. Un esempio della portata del suo potere. O forse avrei dovuto interpretare il suo gesto come una minaccia.

Lì, non avremmo potuto nascondergli nulla.

L'unica difesa che avevamo contro di lui era la

barriera. Ma, grazie al nostro accoppiamento, avrebbe avuto accesso a ogni angolo della nostra isola.

O collaboravamo con lui, o si sarebbe messo contro di noi. E, in quel momento, stava scegliendo la seconda opzione, perché avevamo rifiutato la sua offerta di aiutarlo.

Imprecai a mezza voce, odiandolo per il fatto stesso di esistere, e odiando ancora di più l'aver capito le sue intenzioni grazie al legame che avevo con la sua mente.

Mi faceva sentire in trappola. Imprigionata. *Accoppiata.*

Bleah.

Percepivo ancora i residui della connessione con il primo alfa con cui mi ero accoppiata, ed era morto. Non avevo nessuna intenzione di ripetere l'esperienza.

Speravo che uccidere Lorcan in fretta avrebbe limitato l'impatto a lungo termine del nostro legame. Fare era stato il mio compagno per secoli, ed era per questo che la sua presenza sembrava persistere dentro di me.

Beh, quello e gli incubi.

Lorcan scomparve, facendo passare all'azione me e Fritz. Ma poi udii i suoi pensieri dall'altra stanza. *Questa andrà bene*, lo sentii dire.

Alzando gli occhi al cielo, indicai la porta aperta per mostrare all'omega dove si fosse teletrasportato.

Fritz mi guardò con un'espressione infastidita che probabilmente rivaleggiava con la mia, e si avvicinò alla soglia. «Non aspettarti che ti porti lenzuola e asciugamani» disse in tono seccato all'alfa.

«Non mi aspetto nulla da nessuno di voi due» rispose Lorcan. La sua mente mi rivelò che lo intendeva in più di un senso.

Quasi sbuffai per quella spudorata bugia, ma poi udii cosa aveva intenzione di fare.

«Aspetta» dissi in fretta, decisa a impedirgli di sparire di nuovo. «Ti faccio fare un giro del Santuario, così non rischi di spaventare nessuno». Perché potevo solo immaginare come si sarebbero sentite le abitanti dell'isola, se lo avessero visto aggirarsi per il perimetro.

Sebbene la notizia della sua presenza, così come quella di Kieran, si fosse già diffusa, non volevo rischiare che qualcuno si sentisse a disagio.

O che lo attaccasse, diventando vittima dei suoi poteri.

Lorcan varcò la soglia, unendosi a noi in corridoio, con quel suo sopracciglio del cazzo già inarcato.

Al diavolo, pensai, girando ancora una volta sui tacchi. «Seguimi».

Non rimasi ad aspettare una risposta. Forse a casa era abituato a impartire ordini, ma lì eravamo nel mio territorio. Se voleva qualcosa, doveva seguire le mie regole.

Quando raggiungemmo il piano sottostante, Lorcan mi affiancò. Aveva le mani strette con disinvoltura dietro la schiena, e camminava con la grazia di un predatore.

La mia lupa interiore era deliziata dalla vista di un maschio così forte, la sua sicurezza era una droga che desiderava assaporare.

Per fortuna, ero solo per metà lupa. La mia parte vampira mi teneva con i piedi per terra, ricordandomi cos'era successo quando un alfa mi era entrato in testa.

Concentrati sul tour del Santuario, mi dissi.

«Tutte le omega fanno il nido nel palazzo» spiegai, rendendomi conto che la mia voce suonava forzata. Essere educata in presenza di un alfa non mi veniva naturale. Non più, almeno.

Un tempo, mi inchinavo ai loro piedi. Baciavo la terra su cui camminavano. Facevo tutto quello che mi chiedevano. Prendevo i loro nodi in qualsiasi modo volessero. Bevevo il loro sangue e lasciavo che mi mordessero. Offrivo loro la mia cazzo di anima su un vassoio d'argento.

Rabbrividii, travolta dai ricordi indesiderati. Tutta colpa di Lorcan.

Maledetto accoppiamento forzato.

Lo avevamo fatto per i nostri amici? Certo. Lo avrei fatto di nuovo, pur di salvare Quinn? Assolutamente sì. Ma ciò non significava che ne fossi contenta.

Soprattutto perché era una condizione permanente.

Digrignando i denti, cominciai a elencare mentalmente a Lorcan tutte le informazioni possibili sul palazzo. Mi era più facile farlo così, che ad alta voce. Stava già setacciando la mia testa; tanto valeva dargli qualcosa da ascoltare.

Portano tutte ai nidi, gli dissi, indicando con un gesto della mano le diverse scalinate che si aprivano sul secondo piano. *Non disturbare nessuno, per favore.*

Mi vergognai di quanto la mia richiesta suonasse pietosa, ma doveva essere pronunciata. Quello era *letteralmente* il nostro santuario. Il nostro spazio sicuro. Gli alfa non avrebbero mai dovuto entrare nel nido di un'omega, a meno che non fossero stati invitati.

Non disturberò nessuno, Kyra. Neanche te.

Non riuscii a evitare di sbuffare. Conoscevo bene la verità. Tra l'altro, mi sarebbe stato impossibile ignorare l'interesse del suo lupo.

Gli alfa non riuscivano mai a trattenersi.

Erano programmati per bramare le omega, così come noi eravamo programmate per desiderare loro. Nel momento in cui fosse arrivato il mio primo calore, lui sarebbe stato lì, pronto e disponibile. E io lo avrei accettato, perché il mio corpo non sarebbe riuscito a dirgli di no.

La sala da pranzo è al primo piano, sibilai. Avevo bisogno di distrarmi. *Vai a destra in fondo alla scalinata principale e segui il tuo olfatto. I pasti vengono serviti tutta la notte. Gli spuntini giornalieri sono limitati.*

Non disse nulla, limitandosi ad ascoltare.

Probabilmente perché non era questo che voleva sapere. Ma mi sembrava opportuno fargli fare il giro completo, mentre tornavamo all'esterno.

Al primo piano del palazzo ci sono una palestra, una piscina coperta riscaldata magicamente e molti altri servizi. Ci sono anche diversi cortili, in alcuni dei quali il clima è più mite, ancora una volta grazie alla magia.

Iniziai a descrivere le serre di cui disponevamo, la varietà di cibi che vi si coltivavano e come tutto ciò fosse possibile per mezzo di una miriade di incantesimi.

Ogni omega presente nel Santuario ha un lavoro o un ruolo. Protezione, agricoltura, preparazione e cottura del cibo, pulizia, levatrici per i nostri cicli di calore e molto altro. La maggior parte di noi svolge i propri compiti sfruttando le nostre caratteristiche soprannaturali, ma c'è anche chi fa le cose alla vecchia maniera.

Non tutte le omega possedevano abilità speciali. Le omega X-Clan, per esempio, non avevano accesso alla magia. Ma, dato che Lorcan sapeva già tutto questo, non persi tempo ad approfondire.

Lo condussi invece oltre il portone del palazzo, passando accanto a un gruppo di omega che lo fissarono a bocca aperta.

Lui fece finta di nulla, seguendomi docilmente, mentre gli spiegavo le posizioni delle sentinelle che aveva notato al nostro arrivo.

Poi lo portai verso il perimetro per mostrargli i limiti dell'incantesimo della barriera.

Nessuno dei due parlò ad alta voce. Tutti i dettagli passavano dalla mia mente alla sua, mentre lui ascoltava e analizzava tutto ciò che lo circondava.

Mi irritava sentirgli smontare ogni aspetto del nostro sistema di sicurezza, ma in parte si rivelò anche illuminante. Presi nota di ogni elemento che aveva identificato come un potenziale punto debole, per discuterne in seguito con Fritz.

Dovevamo essere sempre un passo avanti a Lorcan. Perché non mi fidavo di lui.

Nonostante la sua mente mi lasciasse credere che il suo unico scopo era proteggere il Santuario, avevo imparato che anche i pensieri potevano ingannare.

Soprattutto quando quei pensieri appartenevano a un alfa così potente.

Lorcan si fermò e mi guardò, la sua espressione si era incupita. «Credo di aver visto e sentito abbastanza» disse. «Tornerò».

E con quelle parole minacciose, sparì ancora una volta, lasciandomi a bocca aperta a fissare il punto dove si trovava un attimo prima. *Dove cazzo sei finito?*, domandai, guardandomi intorno.

Non disse nulla, costringendomi a frugare nei suoi pensieri per trovare la risposta.

Sei nel settore Blood, capii, inarcando le sopracciglia. *Significa che non resti qui?*

Silenzio.

Ma nei suoi pensieri sembrò riecheggiare l'ultima parola che mi aveva rivolto. *Tornerò*.

Forse per tormentarmi.

Scossi la testa e borbottai: «Benissimo».

«Proprio per niente» ribatté Fritz, materializzandosi davanti a me. Doveva averci osservati attraverso i filmati di sicurezza, assistendo così alla sparizione di Lorcan. «Quell'uomo è un problema, Kyra».

«Oh, non mi dire» ringhiai. «Ma è un mio problema. Me ne occuperò io».

Avevo accettato di accoppiarmi con lui e di portarlo lì, non di restarci insieme.

Finché morte non ci separi, pensai con un sorrisetto.

Se Lorcan mi aveva sentita, non rispose.

Forse significava che si era preso una pausa dai miei pensieri.

Bene. Lo userò a mio vantaggio.

«È ora di andare a giocare con i coltelli» dissi a Fritz.

La sua espressione diffidente si sciolse in un sorriso. «Questa è la mia Kyra. Ti aiuto ad affilarli».

«Volentieri» mormorai, teletrasportandomi nel mio nido per scegliere i miei giocattoli preferiti. «E ora godiamoci un altro episodio di *Come uccidere un alfa*».

Fritz apparve accanto a me con una risatina. «Il tuo programma preferito».

«Puoi dirlo» risposi. «Forza, inventiamoci una sceneggiatura con i fiocchi».

LORCAN

Qualche giorno più tardi...

Quella stronzetta di un'omega ha già cercato di ucciderti?

Lessi il messaggio di Cillian con un'espressione corrucciata e risposi con un secco: *No*.

Le sue abilità telepatiche non si estendevano fin dall'altro lato del globo, perciò avevamo bisogno della tecnologia per comunicare. Avrei voluto che esistessero le stesse limitazioni anche per la mia connessione con Kyra, ma mi ero reso conto fin troppo in fretta che la distanza non aveva alcun impatto sul legame tra le nostre menti.

Ciò significava che avevo potuto ascoltare ogni singola parola del suo piano omicida.

Insieme a tutti i suoi pregiudizi radicati sugli alfa.

Non avevo scavato troppo nei suoi ricordi, ma, da quel poco che avevo scorto, capivo la sua posizione.

Tuttavia, io non ero un alfa vampiro.

E non ero minimamente come *Fare*.

Le sue orribili aspettative nei miei confronti mi avevano irritato, spingendomi a tornare nel settore Blood per prendermi una pausa dalle sue strigliate mentali. Ma mi avevano seguito fino a casa, infierendo sul mio spirito.

E trovai gli stessi pensieri negativi, e profondamente *sbagliati*, anche quando tornai sull'isola. Anzi, la mia presenza aveva ispirato commenti ancora più odiosi, perché Kyra aveva capito che potevo andare e venire a piacimento, ora che conoscevo la posizione del Santuario.

Così, avevo dedicato gli ultimi giorni a evitarla e a concentrarmi sulla protezione dell'isola.

Le omega potevano anche non considerarmi il loro guardiano, ma era proprio questo che ero diventato, nel momento in cui Kieran aveva accettato di accoppiarsi con Quinn. Solo che avevo saputo dell'esistenza del Santuario solo di recente. E ora stavo recuperando il tempo perduto.

La mia routine consisteva per lo più nel perlustrare il perimetro, mangiare, aggiornare Cillian e dormire. Anche se non riuscivo a riposare molto. Non perché temessi quello che avrebbe potuto farmi Kyra mentre dormivo, ma perché i suoi incubi continuavano a svegliarmi.

Erano così realistici, che non potevano essere altro che ricordi.

Ognuno di essi mi faceva desiderare che Fare non fosse già morto, per poterlo uccidere io stesso.

Mi passai una mano sul viso e alzai lo sguardo sulla luna che brillava nel cielo. Ero là fuori già da diverse ore, per sorvegliare i confini e assicurarmi che non ci fosse alcuna minaccia in agguato.

La barriera era stata progettata per tenere lontani gli intrusi, e si trattava di un incantesimo chiaramente potente. Ma il mio lupo continuava a essere a disagio. O, più precisamente, *diffidente*.

C'era qualcosa che… che non quadrava.

Forse era quell'energia poco familiare a farmi rizzare i

peli sul collo. Ma non ero sopravvissuto così a lungo accettando una spiegazione plausibile, senza farmi troppe domande.

Finché non mi fossi sentito pienamente sicuro dell'incantesimo, non sarei riuscito a fidarmi della sua efficacia.

Osservai la spiaggia ghiacciata, contemplando alcune foche che sonnecchiavano sulla costa.

Gli animali prosperavano nel nuovo mondo; la mancanza di interferenza umana aveva permesso a gran parte dei loro habitat di tornare lentamente alla normalità. La strada da percorrere era ancora lunga. La distruzione dell'ambiente era stata catastrofica, a causa dell'incuria generale.

Molti settori nati dopo il Contagio avevano dei programmi in atto per agevolare la guarigione del pianeta.

Altri erano troppo poveri per pensare anche solo di provarci.

Vivevamo davvero in un mondo distopico. Ma le foche ne sembravano piuttosto soddisfatte.

Un urlo riecheggiò nella mia mente, facendomi trasalire e imprecare ad alta voce. *Kyra*, pensai, pronto a teletrasportarmi da lei.

Ma la ragione mi trattenne sulla spiaggia.

È solo un altro incubo, mi dissi tra me e me. *Cazzo*.

La reazione istintiva di correre da lei stava iniziando a incasinarmi la testa. Non ero abituato all'impulso di proteggere una *compagna*.

Difendere Kieran mi veniva naturale, dopo oltre mille anni di servizio al suo fianco. Anche prendermi cura di un settore pieno di lupi e umani mi veniva naturale, perché era il mio dovere di alfa di alto rango.

Ma quel… quel *bisogno* di assicurarmi che Kyra stesse bene…

«Maledizione» borbottai, passandomi di nuovo la mano sulla faccia, per poi stringermi la nuca.

Proprio in quel momento il mio polso vibrò, indicando che era arrivato un messaggio. Mugugnai un'altra parolaccia prima ancora di guardarlo, sapendo che si trattava di una risposta di Cillian.

Sembra che le piaccia la gratificazione ritardata. Forse, dopotutto, è proprio la tua anima gemella.

Grugnii per quelle idiozie, ma decisi di stare al gioco. E di rispondergli a tono. *A proposito di anime gemelle, come sta Ivana?*

La sua replica arrivò qualche istante più tardi. *Vaffanculo, Lor.*

Spensi lo schermo con un sorrisetto. Ivana era un'omega decisa ad accoppiarsi con Cillian, ma lui continuava a rifiutarla. La sua lealtà, come la mia, era solo e soltanto verso Kieran. Non avevamo né il tempo né il desiderio di prenderci una compagna.

Avrei voluto che Kyra lo capisse.

Sembrava convinta che volessi costringerla ad accettare il mio nodo.

Come se avessi mai potuto scopare una donna non consenziente. A dirla tutta, non ero nemmeno sicuro che mi sarei fidato di condividere un momento così intimo con Kyra. Probabilmente avrebbe cercato di tagliarmi il cazzo con uno dei suoi amati coltelli.

Un'immagine di lei che mi danzava intorno, armata, popolò i miei pensieri, lasciandomi di stucco. Soprattutto perché non indossava nient'altro che dei foderi intorno alle cosce.

Ah, non sarebbe stato male.

Peccato che non sarebbe mai successo.

Con un sospiro, iniziai a incamminarmi verso il

palazzo. Il messaggio di Cillian mi aveva ricordato che era quasi ora di mangiare.

Di solito, mi godevo una ricca colazione a mezzanotte, per poi fare un altro giro intorno al perimetro. In seguito, andavo nel settore Blood per il mio rapporto giornaliero. Cillian copriva l'incarico di alfa del settore in assenza di Kieran, un ruolo che in effetti gli si addiceva.

La prossima volta che mi avesse preso in giro, mi sarei assicurato di complimentarmi con lui per le sue doti da leader. Lo avrebbe odiato quasi quanto i miei commenti su Ivana.

Che, tra l'altro, non era una cattiva scelta come compagna. Glielo avevo già detto più di una volta.

Ivana era una bellissima omega con lunghi capelli biondi, occhi azzurri come il ghiaccio e una sicurezza di sé che faceva impallidire anche gli alfa più potenti. Una sicurezza meritata. Kieran faceva spesso affidamento su di lei per incarichi importanti relativi al settore, con grande irritazione di Cillian.

O forse era proprio per indispettire Cillian che Kieran le assegnava quei compiti. Probabilmente si trattava di una combinazione di entrambi i fattori: le sue competenze e il fatto che infastidisse Cillian.

Dopo aver percorso il sentiero di pietra del cortile ghiacciato, attraversai i cancelli ed entrai nel palazzo. Lungo la strada, qualche omega si fermò a fissarmi. Stavolta, però, la maggior parte delle sentinelle appostate sulle torri e sulle mura non si preoccupò di alzare le armi.

La considerai una vittoria.

Durante i primi due giorni trascorsi al Santuario, avevano tenuto gli archi, e qualsiasi altra arma, puntati contro di me.

Il terzo giorno, alcune sentinelle avevano iniziato ad abbassare la guardia.

Il quarto, si limitarono a sorvegliare i miei movimenti.

E ora, solo due membri della squadra che pattugliava il confine mi tenne sott'occhio. Una era Jas, un'omega che sembrava odiare gli alfa quasi quanto Kyra.

Il mio lupo ringhiò interiormente, sentendo l'odore della colazione. Tutto quell'aggirarmi in lungo e in largo mi aveva fatto venire fame.

Mi avvicinai alla mensa, ma mi bloccai sulla soglia nel vedere la piccola ressa di omega che si affaccendavano nell'ampia sala da pranzo. Sembrava che tutte le abitanti del Santuario si fossero riunite lì. Mi accigliai.

Avevo fatto colazione ogni sera alla stessa ora, fin dal giorno del mio arrivo, stabilendo una sorta di piccola routine. E sembrava che, a ogni visita, la mensa fosse sempre più affollata, quasi che cercassero tutte di far coincidere le loro abitudini con le mie.

Sembrava un po' presuntuoso pensarla in quel modo, ma non riuscivo a trovare un'altra spiegazione per il loro comportamento.

A meno che oggi non sia un giorno particolare, pensai, mettendomi in fila per il cibo. *Che ci sia qualche evento in programma?*

Mi voltai per chiedere lumi a una delle omega che mi fissavano dal tavolo lì accanto. Ma non appena tentai di stabilire un contatto visivo, tutte le donne abbassarono lo sguardo e arrossirono furiosamente.

Sospirando, tornai a concentrarmi sul buffet e afferrai un piatto.

Le omega erano notoriamente sottomesse, uno dei motivi per cui Kyra era così affascinante. Non si piegava facilmente. Avrebbe sicuramente costretto il mio lupo a darle la caccia. E lui lo avrebbe adorato.

Non succederà mai, ricordai a me stesso, mettendomi un po' di cibo nel piatto. Il menu consisteva in verdure, cereali e pesce; aveva senso, considerata la nostra vicinanza al circolo polare artico.

Secondo i miei calcoli, eravamo da qualche parte tra le Svalbard e la Groenlandia, su un'isola che non era mai stata riportata su nessuna mappa. Non c'era bestiame, perché gli animali non sarebbero mai sopravvissuti al freddo, ma le serre permettevano alle omega di coltivare cereali, frutta e verdura.

Tuttavia, l'altra sera c'era stata carne di maiale, quindi dovevano avere qualche altra fonte di approvvigionamento.

Presi una tazza di caffè e mi sedetti al mio solito tavolino in un angolo, che mi dava la possibilità di osservare l'intera sala.

Praticamente ogni omega del Santuario è qui. Tranne la mia *omega*, pensai, scrutando ogni viso. *C'è perfino Fritz.*

Fiamme di ghiaccio guizzavano nei suoi occhi azzurri mentre mi fissava dall'altro lato della stanza, il suo disprezzo nei miei confronti era palpabile. Nonostante dormissimo sullo stesso piano, non avevamo ancora parlato. Cercava di tenermi nascosto il sistema di videosorveglianza, ma mi ero già intrufolato nel suo alloggio ed ero rimasto impressionato da quello che aveva allestito. Sapeva quello che stava facendo.

Se solo fossi riuscito a identificare l'impressione assillante che ci fosse qualcosa che non andava… Sembrava tutto perfettamente sicuro. Ma c'era qualcosa che agitava il mio lupo. Qualcosa che dovevo assolutamente scovare.

Non erano le continue minacce mentali di Kyra, né l'abbondanza di armi che mi sentivo puntare alle spalle da quando ero arrivato. Non si trattava nemmeno dell'odio che mi riservavano alcune delle omega.

Era qualcosa… qualcosa di oscuro. Una presenza irritante.

Beh, prima o poi lo avrei scoperto. Dovevo solo continuare a cercare.

Il mio polso vibrò a causa di un altro messaggio di Cillian. Stavolta, riguardava il lavoro. *Ho raccolto tutte le lenzuola e i vestiti sporchi di Kieran. Sono in un cesto nella sua suite.*

Grazie, risposi. *Passo a prenderli tra un'ora.*

La maggior parte delle necessità di Kieran e Quinn erano già state soddisfatte; le omega avevano portato loro cibo, acqua e altri generi di prima necessità. Tuttavia, Quinn non avrebbe visto l'ora di fortificare il suo nido con la biancheria di Kieran. Tutte le omega lo facevano, durante il calore, soprattutto quelle che si erano appena accoppiate.

Me ne sarei occupato prima, ma non volevo rischiare di interromperli in qualche modo e suscitare l'ira di Kieran. Ma ora che aveva ufficialmente morso Quinn, sarebbe stato abbastanza tranquillo per permettermi di lasciare le sue cose fuori dalla porta. O almeno così speravo.

In ogni caso, sarei stato il più veloce possibile. Accoppiato o meno, probabilmente avrebbe cercato comunque di uccidermi, se mi fossi avvicinato troppo.

«Uhm...» mormorò una voce sommessa, attirando la mia attenzione su un'omega minuta, con i capelli biondi ed enormi occhi azzurri.

Invece di continuare a parlare, posò il vassoio sul tavolo e si sedette accanto a me.

Arricciai il naso, incuriosito dal suo odore particolare.

È un'omega Z-Clan, capii, sussultando. *Che... che rarità.*

La maggior parte della sua specie si era estinta, grazie alla negligenza e alla brutalità dei loro capibranco. Gli alfa Z-Clan trattavano le omega come giocattoli da strapazzare, non come i tesori che erano.

«Il tuo spirito è... complicato» mormorò dopo qualche

istante. «Faccio fatica a capire le tue intenzioni. Ma la tua natura è proteggere, non fare del male».

Ah, questo spiega perché questa piccola lupa artica è ancora viva, pensai. I mutaforma Z-Clan erano molto intuitivi, ed erano noti per la loro capacità di leggere l'aura. Sembrava che l'omega che avevo davanti avesse coltivato questa abilità per sopravvivere.

Bevvi un sorso di caffè, riflettendo su come risponderle. Alla fine, decisi che la verità sarebbe stata abbastanza. «Non voglio fare del male a nessuno, qui» le confidai. «Questo è uno spazio sicuro».

Abbassò appena il mento delicato, che ricordava quello di un elfo, e la sua espressione diventò più fiduciosa. «Sì. Ti credo».

Se solo Kyra si lasciasse convincere così facilmente, pensai.

Avrei potuto giurare di aver sentito uno sbuffo mentale in risposta. Ma, quando entrai nella mente di Kyra, la trovai intenta a fare la doccia. Mi ritrassi immediatamente. Non era assolutamente qualcosa a cui pensare proprio in quel momento, in una stanza piena di omega.

«Molte delle altre pensano che potrebbero abbatterti, se decidessi di attaccare. Ma io continuo a ripetere che non accadrà» mi informò la lupa seduta al mio tavolo. «Tuttavia, se realmente volessi farci del male, dubito che riusciremmo a fermarti».

«È vero. Non ne sareste in grado» confermai. *Non facilmente, se non altro.* «Ma ti confiderò un segreto».

Si sporse appena in avanti, con gli occhi azzurri che brillavano e l'entusiasmo scritto sui suoi lineamenti innocenti.

«Chi è più forte dovrebbe curare e proteggere chi ne ha bisogno. Gli alfa più deboli non lo capiscono. Ma io non sono debole. E non lo è nemmeno l'alfa Kieran. Riconosciamo il nostro dovere verso il Santuario. Verso di *voi*». Parlai dolcemente, sperando che capisse quello che stavo cercando di dirle. *I vostri alfa vi hanno deluse e tradite, ma ciò non significa che anch'io farò lo stesso.*

Mi osservò per un lungo momento, poi abbassò di nuovo il mento. «Stai dicendo la verità».

«È così». Non era necessario che lo confermassi, dato che la sua intuizione le permetteva di distinguere perfettamente la verità dalle bugie. Ma sentii comunque la necessità di farlo, soprattutto a beneficio delle omega che stavano origliando la nostra conversazione.

O di quella che sta ascoltando i miei pensieri, aggiunsi, rivolto a Kyra.

Lei non rispose, né diede segno di aver sentito, ignorandomi come aveva fatto negli ultimi giorni.

La lupa artica sorrise. «Credo proprio che tu mi piaccia» decise, per poi mettersi in bocca un pezzo di frutta. «Dovresti aiutarci con l'addestramento».

Inarcai un sopracciglio. «L'addestramento?».

Annuì, ma fu un'altra voce a dire: «I corsi di difesa personale». Un vassoio atterrò sul tavolo, e una seconda omega prese posto accanto a me.

Quella sembrava una lupa X-Clan.

«Kyra ci sta insegnando come difenderci dagli alfa» spiegò la nuova omega. «È una brava insegnante, ma è troppo piccola. Ci serve un vero alfa con cui fare pratica».

«Dubito che accetterà di farlo» commentò una terza omega, unendosi a noi. Una vampira. «E Kyra non sarà felice che venga a conoscenza dei nostri segreti».

«Ma è qui per proteggerci» ribatté la lupa artica. «Insegnarci a combattere è un buon modo per aiutarci».

Non c'è lotta tra un alfa e un'omega, pensai, accigliandomi. «Il modo migliore per difendervi è con un'arma» dissi ad alta voce. Un'omega non sarebbe mai riuscita a prevalere in un combattimento corpo a corpo contro un alfa.

«Sì, abbiamo spade e coltelli» disse l'omega Z-Clan.

«Sto parlando di armi a lunga portata. Come le pistole».

Tutte e tre mi fissarono.

«Le pistole… sono giocattoli umani» sussurrò lentamente l'omega X-Clan. «Perché…?».

«Se dovete affrontare un alfa, avete bisogno di tutto l'aiuto possibile» dissi in tono severo. «Spade e coltelli non bastano».

«Bastano per Kyra» obiettò la lupa artica, aggrottando la fronte.

«Sì, perché gli alfa che ho ucciso erano convinti che la mia stazza mi rendesse debole» rispose Kyra, materializzandosi sulla sedia di fronte a me con un'espressione tempestosa.

L'omega X-Clan e la vampira chinarono il capo e si scusarono, per poi lasciare il tavolo in fretta, avvampando.

Ma la lupa artica restò. E guardò Kyra, dicendo: «Voglio sapere perché suggerisce di usare le pistole invece dei coltelli».

«Perché crede che un'omega non possa sconfiggere un alfa senza imbrogliare» rispose lei in tono piatto.

Usare una pistola non è imbrogliare, piccola killer.

«I coltelli sono efficienti e più facili da nascondere di una pistola» proseguì. «Inoltre, dobbiamo sfruttare le nostre dimensioni, Ashlyn. Gli alfa sottovalutano sempre le omega, ed è per questo che perdono. Ogni singola volta. Fidati di me».

Pronunciò la seconda parte della risposta guardandomi negli occhi. Le sue parole erano palesemente destinate a me, più che ad *Ashlyn.*

«Mmh» mormorò la lupa Z-Clan, attirando l'attenzione di Kyra.

«Non mi credi?» chiese Kyra.

«Quello che credo non conta» mormorò Ashlyn in tono assorto, prendendo il vassoio. «Ma resto convinta di quello che ho detto. Penso che possa esserci utile avere l'aiuto di un alfa».

Le narici di Kyra si dilatarono. L'idea la irritava.

Ma Ashlyn si limitò a sorridere, per poi guardarmi e dire: «È stato bello chiacchierare con te, alfa Lorcan. Spero che prenderai in considerazione quello che ti ho detto». Poi chinò il capo in segno di rispetto e si allontanò dal tavolo, cercando un altro posto dove sedersi. E lasciandomi da solo con Kyra.

Presi la forchetta per continuare a mangiare, nonostante il cibo fosse ormai freddo, e aspettai che Kyra dicesse qualcosa.

Sentivo la sua mente iniziare ogni sorta di frase. La maggior parte somigliava a una minaccia di morte.

«Sei in cerca di un'omega?» chiese a denti stretti. L'accusa che aveva scelto non era quella che mi aspettavo. Sebbene avessi percepito quella punta di fastidio attraversarle la testa, mi aspettavo che l'avrebbe soffocata. Perché cazzo avrebbe dovuto importarle che stessi "andando in cerca di un'omega"?

Ma mi sembrò comunque prudente risponderle onestamente.

«Una compagna non voluta è più che sufficiente, Kyra. Non ho nessuna intenzione di prendermene un'altra».

Lo sbuffo con cui mi rispose corrispondeva a quello che avevo udito prima nei miei pensieri. Sembrava che prediligesse quel suono. Esprimeva la sua incredulità, cosa a cui mi stavo abituando. Un po' come alle persistenti minacce di morte che ribollivano nella sua coscienza.

Voleva *davvero* accoltellarmi, a maggior ragione ora che avevo insultato la sua arma preferita.

Quasi sospirai ad alta voce, esausto della sua ginnastica mentale.

Presto quell'omega avrebbe avuto bisogno di una bella lezione sull'importanza di non farmi perdere tempo.

Mi fulminò con lo sguardo, suggerendo che stava ascoltando i miei pensieri.

E presto, dissi mentalmente, sperando che lo interpretasse per l'avvertimento che era.

Finii di mangiare mentre lei mi lanciava occhiate omicide, poi bevvi gli ultimi sorsi di caffè. Nessuno dei due parlò, le nostre menti si limitarono a danzare in tandem attraverso la nostra connessione.

Trasudava odio.

Lo accettai, principalmente perché avevo capito che, in fondo, non ero io la vera fonte della sua rabbia. Era un altro alfa a detenere quel titolo. Io ero solo quello con cui sentiva il bisogno di sfogarsi al momento.

Perché era convinta che il nostro accoppiamento fosse stato una costrizione. Che io e Cillian non le avessimo dato scelta. Ma non era così. E forse un giorno si sarebbe resa conto che non era l'unica a dover soffrire in eterno a causa del legame che ci univa.

Non avevo mai voluto una compagna. E continuavo a non volerla. Ma avevo accettato il nostro destino per il bene dei lupi V-Clan.

E anche per il Santuario.

Perché ora le omega avevano un altro protettore. Uno capace di difenderle contro altri alfa.

Kyra digrignò i denti, insultata dal corso dei miei pensieri.

Peggio per lei. Perché era la verità. Se non riusciva ad accettarlo, allora forse non era adatta al ruolo che copriva.

«Buona serata, *compagna*» le dissi, alzandomi per fare un altro giro di perlustrazione. Una volta finito, sarei andato nel settore Blood per prendere le cose di Kieran. E, al mio ritorno, avrei cercato di capire come gestire la mia piccola omega dagli istinti omicidi.

Perché Ashlyn aveva ragione.

Le omega avevano bisogno di un addestramento più efficiente.

E chi meglio di uno dei più potenti lupi V-Clan poteva insegnare loro come difendersi da un alfa?

KYRA

Una settimana più tardi...

«Questo devi proprio vederlo».

Alzai lo sguardo e trovai Fritz sulla soglia della mia stanza. Non avevo la più che minima voglia di approfondire il motivo di quella visita e di quel tono minaccioso, soprattutto perché mi aspettavo che riguardasse Lorcan.

Uff.

Avevo passato l'ultima settimana a evitarlo. Anzi, più di una settimana. Dieci o dodici giorni. Da quando era arrivato. Dal nostro accoppiamento. Da quando era successo tutto quanto.

Come se non bastasse, non riuscivo a capire come ucciderlo. Ogni idea che avevo elaborato veniva rapidamente demolita da una singola sbirciata nei suoi pensieri.

Quel bastardo era sempre sul chi vive, pronto ad affrontare qualsiasi attacco, facendomi odiare ancora di più il legame che ci univa.

«Terra chiama Kyra» disse Fritz. «Mi hai sentito?».

«Purtroppo, sì» borbottai, posando controvoglia i piedi sul pavimento. Mi alzai e mi stiracchiai, con le articolazioni che protestavano per l'allenamento del tardo pomeriggio.

A quanto sembrava, avevo esagerato con la corsa. Ma ne avevo bisogno, dopo l'ultimo incubo.

Ignorando le fitte di dolore alle gambe, infilai un paio di jeans e i miei stivali preferiti, e presi un maglione per coprire la canottiera. Dopo una rapida occhiata allo specchio per accertarmi di essere vagamente presentabile, mi voltai verso l'omega che non si era mosso dalla porta.

«Dove stiamo andando?». Mi resi conto di suonare terribilmente petulante.

Da quando sono così umorale e piagnucolosa?, mi domandai.

Da quando ho conosciuto Lorcan, rispose quella parte frignona di me.

Fui sul punto di alzare gli occhi al cielo. La situazione mi stava sfuggendo di mano. Non ero una che perdeva tempo a crucciarsi. Se c'era un problema, lo facevo fuori.

Solo che il mio attuale *problema* si stava dimostrando difficile da uccidere.

Divenne sempre più chiaro quando Fritz mi afferrò la mano per teletrasportare entrambi a vedere quello che "dovevo proprio vedere".

E, sì, c'entrava Lorcan.

Che si trovava nel bel mezzo di un ring improvvisato.

Con tre omega.

Una delle quali era un'Ashlyn dall'espressione determinata.

Una ruga profonda mi attraversò la fronte, mentre tutte e tre attaccavano Lorcan nello stesso momento.

«Sta insegnando loro la forza del numero» ringhiò Fritz. «Lo scopo della lezione di oggi è dimostrare che gli attacchi di gruppo possono aiutare a bilanciare la situazione».

Osservai la folla che si stava radunando intorno al ring, notando l'interesse delle omega. Meno di due settimane prima, odiavano Lorcan. Ora, invece, lo guardavano con un sorta di crescente affetto.

Fottuti feromoni degli alfa.

O forse era solo per l'aura protettiva che emanava.

Certo, Lorcan era molto attraente e amava mettere in mostra i suoi muscoli sinuosi. Forse era questo a catturare l'attenzione delle omega.

Perché era a torso nudo.

A torso nudo.

Perché cazzo ha bisogno di stare a torso nudo?!

E doveva proprio essere anche così dannatamente *gentile*?

Si stava decisamente trattenendo. *Che senso ha insegnare alle omega a difendersi, dando loro false speranze?!*, gli domandai.

Ovviamente, non rispose. Forse non mi sentiva nemmeno, sopraffatto com'era dall'attenzione di tutte quelle omega.

Ashlyn gli saltò sulla schiena, mettendogli le braccia intorno al collo, mentre le altre due cercavano di infilzarlo con coltelli di legno.

Alzai gli occhi al cielo. Era ridicolo. Voleva solo una scusa per giocare.

Non era una lezione, ma un'*audizione.*

E lo odiavo. Odiavo lui. Odiavo tutto questo.

Un attacco di gruppo non era sempre possibile. A volte, un'omega poteva contare solo su se stessa, non su un branco. L'unica cosa che stava facendo era insegnare loro come flirtare.

E, infatti, Ashlyn scoppiò a ridere quando Lorcan si

smaterializzò da sotto di lei, facendola cadere sul materassino.

Non avrebbe dovuto essere *divertente*. La difesa personale era una cosa seria. E se lui avesse realmente provato ad attaccarle? Avrebbero reagito arrampicandosi su di lui?

Digrignai i denti. *No. Fanculo. Fanculo lui, fanculo tutti.*

Mi teletrasportai verso le armi destinate all'addestramento e afferrai due pugnali. Veri. E affilati. Quelli che usavo quando mi allenavo con Fritz.

Poi, mi materializzai davanti a Lorcan, prima che le omega potessero saltargli addosso di nuovo.

«Se ci tieni davvero a dare loro una dimostrazione, facciamo le cose come si deve» sibilai.

Inarcò quel suo maledetto sopracciglio, come faceva sempre, in mia presenza. Poi piegò la testa di lato e si mise in posizione. *Mostrami quello che sai fare, piccola killer.*

Ringhiai. *Odiavo* il modo in cui quel nomignolo sembrava accarezzare la mia lupa. Lei amava essere vista come una killer. Significava che ci rispettava.

Ma non era così.

Per questo usava l'aggettivo "piccola", prima di "killer".

Te lo faccio vedere io cosa può fare questa piccola *killer*, pensai, roteando i pugnali tra le dita. *A meno che tu non decida di imbrogliare e usare la telecinesi.*

Usare le proprie abilità non è imbrogliare, commentò, mentre iniziavamo a girare l'uno intorno all'altra.

Ah, no? Allora perché ti sei trattenuto con le omega?

Si trattava di una lezione preliminare su come difendersi in gruppo. Ora mi rendo conto che ad averne realmente bisogno è la loro leader.

«Stai dicendo che non so fare gioco di squadra?» chiesi

ad alta voce. «Perché sono sicura che qui nessuno sarebbe d'accordo con te».

Soprattutto considerando che mi ero fatta avanti per comandare, in assenza di Quinn.

Non perché volessi, ma perché dovevo. Per proteggere le omega. Per assicurarmi che le nostre infrastrutture non collassassero. Per continuare a farci *progredire*, mentre il mondo cadeva a pezzi a causa del Contagio.

Suggerire il contrario dimostrava solo quanto poco capisse di me e quanto poco mi conoscesse.

«Non metto in dubbio la tua capacità di comandare e di collaborare, Kyra. E so già che i vostri protocolli difensivi si basano sulla capacità di combattere in gruppo. Per questo non capisco il tuo atteggiamento riguardo l'*auto*difesa. Perché lottare da soli quando non è necessario? Perché non applicare la stessa mentalità anche nel combattimento corpo a corpo contro un alfa?».

«Perché non sai mai quando dovrai affrontare un alfa da sola» sibilai.

Ci rifletté sopra per qualche secondo. «Giusto. Ma dovreste comunque imparare anche come coordinare gli attacchi in gruppo».

«Cosa credi che stiano facendo le nostre sentinelle?» chiesi.

«È una cosa diversa» ribatté. «Alcune delle omega hanno espresso il loro interesse ad allenarsi con un alfa. Ho suggerito loro di provare, per prima cosa, a battermi insieme. Poi possiamo passare a qualcosa di più avanzato».

«So benissimo cosa intendi. Lezioni individuali» dissi in tono piatto. «Chissà come ti divertirai».

Era risaputo che gli alfa potessero avere più di una compagna. Tuttavia, difficilmente un'omega aveva più di un alfa, soprattutto perché quei bastardi arroganti erano troppo possessivi per condividere.

Gli alfa pensavano sempre e solo a loro stessi. Lorcan non si stava dimostrando diverso; stava cercando un'altra omega proprio davanti a me.

Emise un verso roco che sembrò esprimere impazienza. *Ti ho già detto che non ho alcun interesse nell'avere una compagna, figuriamoci due*, mi borbottò nella mente.

«Hai appena detto che volevi che tutte sapessero come difendersi quando si trovano da sole contro un alfa, Kyra» aggiunse ad alta voce, riportando la conversazione su ciò che importava davvero.

Perché aveva ragione. Era quello che avevo appena detto. Eppure, l'idea di lui che allenava un'altra omega aveva irritato la mia lupa, spingendomi a parlare senza riflettere.

Come siamo arrivati a questa discussione?, mi domandai, confusa dai pensieri che continuavano a rincorrersi nella mia mente. *E devono proprio esserci così tante persone a guardarci?*

Che razza di leader stavo diventando.

Merda.

«Il mio suggerimento è di scappare e sfruttare le dimensioni ridotte a vostro vantaggio, nascondendovi in un posto dove un alfa non possa entrare» aggiunse Lorcan, rivolto alla folla. Poi riportò la sua attenzione su di me. «Ma se pensi che tutte dovrebbero essere in grado di affrontare un alfa, allora...». Allargò le braccia e sussurrò mentalmente: *Fatti sotto, tesoro*.

La mia vampira interiore ringhiò, mentre la lupa si mise a saltellare per l'entusiasmo. Un conflitto che di certo non aiutava il mio stato mentale.

Questo alfa mi farà impazzire.

No, non solo lui. Anche quel maledetto legame di accoppiamento.

D'altro canto, mi aveva appena dato il permesso di attaccarlo. Con i miei amati coltelli. E visto come si era trattenuto con le altre, probabilmente ci sarebbe andato piano anche con me.

Avrei potuto sfruttarlo a mio vantaggio.

Indebolendolo.

Avrei potuto conficcargli un pugnale nel collo o nel cuore, mettendolo fuori gioco abbastanza a lungo per riuscire a ucciderlo.

Sì, sì, sibilò la mia parte vampira.

Nonostante fossi certa che Lorcan stesse ascoltando i miei pensieri, sembrava annoiato. Come se non credesse che fossi capace di fargli davvero del male.

Bene. Continua pure a pensarlo.

Mi teletrasportai dietro di lui e cercai di colpirlo alla nuca, ma lui svanì a sua volta. E un attimo dopo avevo il suo braccio avvolto intorno alla vita, che mi sollevava da terra senza troppa fatica.

Le omega sussultarono.

Ma io ringhiai, sfuggendo alla sua morsa smaterializzandomi. Sfruttando la mia agilità, finsi di attaccarlo da diversi punti, teletrasportandomi continuamente, allo scopo di confonderlo.

Ogni volta che mi lanciavo in un affondo con il pugnale, svanivo prima di colpirlo realmente. Volevo metterlo in stato di allerta, sopraffare il suo istinto, fare in modo che…

La mia schiena sbatté a terra, togliendomi il fiato. Lorcan fu sopra di me, avvolgendomi con il suo potere per impedirmi di smaterializzarmi.

Cazzo!, urlai mentalmente. *Questo è barare.*

Tu usi le tue abilità, io uso le mie, rispose. *E se pensi anche solo per un attimo che possa sottovalutarti, allora non hai curiosato abbastanza nella mia mente.*

Perché dovrei voler curiosare lì dentro?

Perché sei decisa a uccidermi, rispose. *Eppure, non stai nemmeno prendendo in considerazione l'unico vantaggio che hai su di me: il tuo accesso diretto ai miei pensieri.*

Si alzò in piedi con un salto.

E questo mi spinge a chiedermi se tu voglia uccidermi davvero, o se invece sia solo il tuo modo di flirtare con me, aggiunse, inarcando il solito maledetto sopracciglio. *Forse tutte queste minacce non sono nient'altro che preliminari.*

Ah, ti piacerebbe. Svanii e ricomparii in piedi, sollevata che mi avesse liberata dal suo giogo.

«La maggior parte degli alfa non ha poteri magici. Prendono le omega con la forza. Forse, ai fini della lezione, sarebbe meglio concentrarsi sul semplice combattimento corpo a corpo».

Mi osservò, riflettendo sulle mie parole. «Seguendo la tua logica, anche la maggior delle omega non possiede poteri magici».

Scossi la testa. «Molte di noi, qui, ne ha. Ma, di solito, non sono gli alfa V-Clan che dobbiamo temere. A meno che tu non ritenga che ci sia un motivo per pensarla diversamente…?».

Mmh, mormorò. *Bella mossa, piccola killer.*

Ignorai il complimento, aspettando invece che mi rispondesse ad alta voce.

«I vampiri alfa tendono ad avere capacità soprannaturali e non sono noti per la loro gentilezza» rispose con un bagliore pericoloso negli occhi.

Questo è un colpo basso, alfa.

Può darsi, ma resta comunque vero, omega.

Non sono d'accordo. «Solo le omega V-Clan e quelle vampire devono preoccuparsi di loro. Non sono attratti dalle altre omega».

«Quindi, ai fini di questa dimostrazione, vuoi che io usi la forza bruta e nient'altro, mentre tu puoi fare appello a tutti i tuoi talenti».

«Sì. Se ne hai il coraggio» lo provocai.

Arricciò le labbra. «Il coraggio non c'entra, Kyra. La mia prima e unica preoccupazione è quella di fornire un addestramento adeguato».

«Allora pensi che dobbiamo imparare a proteggerci da alfa come te, cioè alfa V-Clan?» insistetti, consapevole di essere ingiusta con lui. Ma volevo innervosirlo.

E avevo *bisogno* di un vantaggio, oltre alla possibilità di leggergli la mente.

«Esistono pochissimi alfa in grado di rivaleggiare con me, in termini di potere. Uno di questi è Kieran, il compagno *scelto* da Quinnlynn MacNamara». Parlando, il suo sguardo indugiò sulla folla. Si stava rivolgendo a loro, non a me. «Kieran non userebbe mai il suo dono per fare del male a un'omega, e nemmeno io».

Poi tese le mani in avanti, tornando a concentrarsi su di me.

«Non userò la magia, Kyra. Ma non attaccherò per primo. Ora è il tuo turno».

LORCAN

Come sono finito in questo casino? Nel bel mezzo di un ring improvvisato, circondato da omega, con la mia compagna *che mi annuncia con lo sguardo la mia prematura dipartita.*

Oh, giusto. L'omega Z-Clan aveva interrotto la mia perlustrazione dei confini dell'isola e mi aveva chiesto di mostrare a lei e alle sue amiche qualche mossa di autodifesa.

E questo aveva portato all'arrivo di Kyra, che aveva deciso di vomitarmi addosso una valanga di risentimento.

Risentimento che non meritavo.

Ma lo avrei accettato, se l'avesse aiutata a guarire la sua anima ferita.

Cazzo, Cillian mi prenderà in giro fino alla fine dei tempi, pensai, mentre Kyra cominciava a camminarmi intorno. *Se fosse al mio posto, l'avrebbe già sbattuta nelle segrete. E invece eccomi qui, ad assecondarla con questo stupido gioco.*

Non voleva che usassi i miei poteri, convinta che così saremmo stati alla pari.

Si sbagliava.

I miei poteri contribuivano al mio status di alfa, non lo definivano.

Kyra si teletrasportò alle mie spalle. Da quello che mi aveva rivelato la sua mente, aveva l'abilità di nascondere la sua presenza, attenuando perfino il suo odore.

Ma il mio lupo riusciva ancora a sentire il suo odore.

Arance rosse speziate.

Un aroma che aveva iniziato a infiltrarsi nei miei sogni. Ora eravamo legati, nel bene e nel male. E ciò mi rendeva incredibilmente in sintonia con i suoi movimenti.

Mi aveva detto di non usare i miei poteri. Ma non mi aveva detto di non sfruttare la nostra connessione. Certo, non potevo interromperla, ma nemmeno lei.

Una fitta di dolore mi attraversò la schiena, quando la sua lama colpì la mia pelle nuda. Una ferita superficiale, che entusiasmò il mio lupo. Quei preliminari gli stavano piacendo fin troppo.

«Oh, scusami» disse Kyra, materializzandosi davanti a me. «Volevi un'arma anche tu?».

La guardai con un'espressione impassibile. «Hai chiesto una dimostrazione realistica. Quindi no, non voglio un'arma. Gli alfa attaccano le omega perché vogliono possederle e scoparle, non ferirle o ammazzarle accidentalmente».

«Dillo alle omega Z-Clan, che sono quasi estinte» ribatté Kyra.

«Gli alfa Z-Clan sono dei pazzi esaltati, orgogliosi di fare a pezzi chiunque considerino inferiore» puntualizzai. «E lo fanno con gli *artigli*, Kyra. Non con le armi».

Con la coda dell'occhio, vidi Ashlyn trasalire. Mi sentii subito in colpa per la descrizione cruda del suo vecchio branco.

Non conoscevo la sua storia, ma sospettavo che fosse piuttosto cruenta.

E l'avevo appena riassunta senza un briciolo di ritegno.

Cazzo. Ecco perché evitavo le omega. Non avevo la

delicatezza necessaria per gestire situazioni del genere. Non ne avevo nemmeno il desiderio.

La mia leadership era basata sulla protezione, non sul supporto emotivo.

Deglutii e mi voltai verso Ashlyn, con delle parole di scusa sulla punta della lingua.

Solo per ritrovarmi con un pugnale conficcato nel fianco.

Feci un giro su me stesso, afferrando il manico per estrarre l'arma.

La mia abilità di guarigione si attivò, e la sensazione di bruciore che mi infiammava le vene si placò immediatamente. Quando si trattava di quel talento tipico della nostra famiglia, non ero neanche lontanamente potente quanto Kieran, ma lo ero abbastanza per curarmi senza troppa fatica.

Si levò un coro di espressioni sorprese, sia per la mia rapidità che per le mie abilità di guarigione, ma ciò non impedì alla mia piccola furia di cercare di accoltellarmi con l'altro pugnale.

Dritto al cuore.

Afferrai la lama e la gettai a terra. La punta affilata penetrò nel ghiaccio, suscitando un'altra serie di sussulti nella folla. Non capitava tutti i giorni che qualcuno fosse così forte da spaccare il ghiaccio con un coltello, ma era una perfetta dimostrazione del mio potere di alfa.

Non avevo bisogno della telecinesi o di guarigioni miracolose per mettere in ginocchio un'omega. Mi bastava esistere.

Eppure, la mia compagna si rifiutava di piegarsi.

In qualche modo, era riuscita a trovare un *terzo* pugnale e ora era decisa a tagliarmi la gola.

Le afferrai il polso prima che potesse portare a termine

il suo piano omicida, e la strattonai verso di me, stringendola al petto. «Basta così» le ringhiai all'orecchio.

Non stava insegnando alle omega come difendersi. Voleva solo farmi fuori. E nonostante lo avessi saputo fin dall'inizio, avevo sperato che si sarebbe rivelata comunque una lezione utile.

Ma non c'era modo di ragionare con Kyra, non in quello stato.

Si materializzò alle mie spalle, con la lama alla disperata ricerca della mia carne.

Mi voltai anch'io, la presi per i fianchi e teletrasportai entrambi nel suo nido.

Quella disputa necessitava di un po' di privacy, e non volevo più permetterle di mancarmi di rispetto davanti alle altre omega.

Capivo il suo odio nei confronti degli alfa, ma ciò non significava che poteva sfogare pubblicamente i suoi pregiudizi *su di me*. Soprattutto ora che Kieran stava per ereditare quel territorio; ciò avrebbe reso lui l'alfa del settore, e me il suo Élite.

La immobilizzai sul letto, bloccandole le gambe e le mani con le mie.

Ringhiò sotto di me come una piccola gatta selvatica, con la furia che danzava nelle sue iridi feline.

«*Basta*» ripetei.

Ma era come se non mi sentisse.

Il desiderio di uccidermi le riecheggiò nella mente. Si smaterializzò, ricomparendo poco più in là per recuperare una delle sue armi nascoste.

Sfruttai i miei poteri per avvolgere ogni oggetto appuntito presente nella stanza e bloccarlo lì dov'era. Mi aveva chiesto di non usare la telecinesi durante la dimostrazione, ma ora non eravamo più sul ring.

Tuttavia, evitai di usare le mie abilità direttamente su di lei. Non volevo rischiare di turbarla di nuovo.

Così, mi limitai ad alzarmi in piedi e ringhiare. Emettendo un verso più profondo. Più potente. Il verso di un alfa che esige la sottomissione.

Vidi le sue gambe irrigidirsi, quella testarda di un'omega stava cercando di opporsi al bisogno di inginocchiarsi.

Il caos esplose nei suoi pensieri. I ricordi del passato si scontrarono con il presente, e il mio ringhio si sovrappose a quello di un altro.

Facendola piagnucolare come un cucciolo disperato.

Poi ringhiò di nuovo, tentando di afferrare uno dei suoi shuriken.

Quando il metallo non si mosse, Kyra balzò verso un altro nascondiglio, solo per ritrovarsi davanti allo stesso problema.

«Smettila!» gridò, girandosi verso di me.

«*No*». Instillai tutto il mio potere in quella singola parola, con un ringhio così deciso che l'attimo dopo le sue ginocchia cedettero.

La afferrai prima che cadesse a terra, sistemando il suo corpo tremante sul letto. Rabbia e paura sembravano lottare per avere il sopravvento dentro di lei.

Sono debole, sussurrò a se stessa. *No. No, fanculo. Non sono debole. Sono… Lui… Questo… Ugh!*

«Kyra». Mi avvicinai a lei, facendo attenzione a non toccarla. Perché avevo udito la traiettoria che avevano imboccato i suoi pensieri, la terrificante attesa di quello che sarebbe seguito.

Si aspettava che la punissi, e aveva in mente diversi metodi creativi. La maggior parte dei quali era di natura sessuale.

Nonostante considerassi una piccola zuffa alla stregua dei preliminari, di certo non mi sarebbe piaciuto mettere in pratica nessuna delle scene perverse che stavano affiorando nei suoi pensieri. Immaginai che fosse il suo ex compagno l'ispirazione per molte di quelle situazioni violente e selvagge.

«Kyra» tentai di nuovo. Ma lei si scagliò su di me con rinnovato vigore.

Stavolta, non ebbi altra scelta che bloccarla ancora una volta sotto di me sul materasso. E ringhiai di nuovo.

La sua lupa uggiolò in risposta, poi Kyra si chiuse improvvisamente in se stessa.

Sospirai. Odiavo tutto questo.

«Ascolta, se continui a fantasticare di uccidermi, non avrò altra scelta che chiuderti in gabbia» le dissi.

Non sapevo se lo avrei fatto davvero, il mio avvertimento era stato ispirato dal modo in cui ero certo che Cillian avrebbe gestito la situazione.

Kyra non doveva aver sentito quella parte nella mia mente, ma solo le parole che mi erano uscite dalla bocca, perché sbatté le palpebre come se si stesse svegliando. E poi mi soffiò contro come una gatta.

O forse considerava quel verso una sorta di ringhio.

In ogni caso, il mio lupo le rispose a tono.

La situazione stava diventando ridicola.

Mi alzai dal letto, avevo bisogno di spazio. Soprattutto perché ero nel bel mezzo del suo fottuto nido, un aspetto di cui il mio lupo era fin troppo compiaciuto. Non gli importava che lei avesse cercato di uccidermi nel modo più stupido possibile. La vedeva solo come una tattica di seduzione.

E ora che eravamo nel cuore del territorio dell'omega, voleva presentarsi intimamente alla sua compagna.

Ma non sarebbe mai successo. *Mai.*

«Non ho nessun desiderio di consumare il nostro legame» informai sia lui che Kyra.

Quella donna non mi voleva. Era chiaro. E non avrei *mai* preso con la forza né lei, né nessun'altra donna.

Solo perché un alfa poteva fare qualcosa non significava che avrebbe dovuto farlo, o che ne avesse il diritto.

«Non sono rimasto qui per instaurare una relazione con te o per trovare un'altra potenziale compagna. Sono qui per Kieran e Quinnlynn. E sono qui perché quest'isola è ufficialmente sotto la protezione del settore Blood. Nient'altro».

Lei mi fissò dal suo nido, sembrando ancora più minuta, immersa com'era in tutte quelle lenzuola.

Il mio lupo fece le fusa, trovando l'immagine piuttosto invitante.

Ignorai sia lui che l'attraente aroma di arance rosse e cannella.

«Quando Quinnlynn e Kieran saranno pronti a tornare nel settore Blood, andrò con loro» aggiunsi. «Le nostre interazioni saranno ridotte al minimo».

Mi guardò a bocca aperta, con un accenno di sorpresa che le si insinuava nella mente. Non capivo perché. Ero stato chiaro fin dall'inizio: non avevo mai desiderato una compagna, ero lì solo per Kieran.

«E il mio calore?» chiese. Una domanda che non mi aspettavo.

Inarcai un sopracciglio. «Cosa?».

«Non vuoi offrirti di aiutarmi ad affrontarlo?».

«Vuoi che mi offra di farlo?» replicai, sicuro della risposta.

«No». *Appunto.*

«Allora no, non ti offrirò il mio aiuto. In più,

richiederebbe che lasciassi il settore Blood per almeno un mese, cosa che non desidero fare».

Si mise lentamente a sedere, con i capelli arruffati. Molte delle ciocche nere dai riflessi bluastri sfuggirono dalla coda di cavallo. Non sembrò notarlo, o probabilmente non le importava. Tutta la sua attenzione era rivolta a me. «Parli sul serio».

«Sì». Non sentii il bisogno di approfondire. Era quello che le avevo detto fin dall'inizio, ma sembrava che se ne fosse resa pienamente conto solo in quel momento.

«Oh». Arricciò il naso. «Ma...». Aggrottò la fronte. «Ma siamo legati».

Alzai le spalle. «Da un certo punto di vista, potrebbe anche rivelarsi utile. Potrai avvertirmi rapidamente, se ci fosse qualche problema al Santuario». Le lanciai un'occhiata, e aggiunsi: «O durante una delle tue incursioni illegali».

Perché avevo frugato nella sua mente alla ricerca di informazioni su come riuscisse a entrare nel settore Blood senza essere scoperta.

Avevo riferito a Cillian la sua abitudine di rubarci parte delle nostre tasse trimestrali. E lui stava già provvedendo a riallocare parte del sangue per mandare un rifornimento mensile al Santuario.

«Sono deciso a offrirti il mio sostegno, a te e alle altre omega» mormorai. «E anche Cillian».

«A quale prezzo?» chiese con un'espressione diffidente.

«Nessun prezzo, Kyra. Il Santuario cade sotto la nostra giurisdizione, e noi proteggiamo sempre i nostri».

Scosse la testa. «Non ci uniremo al settore Blood».

«Non si tratta del settore Blood. Si tratta di Kieran. Ora la sua magia di guarigione pervade tutto il Santuario, il suo potere si è sposato a quello di Quinnlynn per rinforzare la barriera. Ciò significa che questo posto è sotto la sua protezione. E, di conseguenza, sotto la mia».

«Perché la tua lealtà è verso Kieran».

«Sempre».

Kyra annuì lentamente. «Sto iniziando a capirlo».

«Bene». Mi allontanai di un passo dal letto. «Allora siamo d'accordo: staremo alla larga l'uno dall'altra, e tu la smetterai di tramare il mio omicidio».

Non rispose immediatamente, ma udii il suo ragionamento. Finalmente mi stava ascoltando. Che sollievo.

«Va bene» mormorò. «Non posso prometterti di non fantasticare di ucciderti. Però... però non cercherò di mettere in pratica nessuno dei miei piani. Per ora».

I suoi pensieri mi confermarono che non avrei ottenuto una risposta migliore. Avrei dovuto farmela bastare. «Fantastico. Passa una bella serata, Kyra».

Sparii prima che potesse rispondere, soprattutto perché il suo odore stava iniziando ad avere effetto sui miei sensi. E non volevo che il mio lupo la allarmasse.

Prima o poi, si sarebbe dato una calmata.

Forse.

Ah, non importava. Non sarebbe mai successo nulla con Kyra. E, nel giro di qualche settimana, me ne sarei andato.

KYRA

Mmh…

Il mormorio nella mia mente mi fece correre un brivido lungo la schiena. Conoscevo fin troppo bene quel suono. Lo temevo. E una parte perversa di me lo bramava ancora.

Percepisco… un cambiamento…, sussurrò la voce profonda. *Un altro alfa, amore mio? È questo che ti sento sognare?*

Il mio cuore mancò un battito. La domanda era talmente realistica, ed era giunta con un tale tempismo, che quasi mi convinsi che stesse accadendo davvero. Ma sapevo che non era così. Si trattava solo dell'ennesimo sogno. Un incubo. Un nuovo modo in cui il fantasma di Fare mi tormentava.

Chi è?, chiese dolcemente. Le sue parole erano come una carezza sulla mia mente. Riuscivo quasi a immaginarlo, mentre mi passava quelle lunghe dita tra i capelli e mi parlava con il suo tono rassicurante.

Solo che era tutta una menzogna.

Fare aveva sempre fatto finta di preoccuparsi per me. Faceva le fusa, mi coccolava e mi parlava teneramente, ma solo per indurmi a sentirmi al sicuro. Poi mandava tutto in frantumi, distruggendo il mio nido, ridendo mentre i suoi amici mi facevano a pezzi davanti ai suoi occhi.

Tutto quel sangue e quella devastazione, il mio rifugio sicuro spazzato via.

Sei il mio giocattolo, diceva. *Il mio prezioso giocattolo. E io adoro rompere i miei giocattoli.*

Mi si rivoltò lo stomaco, la sua voce era ancora una presenza costante nei miei pensieri.

Dimmi chi è, continuò in quel momento. *Dimmi chi è che ti sta turbando così tanto.*

Il suo tono vellutato si insinuò nel mio subconscio, mettendo a dura prova la mia sanità mentale.

Nelle ultime settimane, gli incubi erano diventati sempre più frequenti.

Per colpa di Lorcan. Del nostro legame. Di quell'*accoppiamento di convenienza* che ero stata costretta ad accettare.

«Dimmi quello che voglio sapere» mi mormorò all'orecchio, avvolgendomi la mano intorno alla gola. «O preferisci che te lo strappi a furia di sesso?».

Sentii la sua pelle nuda a contatto con la mia schiena. Una sensazione sbagliata. *Realistica.*

Il sangue mi si gelò nelle vene, e fui di nuovo attraversata da un brivido. Sentivo il suo nodo premere sul mio fondoschiena, la minaccia di violenza in agguato appena sotto la superficie.

Mi avrebbe costretta a prenderlo. Mi avrebbe costretta a godere. Mi avrebbe inondato le viscere con la sua essenza velenosa.

Ma la parte più ribelle di me rifiutò di dargli un nome. Rifiutò di parlargli di Lorcan. Perché quello era il mio segreto. *La mia vera realtà.*

Questo è un sogno.

Fare non è davvero qui.

È morto. L'ho ucciso.

Ma la sua risatina sembrava terribilmente reale. Inquietante. E sembrava quasi una promessa. *Una provocazione.*

«Mi piace quando cerchi di opporti, piccola» mi sussurrò sul collo. Parole pronunciate ad alta voce, non nella mia mente. «Rende tutto questo ancora più dolce».

Le sue zanne si conficcarono nella mia carne, provocando una fitta di dolore che attraversò ogni fibra del mio essere, strappandomi un grido.

Sobbalzai.

E mi ritrovai di scatto a sedere sul letto. Mi portai una mano alla gola.

Niente sangue. Nessuna ferita. Nessun profumo di rosa.

Rabbrividii, mettendo a fuoco il mio nido. Il mio rifugio. Intatto. Con il mio odore soltanto.

No, non solo il mio. *Anche quello di Lorcan.*

Era così da più di una settimana, dall'ultima volta che avevamo parlato. Soprattutto perché non avevo cambiato le lenzuola. Mi… mi piaceva l'odore che aveva lasciato.

Mi ricorda i sempreverdi.

Deglutii, chiudendo gli occhi, mentre l'incubo si mescolava alla realtà.

Fare è morto. Lorcan è il mio compagno.

Afferrai le lenzuola e me le portai al naso. Inalai, un gesto accolto dalla mia lupa con un sospiro. L'odore persistente dell'alfa la confortava più di quanto volessi ammettere.

Negli ultimi dieci giorni, Lorcan non mi aveva nemmeno degnata di uno sguardo. Era rimasto per conto suo, offrendo di tanto in tanto qualche consiglio sull'autodifesa ad Ashlyn e alle altre.

Fritz non ne era molto felice.

E nemmeno io, ma per motivi completamente diversi.

La mia lupa non voleva condividere Lorcan. Non importava che lui non fosse davvero nostro; lei non capiva il concetto di *convenienza*. Lo vedeva come il suo compagno.

Io, invece, lo vedevo come… beh, non lo sapevo. Non era un nemico. Non realmente. Era… era diverso.

Com'era accaduto spesso, negli ultimi giorni, la mia mente mi ripropose la conversazione avuta dopo l'incidente durante l'addestramento.

Non riuscivo ancora a credere che non volesse scoparmi.

Che genere di alfa non approfitta del calore della sua compagna?, mi domandai.

Un buon alfa, conclusi.

Era un ossimoro di cui non conoscevo l'esistenza. *Buon alfa*. Com'era possibile?

Sospirai, mi stiracchiai e mi guardai intorno ancora una volta. La vista familiare del mio nido mi aiutò in parte a calmarmi, ma non mi sembrò sufficiente.

Devo andare a correre, decisi. Un pomeriggio con la mia lupa mi aiutava sempre a scacciare ogni traccia residua di Fare. Probabilmente perché era sempre stato solo il mio lato vampiro a essere attratto da lui.

La mia bestia interiore mi aveva donato la forza di cui avevo avuto bisogno per sopravvivere. Senza di lei… beh, probabilmente lui non sarebbe morto. E io sarei rimasta per sempre nella sua tana. Come sua schiava.

Almeno fino a quando uno dei suoi amici non avesse esagerato. Ero sempre stata quella indistruttibile, la mia genetica di ibrido mi rendeva difficile da uccidere.

Si divertivano a condurmi in fin di vita solo per vedermi guarire.

Deglutendo a fatica, ricacciai i pensieri del passato nella loro scatola malconcia e scivolai fuori dal mio nido.

Ero già nuda, perché mi piaceva crogiolarmi nelle lenzuola profumate di Lorcan.

Perché la mia lupa era ossessionata dal *suo alfa*.

Sbuffai e mi teletrasportai nella mia grotta di ghiaccio preferita, poi mi misi a quattro zampe per trasformarmi.

Erano passate alcune settimane dall'ultima corsa; ciò spiegava il modo in cui la mia lupa praticamente esplose fuori da me. Si diede una scrollata al mantello, poi si gettò a terra, iniziando a rotolare.

Nonostante potessi controllare i suoi movimenti, preferivo non farlo. Era più divertente lasciare che facesse quello che voleva.

Si mise sul fianco, ansimando soddisfatta, poi si alzò in piedi e scrollò ancora la pelliccia.

Pronta a correre?, le chiesi.

Rispose con uno sbuffo, lanciandosi fuori dalla grotta per iniziare il nostro solito percorso lungo i confini dell'isola.

Ma… a un certo punto deviò appena, quando i nostri sensi furono solleticati da un odore familiare.

Spalancai gli occhi. *Aspetta…*

Troppo tardi. Nel momento in cui la fragranza di sempreverde di Lorcan si posò sul suo muso, partì di scatto verso di lui.

Merda.

Cosa c'è?, chiese immediatamente Lorcan.

La sua domanda indicava che non stava ascoltando attivamente i miei pensieri.

Grazie al cielo. L'ultima cosa che volevo, o di cui avevo bisogno, era che sapesse che i miei incubi stavano peggiorando. O che il mio lato animale era attratto da lui.

La mia lupa ti sta dando la caccia, borbottai. *Scusami.*

Non rispose, ma percepii la sua sorpresa.

Poi apparve in lontananza, in tutta la sua gloria di lupo. O meglio, presumevo che fosse lui, visto che sull'isola non c'erano altri mutaforma V-Clan di quelle dimensioni.

Beh, tranne forse Kieran.

Ma lui era ancora occupato con Quinn.

"Gigantesco" non descriveva neanche lontanamente la bestia di Lorcan. Se ci fosse mai stato qualche dubbio sul suo status di alfa, il suo aspetto in quel momento lo avrebbe spazzato via.

Si trovava in cima a un blocco di ghiaccio, con la pelliccia nera che scintillava alla luce del tramonto.

Era metà pomeriggio, ma il sole non splendeva a lungo in quel periodo dell'anno. Di conseguenza, mi aspettavo che la mia lupa volesse crogiolarsi sotto gli ultimi raggi. E invece no. Era molto più interessata alla maestosa creatura che si stagliava davanti a noi.

Mentre ci avvicinavamo, si voltò verso di noi. Il suo manto era lucido e setoso. Avevo visto altri alfa in forma di lupo, visitando il settore Blood nel corso degli anni. Ma non mi ero mai fermata ad ammirarne uno. Sarebbe stato un ottimo modo per essere scoperta.

Lorcan piegò la testa di lato. *È presto. Hai fatto un altro brutto sogno?*

E per fortuna che non doveva sapere dei miei incubi. Ma, considerando quanto fosse in sintonia con la mia mente, non ne fui sorpresa. Almeno non voleva parlarne.

La mia lupa aveva bisogno di una corsa, risposi. Non che gli dovessi una spiegazione. *Perché sei sveglio?* Non appena glielo ebbi chiesto, però, me ne pentii. La domanda mi aveva messa a disagio.

Perché conoscevo già la risposta. Ciò significava che stavo tentando di *chiacchierare* con lui, una cosa che non ero solita fare. Era una perdita di tempo, e io odiavo perdere tempo.

Sto perlustrando il confine.

Perché?, chiesi, dando voce alla domanda su cui mi ero arrovellata per settimane. *Perché controlli sempre il perimetro? L'isola è protetta da una barriera. Nessuno può entrare, a meno che non si tratti di un'omega o del suo compagno. Te l'ho già spiegato.*

Non volevo parlargli in modo così brusco, ma mi era venuto spontaneo.

Invece di rispondere, trotterellò verso di me e incontrò la mia lupa impaziente su un blocco di ghiaccio più vicino al livello del mare. Lei gli fu subito addosso, suscitandomi una smorfia interiore.

Scusami. Cercai di farla arretrare, ma mi ringhiò nella mente. *Di solito, le lascio la libertà di fare quello che vuole.*

Lorcan rimase in silenzio, ma abbassò la testa, permettendo alla mia lupa di strusciare il muso sul suo.

Seriamente, smettila, rimproverai il mio animale.

Ma lei non voleva saperne di darci un taglio. Aveva desiderato quell'alfa per settimane, e ora aveva tutte le intenzioni di sfruttare la situazione.

Gemetti internamente, quando si strofinò sul suo fianco per annusargli la pelliccia.

Nella mia mente iniziarono a formarsi nuovamente delle scuse, ma si bloccarono quando Lorcan emise un profondo brusio. La mia lupa praticamente si sciolse in risposta, premendo il muso sul suo petto, godendosi quel verso ipnotico.

Cazzo. Se fossi stata in forma umana, sarei stata paonazza. Per fortuna, il mio manto nero non poteva arrossire.

Dentro, però, ero in fiamme. Per molte ragioni. Ragioni che non avevo nessuna intenzione di esaminare.

Vuoi unirti a me per la mia perlustrazione?, chiese Lorcan. La sua voce mentale aveva un tono piatto, nonostante le fusa inebrianti che gli vibravano nel petto.

Mi domandai se fosse il suo lupo a emettere quel brusio, e non lui. Ciò mi avrebbe fatta sentire un po' meglio, ora che il mio animale stava cercando di incollarsi al corpo massiccio del suo.

Una perlustrazione mi sembra un'ottima idea, gli risposi, nonostante non ce ne fosse bisogno. Ma almeno avrebbe dato qualcosa di produttivo da fare alla mia lupa.

Peccato che lei non la pensasse così.

Perché si era appena gettata sulla schiena, mostrando la pancia all'alfa.

La smetti di mettermi in imbarazzo?!, sbottai.

Mi rispose con un guaito.

No. Quel suono era per *Lorcan*.

Confermando che non aveva *nessuna* intenzione di smetterla di mettermi in imbarazzo.

Oh, dei, gemetti, quando iniziò a scodinzolare.

Lorcan emise un suono mentale che ricordava molto una risatina. Ma era anche un po' roco. Quindi forse era uno sbuffo? O la sua versione di un gemito frustrato?

Nel frattempo, il suo lupo aumentò l'intensità delle fusa e si chinò per dare un piccolo morso delicato alla gola del mio animale.

Un gesto di dominio a cui avrei dovuto ribellarmi. Eppure, la mia lupa ne fu estasiata, fidandosi in maniera innata che la bestia non le avrebbe mai fatto del male.

Tutto questo è patetico, la rimproverai. *Sei molto meglio di così.*

L'alfa le leccò il muso, poi raddrizzò il capo. *Corriamo, piccola killer.*

Partì al trotto, facendomi accigliare internamente, mentre la mia lupa lo seguiva.

Forse Lorcan controllava il suo animale più di quanto pensassi.

Per rispondere alla tua domanda di prima, sto perlustrando regolarmente i confini perché c'è qualcosa che turba il mio lupo, e devo ancora determinare di cosa si tratta, disse Lorcan, conducendoci verso la riva. *Così, ho iniziato a controllare in momenti diversi, per vedere se riesco a capire cosa c'è che non va.*

La mia lupa si mise al passo con lui, dandogli una testata giocosa. Lui fece lo stesso, suscitando una sorta di *trillo* felice da parte del mio animale.

Sei veramente impossibile, pensai, rivolta a lei.

Mi rispose con un piccolo guaito implorante e aumentò il passo, voleva proprio correre.

Lorcan la raggiunse facilmente, con le sue zampe potenti che lo identificavano come il lupo più forte. Ma sospettavo che forse, nello scatto, sarei riuscita a batterlo. Ero veloce. E più piccola. Ciò significava che avevo meno massa da trasportare, e questo mi rendeva più rapida.

Tuttavia, la mia lupa non voleva fare una gara. Voleva solo correre.

Mentre ci avvicinavamo alla riva ghiacciata, la mia mente frugò in quella di Lorcan per avere qualche chiarimento su cosa turbasse il suo lupo. Ma non sembrava in grado di definirlo; sentiva solo, istintivamente, che c'era qualcosa che non andava.

Forse è perché la magia non ti è familiare?, suggerii.

Può darsi, rispose. *Ma sento l'energia di mio cugino unirsi a quella di Quinnlynn. Eppure, c'è qualcosa che tormenta il mio lupo. Una sorta di intrusione che non riesco a definire.*

La frustrazione gli riecheggiava nella mente, il suo nervosismo era palpabile. Non essere in grado di individuarne la causa lo irritava da morire.

Mentre continuavamo a correre lungo il confine, cercai di percepire qualsiasi cosa stesse cogliendo il suo animale.

La mia lupa si stava finalmente concentrando su qualcosa di importante, invece che sull'alfa accanto a lei. Ma non notai nulla di strano.

Beh, a parte il fatto che correre sul ghiaccio con qualcun altro in forma di lupo era una sensazione completamente diversa. Di solito, usavo queste uscite per passare un po' di tempo con il mio animale interiore. Ma lei sembrava contenta di quel cambiamento.

Un po' *troppo*, a dirla tutta.

Per fortuna, Lorcan se ne sarebbe andato presto. *Il calore di Quinn dovrebbe terminare tra una settimana*, gli dissi. *Ammesso che si comporti come un ciclo normale.*

La maggior parte delle omega V-Clan non andavano in calore fino all'estate, e ciò spiegava perché la nostra specie tendesse a cadere in una sorta di letargo in quel periodo dell'anno.

Per quello, e perché non amavamo molto la luce del sole. Eravamo simili ai vampiri, ma con una natura lupesca. Il sole non ci faceva del male, era solo un fastidio che cercavamo di evitare.

Sembra che sia un ciclo normale, rispose Lorcan. *Quinnlynn è incinta.*

Lo so. Ne avevo colto l'odore familiare qualche giorno prima.

Ho già iniziato a prendere accordi con Cillian, perché avremo bisogno di un jet invisibile ai radar. Il suo lupo iniziò a rallentare, eravamo quasi arrivati al punto da cui eravamo partiti.

Cillian non potrà volare qui. E se fossi stata costretta a spiegarne ancora una volta il motivo, avrei…

Sarò io a pilotarlo, intervenne. *Ma ho bisogno di qualcuno che mi guidi. Un conto è teletrasportarsi nel Santuario, un altro è arrivarci con un jet.*

Mi stai chiedendo di aiutarti?, domandai.

Sì. Si fermò vicino a dove la mia lupa si era strusciata su di lui un'ora prima. L'isola non era molto grande, era facile percorrerla rapidamente a quattro zampe. *Puoi accompagnarmi nel settore Blood e poi di nuovo qui? Per Quinnlynn?*

Forse dovremmo aspettare per essere sicuri che voglia tornare indietro?, suggerii.

Ma sapevo già che era quello che voleva. Ora era incinta, ciò significava che non poteva teletrasportarsi. Ed era particolarmente vulnerabile agli attacchi. Kieran l'avrebbe voluta nel cuore del loro regno, per proteggerla.

Con Cillian e Lorcan al loro fianco.

Non importa, dissi, sentendomi improvvisamente stanca. *È dove vorrà essere.* Non aveva senso considerare le alternative.

Purtroppo, ciò significava che sarei rimasta lì come leader del Santuario. Non che avessi un altro luogo in cui stare. Ma mi sembrava di occupare quella posizione *temporanea* da un'eternità, sempre in bilico tra il ruolo che coprivo e la consapevolezza di non essere davvero la loro regina.

Perché quel ruolo spettava a Quinn.

Tuttavia, doveva occuparsi prima del settore Blood, lasciandomi al comando dell'isola in sua assenza.

Vengo con te, gli dissi, mentre la mia lupa si stiracchiava. Aveva le zampe doloranti a causa della lunga corsa. Poi sbadigliò, mostrando quanto fossimo entrambe esauste. Mi sembrava che fosse passato un secolo dall'ultima volta che mi ero concessa una notte di sonno decente.

Basta che tu mi faccia sapere quando, aggiunsi, mentre la mia lupa svoltava verso la nostra caverna preferita. *Vado a farmi un pisolino.*

Era uno dei piaceri che mi concedevo dopo una corsa: raggomitolarmi sul ghiaccio e riposare. Mi rilassava. Forse perché era un luogo tranquillo. Sicuro. *Che mi ricorda la mia vecchia cella.*

A volte, anche le tracce del passato potevano aiutare a guarire. Ma era soprattutto perché mi dava una parvenza di controllo; potevo stare nella grotta per quanto tempo volevo.

Sono libera.

Era quello il punto: il promemoria di quello che avevo dovuto affrontare, uscendone vincente.

Fu solo quando raggiunsi l'entrata della grotta che mi resi conto che Lorcan mi aveva seguita, il suo lupo era una presenza forte e silenziosa dietro di me. Ma non avevo fatto attenzione. La mia lupa, d'altro canto, non ne sembrò sorpresa. Anzi, sembrava… *accogliente.*

Non si voltò per ringhiargli contro o per mandarlo al diavolo, facendo scattare la coda.

Al contrario, si stese nel nostro solito posto, girata verso l'ingresso.

Quando Lorcan entrò, chiuse gli occhi, facendomi incupire internamente. *Cosa stai facendo?*, le dissi. *Questo è il nostro posto, non il suo.*

Ma poi le fusa dell'alfa riempirono l'aria, come il calore del suo corpo massiccio che si sistemava accanto a me. *Rilassati, omega*, mormorò Lorcan. *Cerca di dormire.*

Con te qui? No.

Dillo alla tua lupa, rispose dolcemente, intensificando il suo brusio.

Un'altra ondata di stanchezza mi lasciò temporaneamente senza parole. Avevo la mente annebbiata. Cercai di ritrovare il filo del discorso, ma la mia lupa sembrava averci già cullate nel sonno.

Per colpa di quelle maledette fusa.

Anche se erano piacevoli.

Molto meglio dei… *dei miei incubi.*

La mia lupa sbadigliò di nuovo, poi si rannicchiò contro il fianco di Lorcan. *Un pisolino*, le intimai. *Ti spetta un solo pisolino con l'alfa. Poi basta, okay?*

Non rispose.

Ma in qualche modo sapevo che non mi avrebbe obbedito. Non lo faceva mai.

Per fortuna, Lorcan se ne sarebbe andato presto. E allora le cose sarebbero tornate alla normalità. *O almeno spero.*

LORCAN

Kyra dormiva profondamente accanto a me, la sua mente era meravigliosamente silenziosa.

Non lo avrebbe mai ammesso, ma ne aveva bisogno. Un sonno senza incubi. Un momento di vera pace.

Nelle ultime settimane, mi aveva svegliato spesso con un grido mentale. E ogni volta mi aveva trascinato nella sua mente, dove avevo silenziosamente osservato il suo passato.

Le prime volte avevo cercato di andarmene, non volendo essere invadente. Ma il suo terrore continuava a trascinarmi verso di lei, con il mio istinto di protezione che prendeva il sopravvento.

Ultimamente, avevo provato a fare le fusa per calmarle la mente. Un suono che emettevo raramente, perché destinato ai compagni. Era stato sottile, ma sembrava che avesse funzionato. Almeno un po'.

Considerata l'accoglienza ricevuta dalla sua lupa, avrei potuto scommettere che il suo animale interiore era consapevole dei miei tentativi di aiutarle a riposare.

Non era un'azione del tutto altruistica, perché anch'io avevo bisogno di dormire di più. Ed era impossibile riuscirci, con la paura di Kyra che riecheggiava attraverso il nostro legame ogni volta che si addormentava.

La sua lupa si stiracchiò, stretta al corpo del mio. Il suo piccolo muso adorabile affondò nella mia pelliccia e inspirò profondamente. Il mio animale emise un brontolio affettuoso in risposta, contento del modo in cui invadeva il suo spazio.

Era strano, perché di solito la mia bestia preferiva stare da sola. Ma sembrava più che felice di assecondare la piccola omega.

Perché la vedeva come sua.

Era una complicazione che non avevo previsto. Piuttosto ingenuo, da parte mia. Era ovvio che il mio lupo si sarebbe sentito possessivo nei confronti della femmina.

Il mio animale non capiva che mi ero accoppiato con Kyra per pura convenienza. Per lui, quella lupa era sua. E qualcosa mi diceva che, anche senza il legame, sarebbe stato comunque interessato a lei.

Era forte. Una sopravvissuta. Una leader. Bella. Astuta. Forse un po' problematica. Sicuramente un'anima ribelle. E leale.

Così tante caratteristiche affascinanti.

Perfino la sua testardaggine lo era. Almeno fino a un certo punto. Era una sfida, e a me piacevano le sfide.

Non che stessi valutando l'idea di accettare quella.

Tuttavia, non riuscivo a evitare di fare le fusa alla sua lupa. In passato, era stata ferita. E una parte di me voleva guarire il suo cuore spezzato.

Era una strana reazione, che non comprendevo. Ma rimasi con lei nella caverna di ghiaccio, tranquillizzandola nell'unico modo che conoscevo.

Passarono le ore. Fu solo quando la luna era già da un po' alta nel cielo che iniziò ad agitarsi.

Tornai in forma umana e la presi tra le braccia, poi

teletrasportai entrambi nel suo alloggio. La posai delicatamente sul letto, e andai nella mia stanza.

Qualche minuto dopo, la sentii sussurrare: *Grazie.*

Prego, risposi con lo stesso tono. *Fammi sapere se hai voglia di correre di nuovo, domani.*

Non mi aspettavo che dicesse nulla, ma un *Okay* sommesso le risuonò nella mente.

Okay, le feci eco, sorridendo. Poi mi teletrasportai nel settore Blood per aggiornare Cillian.

C'era ancora qualcosa che mi preoccupava. Dovevamo fare dei piani su come fortificare il perimetro.

Perché nonostante Kyra fosse la mia compagna solo sulla carta, era comunque mio dovere proteggerla. E lo avrei fatto.

KYRA

Più di una settimana dopo...

La mia lupa era agitata, il cambiamento nella routine la irritava.

O forse era perché sapeva cosa significava quello che stava accadendo. La fine delle corse pomeridiane con Lorcan.

Perché, da quel giorno in poi, non avrebbe più abitato nel Santuario.

Il jet rombava, stavamo sorvolando il mare di Groenlandia. O quello che era chiamato così, quando gli umani governavano il mondo. Ora non aveva più un nome, dal momento che quei luoghi non erano abitabili.

Lorcan sedeva in silenzio accanto a me, concentrato sui numerosi comandi che aveva davanti.

Gli avevo dato le coordinate dopo il decollo, fidandomi che non le avrebbe condivise con nessuno, a parte Cillian e Kieran.

Era strano fornire informazioni così delicate a un alfa. Ma, se non lo avessi fatto io, ci avrebbe pensato Quinn. Si fidava completamente di Kieran e, di conseguenza, si fidava anche dei suoi Élite.

Non avevamo avuto modo di parlare molto, da quando era uscita dal calore. Soprattutto perché aveva iniziato a riemergerne solo da qualche giorno.

Ma sembrava felice. Addirittura innamorata. Così diversa dalla Quinn di un secolo prima.

Non avrei mai pensato che avrebbe scelto Kieran O'Callaghan come compagno, ma almeno era un alfa potente. La magia del Santuario prosperava grazie al loro accoppiamento, e non avevo mai visto Quinn in così buona salute.

Perché Kieran ha poteri di guarigione, pensai. *Come anche Lorcan.*

Non ne sapevo molto, solo i frammenti che avevo raccolto nella mente di Lorcan. Sentiva l'energia di Kieran che rafforzava la barriera, cosa a cui pensava spesso, durante le nostre corse pomeridiane.

E sospettavo che usasse il suo potere per i miei incubi, che negli ultimi dieci giorni si erano affievoliti e diradati.

O forse quello era dovuto ai nostri sonnellini post-corsa nella caverna.

Perché sì, non ero stata capace di impedire che si ripetessero.

La mia lupa si sentiva diversa, in presenza di Lorcan. *Sicura.* E dormire accanto a lui mi schiariva miracolosamente i pensieri.

Non dormivo così bene da più di cento anni.

E questo mi spaventava, facendomi sentire ancora più sollevata dalla consapevolezza che avrebbe lasciato il Santuario.

Perché non potevo permettermi di fare affidamento su di lui. Nessuno dei due voleva un compagno. Qualunque affinità avessimo sviluppato nelle ultime settimane era temporanea. Avremmo collaborato, in futuro, ma solo se necessario.

Come in quel momento, sul jet.

Anche se non c'era molto da fare. Da quello che avevo capito, quell'affare praticamente volava da solo.

Tamburellai con le dita sulla coscia coperta dai jeans e guardai fuori, ammirando le nuvole. Era passato molto tempo dall'ultima volta che ero stata su un aereo. Il teletrasporto lo rendeva irrilevante. Potevo andare ovunque volessi.

Ragionevolmente.

Per esempio, c'erano molti settori che non avrei mai visitato.

Come i diversi settori di vampiri in Groenlandia.

C'era un motivo se ero cresciuta con i lupi V-Clan. I vampiri erano fuori questione.

Lorcan allungò la mano verso qualcosa appena fuori dalla mia visuale, facendomi lanciare un'occhiata alla luce lampeggiante che aveva attirato la sua attenzione.

«Sì?» chiese, interrompendo il silenzio.

Aggrottai le sopracciglia, non capendo cosa volesse dire, finché dagli altoparlanti non uscì la voce di Cillian. «Dovete controllare di nuovo il jet».

Lorcan si accigliò a sua volta. «Ce ne siamo già occupati».

«Lo so. Ho bisogno che lo facciate ancora».

Lorcan non disse nulla, rimanendo a fissare il pulsante che aveva premuto, in attesa.

«Ha chiamato Kieran. Pensa che uno degli alfa del settore Blood sia responsabile della morte dei genitori di Quinnlynn» aggiunse Cillian dopo qualche istante. «Ho messo l'intero settore in lockdown, ma è meglio se controlli tutto di nuovo, per assicurarci che sia sicuro atterrare nel Santuario».

Lorcan serrò la mascella, ma in qualche modo riuscì a rispondere in tono piatto: «Okay».

Terminò la telefonata e mi guardò per un lungo secondo.

Un alfa del settore Blood potrebbe aver assassinato i genitori di Quinn?, pensai, più rivolta a me stessa che a Lorcan. *È*…

Non sapevo bene come finire la frase. Avevo sempre pensato che la colpa fosse di uno dei principi alfa V-Clan. Perché chiunque avesse ucciso i MacNamara doveva essere potente. E sebbene tutti gli alfa possedessero un certo livello di forza, erano i principi alfa a essere dotati di poteri magici di un certo livello.

Merda.

Lorcan azionò una specie di interruttore che, stando alla sua mente, avrebbe attivato il pilota automatico.

Senza dire nulla, ci alzammo e cominciammo a perquisire il jet. La magia aveva un odore distinto, che i nostri sensi di lupo sarebbero stati in grado di rilevare.

Ma se il colpevole aveva usato la tecnologia, allora la questione sarebbe stata un po' più complicata. Sembrava, però, che Lorcan sapesse cosa cercare. Così, si occupò del lato più tecnico, mentre io sfruttavo il mio fiuto soprannaturale per scovare la presenza di un incantesimo.

Lavorammo in silenzio, comunicando mentalmente la mancanza di risultati.

Il jet era stato ispezionato a fondo, prima di partire, sia all'esterno che all'interno. Ora potevamo controllare solo la cabina, almeno fisicamente. Ma provai comunque a espandere la mia ricerca attraverso le pareti.

Un sortilegio avrebbe potuto trovarsi ovunque e avrebbe potuto somigliare a qualsiasi cosa, rendendolo molto difficile da trovare.

Mi avvicinai al portellone, cercando un modo per controllare meglio l'ester…

Una scarica di potere squarciò l'aria, facendo girare tutto. Imprecai. Le mie gambe cedettero, ma due braccia muscolose mi afferrarono prima che cadessi.

Mi rannicchiai al petto di Lorcan, mentre l'energia oscura continuava ad attraversarci. C'era qualcosa di familiare, qualcosa che non riuscivo a definire.

Cos'è?, chiesi, tremando.

Non lo so, ammise, stringendomi a sé. *Lo senti ancora?*

Annuii, con i peli sulle braccia che si rizzavano. *È... è come una vibrazione di potere sulla pelle.*

Lorcan non disse nulla, ma udii il conflitto che gli riecheggiava nella mente. Aveva sentito solo l'esplosione iniziale, nient'altro.

Eppure, quell'energia inquietante sembrava strisciare su di me, appiccicandosi ai miei sensi, ricoprendomi con una sorta di essenza invisibile.

E poi sparì improvvisamente, lasciandomi interdetta. *Cosa diavolo...?* Era stato tutto il frutto della mia immaginazione? Una strana reazione al sentirmi così instabile?

Aggrottai la fronte, allontanando il viso dal petto di Lorcan per guardarlo negli occhi. Continuava a stringermi, ricambiando il mio sguardo con un'espressione priva di emozioni.

È stato molto strano, gli dissi. In realtà, "strano" era un eufemismo, ma non sapevo bene cos'altro aggiungere.

Dovrei telefonare a Cillian, rispose. Ma, invece di andare nella cabina di pilotaggio, mi portò verso uno dei divani nel vano più ampio del jet. C'erano anche alcuni sedili con le cinture per il decollo e l'atterraggio. Sul retro, infine, c'erano una camera da letto e un bagno.

Mi posò sul divano e si accovacciò davanti a me, in modo da potermi guardare negli occhi. «Tutto a posto?»

chiese con voce roca; era praticamente tutto il giorno che non apriva bocca.

Deglutii a fatica e annuii. «Credo che quella strana esplosione di energia mi abbia stordita per un attimo». Aggrottai la fronte. «Da cosa è stata provocata?».

«Credo da qualcosa di connesso alla magia V-Clan» rispose. «Non proveniva dal jet. Per questo ho bisogno di chiamare Cillian e controllare cosa sta succedendo nel settore Blood». Mi sistemò una ciocca di capelli dietro l'orecchio. «Lo metto di nuovo in vivavoce».

Si allontanò, lasciandomi lì a fissare la sua schiena muscolosa. Mi ritrovai improvvisamente a desiderare che fosse senza maglietta, come il giorno in cui lo avevo trovato ad allenare le omega.

Perché volevo che si rivestisse? Così avrei potuto strappargli tutto di dosso?

Un'immagine danzò nella mia mente.

Poi ricordai che poteva udire i miei pensieri.

E scacciai tutto dalla mente.

Ma non prima di aver colto il divertimento che indugiava nella sua.

Ah, è un bene che se ne vada.

Lorcan scomparve dalla mia visuale, e ne approfittai per ritrovare un po' di dignità e sanità mentale.

Cillian non risponde, mi informò Lorcan. Il suo tono impassibile non lasciava trasparire la preoccupazione che gli riecheggiava nella mente.

Mi costrinsi ad alzarmi, irritata di avergli permesso di coccolarmi. Era solo un po' di energia residua. Stavo bene. Non c'era bisogno che svenissi tra le braccia dell'alfa.

Lorcan mi venne incontro sulla soglia della cabina di pilotaggio, con i suoi occhi scuri stranamente ipnotici.

Non c'è niente di male a lasciare che qualcun altro si prenda cura di te, ogni tanto, sussurrò, e il suo palmo trovò la mia guancia. *Non ti rende debole, Kyra. Anzi, dimostra che sei abbastanza forte da conoscere i tuoi limiti.*

Alzai gli occhi al cielo. «È stata solo una piccola esplosione. Ho affrontato di peggio».

«Lo so». Mentre allontanava la mano dal mio viso, mi diede una tenera carezza al mento. «Parlavo in generale. Va bene chiedere aiuto, sia che si tratti di qualcosa di piccolo, che di qualcosa di grosso. Spero che te lo ricorderai, dopo che me ne sarò andato».

Non… non sapevo cosa dire.

Riporre la mia fiducia in Lorcan era pericoloso, ma una piccola parte di me voleva provarci. E questo mi faceva venire voglia di teletrasportarmi nel mio nido e nascondermi tra le lenzuola.

Una luce ricominciò a lampeggiare sulla console, attirando l'attenzione di Lorcan. Il modo in cui si voltò e premette il pulsante tradiva un certo nervosismo, o almeno quella fu la mia impressione.

«Cosa sta succedendo?» chiese. Rabbrividii per l'autorità di cui era intriso il suo tono.

«Uno degli alfa del settore Blood ha appena tentato di uccidere Quinnlynn con lo stesso incantesimo usato per eliminare sua madre». La voce con cui lo disse mi fece rivoltare lo stomaco. E le parole non migliorarono di certo la situazione.

«Sta bene?» chiesi, pronta a teletrasportarmi al Santuario per prendermi cura di lei.

«È un po' scossa, ma sta bene» rispose Cillian, addolcendo appena il tono. «I suoi gioielli sono esplosi, quando sono stati portati attraverso la barriera».

Spalancai gli occhi. «I diamanti di famiglia dei MacNamara?».

«Sì. Cosa sai di quei gioielli?». Non lo disse come se fosse stata un'accusa. Aveva senso; non avrei mai cercato di fare del male alla mia migliore amica. Inoltre, anche se avesse sospettato il contrario, Lorcan avrebbe potuto dare una sbirciata nei miei pensieri e avere conferma della mia lealtà verso Quinn e la famiglia MacNamara.

«Sua madre li indossava sempre. Sono degli orecchini e una collana con una mezzaluna. Non riesco a ricordare se Quinn li avesse avuti con sé, quando è arrivata. Penso di sì, però».

«Sì, è così» confermò Cillian. «Kieran è convinto che fossero parte di ciò che le stava prosciugando l'energia».

«Ecco perché sembrava che la barriera la stesse indebolendo» mormorai, ricordando l'impressione che avevo avuto il mese prima, prima di dirigermi nel settore Blood. «Ero convinta che fosse dovuto alla sua assenza, o forse al calore. Ma era molto più debole del solito».

«Perché non ne hai parlato?» chiese Lorcan, con un accenno di irritazione intrecciato nei suoi pensieri.

«Perché da quando Kieran si è accoppiato con lei è stata bene» risposi, accigliandomi. «Non credevo che fosse importante».

Quel maledetto sopracciglio si inarcò appena, in un'espressione che non avevo visto molto nelle ultime due settimane. Forse perché aveva passato più tempo in forma di lupo che in forma umana. Ma non mi era mancata per nulla.

«Neanche dopo che ti ho detto delle mie preoccupazioni riguardo la barriera?» insistette.

«Onestamente, non ci ho pensato. Ero troppo impegnata a cercare di capire cosa stessi percependo» replicai, senza riuscire a trattenere l'esasperazione.

Non avevo nascosto quelle informazioni di proposito.

Cosa pensava, che volessi che succedesse qualcosa di brutto a Quinn?

Mi sta veramente rimproverando per non aver menzionato quello che credevo fosse uno stupido sospetto? Una sensazione di cui mi ero completamente dimenticata, perché la mia vita era stata stravolta, nell'ultimo mese, a causa del legame di accoppiamento che ero stata costretta ad accettare?

Emise un basso ringhio. Doveva aver udito quelle domande.

Cillian si schiarì la voce. «Kieran pensa che ci fosse un incantesimo di localizzazione sui diamanti, per fornire le coordinate all'alfa che lo aveva lanciato. Diversi alfa hanno cercato di smaterializzarsi dopo l'esplosione; li ho trattenuti tutti per interrogarli».

«Bene» rispose Lorcan, sottolineando quella parola con un altro ringhio.

«Ciò significa che l'incantesimo ha funzionato?» chiesi, sentendo l'impulso di teletrasportarmi nel Santuario e andare a controllare la barriera io stessa.

«Può darsi. Ammesso che abbiamo ragione. L'altra teoria è che i gioielli fossero destinati a uccidere Quinn, in modo che la sua morte distruggesse la barriera» disse Cillian. «O forse una combinazione di tutte queste possibilità. Ma Kieran ha provocato l'esplosione lanciando i gioielli in mare. L'isola è al sicuro».

Non ne ero poi così convinta.

«Dobbiamo finire di perlustrare il jet» mormorai. «Dobbiamo essere assolutamente certi che sia tutto a posto, prima di atterrare».

Lorcan annuì, sempre con quei movimenti rigidi dettati dalla tensione. «Ti chiamo se troviamo qualcosa, Cillian».

«Anch'io» rispose l'altro.

La telefonata terminò e Lorcan mi lanciò un'occhiata, poi mi girò intorno e riprese la sua ispezione. Solo che, stavolta, il silenzio che era calato tra di noi non era più così confortevole.

Passammo un'ora ad annusare in giro e a frugare in ogni angolo del velivolo, ma non trovammo nulla.

Nel frattempo, continuavo a domandarmi se i diamanti dei MacNamara fossero collegati in qualche modo alla morte dei genitori di Quinn. Avevano percepito l'incantesimo sui gioielli? Il padre di Quinn sarebbe stato in grado di teletrasportarli fuori dal jet, ma poi non sarebbe riuscito a rientrare. E la madre non era una pilota.

È così che sono morti?, mi chiesi. *Ma allora perché hanno incantato la collana per spedirla a Quinn?*

Il ciondolo era arrivato nella stanza di Quinn prima delle notizie sulla morte dei suoi genitori.

Conteneva un messaggio da parte della madre, che le diceva che la sua morte non era stata un incidente ma un omicidio. Le chiedeva anche di trovare il loro assassino e di non fidarsi di nessuno dei principi alfa. Da quel momento, Quinn era andata a caccia del colpevole.

Se sapevano che qualcuno aveva scagliato un sortilegio sul gioiello, allora perché usarlo per mandare un messaggio a Quinn?

C'era qualcosa che non tornava.

«Il jet è sicuro». Le parole di Lorcan non erano per me, ma per Cillian.

«Lo dico a Kieran» fu la risposta.

Non mi ero nemmeno accorta che Lorcan gli avesse telefonato; ero troppo persa nei miei pensieri per ascoltare i suoi.

Non dissi nulla, e mi sedetti accanto a lui nella cabina di pilotaggio. Lorcan riprese il controllo del jet, mentre io guardavo fuori dal vetro.

Atterrammo trenta minuti dopo, con il velivolo stealth che si librava sopra i ghiacci in una straordinaria esibizione di tecnologia futuristica. I lupi V-Clan erano noti per la loro ingegneria avanzata. Quella bellezza non faceva che ribadire ancora di più il concetto.

Accanto al portellone apparve una scaletta, che ci permise di scendere sulla riva all'esterno della barriera. Fritz ci accolse in modo molto simile a quello di un mese prima, con un'espressione altrettanto diffidente.

«Dov'è Quinn?» chiesi.

«Al palazzo» rispose.

Annuii, poi mi teletrasportai nel corridoio all'esterno della sua suite e bussai alla porta.

Fu Kieran ad aprirla, con uno sguardo indagatore. «Lorcan è con il jet?».

«Sì».

Abbassò appena il mento in un cenno d'assenso. «Vi lascio sole un momento». E sparì, concedendomi un po' di privacy con la mia migliore amica.

Lei osservò la mia espressione e mi gettò le braccia al collo. «Sto bene» mi rassicurò. «Sto bene, ed è tutto merito tuo».

«Dillo a Lorcan» borbottai, per poi aggiornarla su quello che era successo durante il volo. «Quindi, sì, crede che abbia nascosto informazioni importanti. Dopo tutto quello che abbiamo passato, perché cazzo avrei dovuto fare una cosa del genere?».

Quinn arricciò le labbra di lato. «È solo protettivo. È quello che fanno gli Élite di Kieran».

«Non ti invidio» le dissi.

Mi rivolse un sorriso triste. «Non vuoi proprio cercare di far funzionare le cose con lui, eh?».

«Nessuno dei due vuole un compagno, Quinn. Come ha detto Lorcan, questo è solo un accoppiamento di convenienza». Mi strinsi nelle spalle. «E forse, prima o poi, si rivelerà anche utile».

O almeno era quello che aveva lasciato intendere lui.

Se il Santuario avesse avuto bisogno di aiuto, avrei potuto informarlo rapidamente. Nel caso di un attacco o di qualsiasi pericolo imminente, era un bene poter fare affidamento su quel tipo di assistenza.

«Un tempo, anch'io consideravo il mio rapporto con Kieran un *accoppiamento di convenienza*» commentò. «E hai visto dove ci ha portati». Posò la mano sulla pancia, dentro cui cresceva il loro bambino.

Sorrisi. «Sono davvero contenta per te, Quinn. Ma sappiamo entrambe che non è quello il mio futuro. Dovrò accontentarmi di essere una fantastica zia».

Un mese prima, avrei concluso la frase con una risata, perché l'idea di avere dei cuccioli non mi aveva mai attratta. Eppure, mi resi conto che c'era una nota di malinconia nella mia voce, un desiderio frustrato che non mi ero aspettata di provare.

La maggior parte delle omega bramava e adorava la maternità, per noi l'esperienza di prendersi cura di una nuova creatura era un istinto innato. Che, però, non aveva mai fatto parte di me. Almeno fino a quel momento. Ero convinta che fosse stato a causa di tutte le scopate subite da Fare e dai suoi amici.

Tuttavia, una piccola parte di me si domandava che aspetto avrebbe avuto un bambino concepito con Lorcan. Un'immagine che, mio malgrado, mi attraversò inaspettatamente la mente. Esitai per qualche istante.

E la scacciai con una leggera scossa del capo.

Non succederà mai.

«Vedremo» rispose Quinn, una replica in linea con i miei pensieri.

No, non avremmo visto un bel niente. Ma non era quello il momento di discuterne. Ora dovevo salutare la mia migliore amica.

«Chiamami se hai bisogno di qualcosa» le dissi. «E

tienimi aggiornata sulla ricerca dello stronzo che c'è dietro a tutto questo».

«Lo farò» promise, abbracciandomi di nuovo.

Attraversai il palazzo e il giardino camminando al suo fianco, accompagnandola dove la stava aspettando Kieran. Accanto a lui c'era anche Lorcan. Ci dirigemmo verso di loro senza pensarci troppo, le loro auree erano come lune brillanti per le nostre lupe interiori.

Solo che per me non era affatto così. Lorcan non era mio. Ed era ora che il mio animale lo accettasse.

Kieran strinse immediatamente Quinn in un abbraccio. Le sue labbra furono in un istante sulla sua tempia, poi si chinò per sussurrarle qualcosa all'orecchio. Avrei potuto origliare, se avessi voluto. Ma non mi andava. La loro dimostrazione d'affetto era più che sufficiente.

Se ci fosse stato qualche dubbio sul fatto che Quinn avesse realmente scelto Kieran, ora era svanito.

Era al settimo cielo per il suo alfa. E sembrava che lui si sentisse allo stesso modo nei confronti di Quinn.

Chissà com'è..., mi domandai, con un accenno di tristezza che sfiorava la mia voce interiore.

Un accenno di tristezza che soffocai subito. Non volevo soffermarmi su pensieri del genere.

Preferivo stare da sola. Avere pieno controllo del mio destino. *Senza alcun legame.*

Il mio sguardo scivolò verso Lorcan. Aveva un'espressione annoiata; doveva sentirsi esattamente allo stesso modo.

Con un cenno comprensivo, tornai a concentrarmi su Quinn. «Fai attenzione. Fammi sapere quando arrivate».

«Certo» mormorò. «Ti voglio bene, K».

«Ti voglio bene anch'io, Q».

E ci abbracciammo di nuovo.

Poi guardai tutti e tre attraversare l'arco che delimitava il cortile, diretti verso il jet.

Lorcan non aprì bocca. Non mi rivolse nemmeno mezzo pensiero. Non mi guardò, né mi disse addio. Semplicemente sparì, determinato a fare il suo dovere nei confronti di Kieran, proprio come aveva promesso.

La mia lupa guaì internamente, consapevole che se ne stava andando.

Supereremo tutto questo, le sussurrai. *Siamo sopravvissute a molto di peggio…*

KYRA

La mia lupa era abbattuta.

Avevo cercato di convincerla a uscire per una corsa, ma l'unica cosa che voleva fare era rannicchiarsi nella nostra caverna di ghiaccio e tenere il broncio.

Tutto questo è patetico, le dissi. *Noi non desideriamo gli alfa, li uccidiamo*.

Mi rispose con uno sbuffo. Non poteva capire davvero le mie parole, ma percepiva come mi sentivo. Le dinamiche dei mutaforma erano molto particolari, in quanto potevamo comunicare con i nostri animali solo le emozioni e i bisogni di base, niente di più.

Di conseguenza, la mia lupa non capiva concetti più complessi, come il fatto che Lorcan non fosse davvero nostro. O che non avevo desiderato realmente quell'accoppiamento. Per lei, ora eravamo legate all'alfa, e voleva giocare con lui.

Senti, se hai intenzione di comportarti così, allora…

Kyra, mi interruppe Lorcan, spingendo il mio animale ad alzare la testa.

Scusami, non volevo disturbarti con tutto questo. La mia lupa sta facendo la testarda.

Non rispose subito, come se non fosse sicuro di cosa dire.

Cercherò di smorzare questi pensieri, aggiunsi. *So che siete tutti occupati a interrogare gli alfa*. Quinn mi aveva scritto, quando erano atterrati nel settore Blood, e sapevo da alcuni ragionamenti sparsi di Lorcan che lui e gli altri erano andati nelle segrete per cominciare a interrogare alcuni potenziali colpevoli.

Non… non è per questo che ti sto contattando, disse lentamente. *Ho bisogno del tuo aiuto per verificare una cosa*.

Oh. La mia lupa si mise a sedere. Le sue orecchie e il suo naso fremettero, come alla ricerca di qualche traccia del suo alfa. *Di cosa hai bisogno?*

Myon sta dicendo che la collana di Kiana MacNamara era dotata di un localizzatore per la sua sicurezza, e pensa che il ciondolo abbia dato problemi perché era stato progettato per lei e non per Quinnlynn.

Uhm… okay… Non ero sicura di crederci. E, da come suonava la voce di Lorcan, nemmeno lui.

Dice anche che i MacNamara non sono stati uccisi, e che quel ciondolo con l'avvertimento è stato aggiunto in seguito, per mettere paura a Quinnlynn. Lo hanno fatto per impedirle di prendere un compagno troppo presto.

Chi?, domandai.

Gli Élite di Seamus MacNamara, rispose Lorcan. *A quanto pare, anche Fritz è uno di loro*.

Fritz?, ripetei, alzandomi.

Sì. E, stando a Myon, la storia sull'omicidio dei genitori di Quinnlynn è stata una sua idea.

Tornai in forma umana e mi teletrasportai nel mio nido per rivestirmi. *È un'accusa pesante.*

Lo so.

Fritz è stato un Protettore del Santuario da prima che nascessi, dissi, mettendomi un paio di jeans e un maglione. *Era vicino a Seamus, ma non era un Élite, perché gli Élite non sono mai stati ammessi sull'isola. Almeno finché non sei arrivato tu.*

Ora dice che ha la scatola nera, che può provare che l'aereo è esploso a causa di un guasto al motore, aggiunse Lorcan. *Sembra tutto troppo facile.*

Sì, troppo, confermai. *Vado a cercare Fritz.*

Grazie.

Mi materializzai sul piano di Fritz e bussai alla porta della sua stanza. Aveva sempre preferito la privacy, e lo rispettavo. In quel momento, però, volevo risposte. Così, bussai di nuovo.

Quando aprì la porta, aveva i capelli biondi scompigliati dal sonno, e gli occhi azzurri erano privi della solita lucidità. «Cazzo, Kyra. Stavo facendo un sogno bellissimo. Ti conviene che sia importante».

«Eri uno degli Élite di Seamus?» chiesi.

La sua espressione mutò immediatamente; sembrava concentrato, e il modo in cui mi guardò rispose alla mia domanda senza neanche il bisogno di parlare.

Così, lo incalzai: «Hai incantato la collana per mandare un finto messaggio di Kiana a sua figlia? Un messaggio sul fatto che era stato un alfa a ucciderli?».

Fece una smorfia. «Myon ha deciso di parlare, eh?».

«Ciò significa che è vero? Che tutto questo non è stato altro che una fottuta bugia?».

«Una bugia necessaria» mi corresse in tono pacato. «Avevamo bisogno di un modo per dare a Quinn il tempo di trovare il compagno giusto».

«Spedendola in giro per il mondo a dare la caccia a un assassino che non esiste? Durante una fottuta pandemia?».

«Abbiamo architettato tutto *prima* del Contagio» ribatté. «Quello… quello ha complicato le cose. E, nel frattempo, lei era già in clandestinità».

«Cazzo, non posso crederci». Non sembrava nemmeno plausibile. Era troppo… *bizzarro.*

Ha confermato quello che ha detto Myon, dissi a Lorcan. *Ma c'è qualcosa che non torna.*

«Perché non avete lasciato che Quinn facesse le sue scelte? Non si sarebbe gettata in una relazione. Avresti dovuto saperlo».

«Tutti i principi alfa volevano accoppiarsi con lei per conquistare il settore. Non poteva fidarsi di nessuno di loro».

«Di nuovo, non vi fidavate che fosse in grado di decidere da sola? Così avete deciso di distrarla, inventando un mistero da risolvere?». Quello non era il Fritz che conoscevo. Per lui, l'indipendenza delle omega era molto importante. «Che razza di stronzata misogina è questa?».

Almeno ebbe la decenza di trasalire. «Kyra…».

Alzai una mano. «No. Non voglio avere questa discussione. Lascerò che sia Quinn a occuparsi di te. Incinta o meno, può comunque farti il culo».

Okay, forse no. Fritz era almeno trenta centimetri più alto di noi, ed era un esperto di armi. Inoltre, era molto antico.

Ma Quinn avrebbe avuto la rabbia dalla sua parte. Come era giusto che fosse. Perché… wow. *Wow.*

Fritz cercò di nuovo di dire qualcosa, ma mi teletrasportai nel mio nido e chiusi la porta a chiave. *Tutto questo è folle. Cosa cazzo gli è venuto in mente?!*

E lasciare che tutti continuassero a crederci per più di un secolo?

Non era da Fritz.

Era… era come se qualcun altro avesse preso il controllo della mente di Fritz e gli avesse dato quell'idea ridicola. Un'idea che non aveva alcun senso.

Non può essere vero. È troppo semplice ed è in totale contrasto con la personalità di Fritz. Inoltre, Fritz non sa come incantare gli oggetti. O forse può. Forse non lo conosco. Voglio dire, non è che abbiamo passato l'ultimo secolo insieme…

Myon ha detto che Fritz gli ha chiesto di creare l'incantesimo, quindi è Myon che ha questa abilità, non Fritz, mormorò Lorcan.

Stavo riflettendo tra me e me, non mi stavo rivolgendo a lui. Ma non fui dispiaciuta dalla sua interruzione. Forse poteva dare un senso a tutta quella storia.

Questo, però, non lo rende più plausibile. Fritz è l'ultima persona al mondo che toglierebbe a un'omega il diritto di scegliere. Eppure, è esattamente quello che ha fatto.

Stavolta Lorcan non rispose, ma lo sentii rimuginare su tutto ciò che Myon aveva appena rivelato a Kieran e su quanto aveva captato dalla mia mente durante la conversazione con Fritz.

È troppo facile, dissi dopo qualche istante. *Troppo… artificioso?*

Come l'immediata confessione di Fritz.

Non aveva nemmeno tentato di giustificarsi. Aveva semplicemente ammesso quello che aveva fatto, offrendo una spiegazione ridicola sulla necessità di proteggere Quinn dai principi alfa affamati di potere. E non sembrava pentito.

Anzi, no. Non era del tutto vero. Avevo scorto un accenno di senso di colpa nel modo in cui era trasalito e nella sua espressione, ma le sue parole… le sue parole non corrispondevano ai suoi gesti.

Mi passai le dita tra i capelli e osservai il mio riflesso nello specchio, aggrottando la fronte.

Ho proprio bisogno di una doccia. Avevo i capelli arruffati a causa della trasformazione, e nella fretta di parlare con Fritz non mi ero nemmeno data una sistemata. *No. È meglio un bagno*, decisi, lanciando un'occhiata alla vasca. *Con l'idromassaggio.*

Mi avvicinai e la aprii, aspettando che l'acqua si scaldasse. La magia offriva diverse comodità sull'isola, tra cui la presenza costante di acqua calda. E usare gli incantesimi rispettava l'ambiente. Un vantaggio per tutti.

Presi dei sali da bagno al profumo di sempreverde; li avevo ottenuti di recente, scambiandoli con una delle omega. La mia lupa ne era molto soddisfatta, mentre io mi rendevo conto che scegliere proprio quella fragranza rappresentava un imbarazzante segno di debolezza.

Ma sì.

Mi era concesso apprezzare quel particolare profumo. Non importava che coincidesse con l'odore naturale di Lorcan.

Man mano che il livello dell'acqua saliva, il bagno cominciò a riempirsi di vapore. Ci rovesciai un po' di sali da bagno, ma senza esagerare. Non volevo consumare la mia scorta troppo in fretta. Era difficile trovare quel tipo di prodotti, ora che il mondo degli umani era andato in malora.

C'è una cosa che non capisco. La voce di Lorcan nella mia mente mi fece irrigidire.

Su cosa?, chiesi, preoccupata che mi chiedesse di giustificare le mie preferenze per i sali da bagno, o qualcos'altro relativo a quello che stavo facendo.

O che volesse parlare dell'umore della mia lupa e di quanto le mancasse, nonostante fossero passate solo alcune ore da quando se n'era andato.

Myon dice che l'incantesimo di localizzazione deve aver funzionato male, che stava attaccando Quinnlynn perché in realtà non era stato creato per lei. Pensa che sia per questo che è esploso. Ma se avesse aggiunto davvero il finto messaggio, non avrebbe dovuto anche riconfigurare l'incantesimo per accettare Quinnlynn…?

Aggrottai la fronte, con lo sguardo fisso sull'acqua senza realmente vederla. *Hai ragione. Perché aggiungere un incantesimo senza sistemare l'altro? A meno che non se ne sia accorto?*

Sarebbe una sbadataggine troppo grossolana.

Un po' come tutto questo sembra troppo forzato?, commentai.

Sì. Come hai detto, è troppo facile.

Annuii. *Allora ci sta sfuggendo qualcosa.*

Sì, ripeté. *La domanda è: cosa?*

Ne hai parlato con Kieran?, chiesi.

No, non ancora.

E Cillian?

Ha poteri telepatici. È consapevole dei miei dubbi.

Le mie labbra si incurvarono all'ingiù. *Significa che... che può sentirci?*

No. La nostra connessione è solo nostra.

La rapidità con cui rispose mi disse che aveva già posto quella domanda a Cillian. E la sua rassicurazione mi fece sentire stranamente sollevata. Non mi piaceva l'idea che qualcun altro sapesse delle nostre conversazioni. Erano... nostre. Private. *Intime.*

Ho intenzione di scavare un po' qui, nel settore Blood, aggiunse Lorcan. *Per vedere se riesco a scoprire cosa sta succedendo davvero. O trovare la prova che sta dicendo la verità.*

E la scatola nera?, chiesi, ricordando quello che aveva detto sul fatto che Myon ne era in possesso.

La controllerà Cillian. Ma anche se confermerà che il jet è effettivamente esploso a causa di un guasto al motore, il mio istinto mi sta tormentando.

Come con la barriera, risposi.

Come con la barriera, ripeté.

C'era ancora qualcosa che ti turbava, quando te ne sei andato?

Sì.

Oh. Quell'ammissione mi infastidì. Aveva l'impressione che qualcosa non andasse, eppure era partito lo stesso.

Perché era leale a Kieran, non al Santuario. E sicuramente non a me.

Kyra.

Chiusi l'acqua, era arrivata quasi al bordo. *Sto per farmi un bagno. È meglio se ora te ne vai dalla mia mente*, dissi, sfilandomi il maglione.

Sembra più un invito a restare, sussurrò, sorprendendomi con quelle parole vagamente provocanti.

Le mie dita si fermarono sul bottone dei jeans. La mia lupa tornò in superficie, incapace di celare il suo interesse.

Goditi il bagno, compagna, aggiunse dolcemente. *Mi faccio vivo se scopro qualcosa di nuovo. Fallo anche tu, per favore.*

Annuii, anche se avevo un groppo alla gola. Non che potesse accorgersene. *Okay*, riuscii finalmente a rispondere.

Ma il suo silenzio mi disse che se ne era già andato. O forse si stava solo nascondendo. Non eravamo in grado di "spegnere" la nostra connessione, ma potevamo distrarci, riuscendo così a non ascoltare.

Mi tolsi i pantaloni ed entrai nella vasca, ripensando a tutto quello che era successo con Fritz e Quinn. Avrei dovuto parlare di nuovo con Fritz, magari con la mente più lucida, provando a leggere tra le righe.

Mi rifiutavo di accettare le sue risposte. Non volevo ammettere di essermi completamente sbagliata su di lui, e per più di un secolo. Dal giorno in cui ci eravamo conosciuti. Era uno dei miei migliori amici. Proprio come Quinn. Ma farle credere che i suoi genitori erano stati uccisi, solo per impedirle di prendersi un compagno? Era… era imperdonabile.

E non è da Fritz, pensai di nuovo.

Scivolai sotto l'acqua, travolta dall'istinto di urlare.

Era stata una giornata molto lunga.

Anzi, un mese molto lungo.

Una vita molto lunga. Lunga e incasinata, mormorai tra me e me, scuotendo la testa e schizzando acqua dappertutto.

Quando riemersi per prendere una boccata d'aria, il profumo del sempreverde mi inondò le narici. E mi rilassò all'istante.

Almeno finché una zaffata di sangue non mi sfiorò i sensi.

Sangue vecchio.

Come ferro arrugginito. Mi accigliai. *Strano*.

Forse avevo lasciato del sangue da qualche parte. Solo che avrei giurato che era accompagnato da un distinto odore di rose morenti.

Sussultai. Vecchi ricordi minacciavano di inghiottirmi la mente. *Rose nere secche sul mio cuscino. Macchiate di sangue. Il* suo *sangue*.

Mi venne la nausea, l'odore si era fatto talmente forte che pensai che fosse reale.

Ma non poteva esserlo.

È morto, ripetei tra me e me. *È morto, cazzo*.

E dovevo smetterla di lasciare che il suo ricordo mi perseguitasse.

Abbassai il più possibile il naso verso l'acqua, senza rischiare che entrasse, e feci un respiro profondo. *Sempreverdi. Sicurezza. Calore*.

Chiusi gli occhi, pervasa da un senso di calma, mentre ripensavo alle fusa di Lorcan. Le avevo udite ogni volta che eravamo entrati nella caverna di ghiaccio, un brusio che non avrei mai dimenticato.

Quel suono riecheggiò nella mia mente con una forza tale che ebbi l'impressione che le stesse emettendo anche in quel momento.

Il mio alfa, sembrò dire la mia lupa. *Il mio protettore*.

Lasciai che pensasse quello che voleva, senza preoccuparmi di correggerla. Perché preferivo quell'ossessione innocente all'oscurità di cui era ammantato il mio passato.

Sempreverdi, invece che rose morte.

Fusa al posto del sangue.

Un alfa che mi proteggeva, non uno che mi aggrediva.

Mi appoggiai alla vasca e accesi l'idromassaggio. Poi lasciai che i sali scacciassero la puzza persistente di fiori in decomposizione.

Domani parlerò di nuovo con Fritz.

E andrò a correre. Da sola. Senza fermarmi nella caverna.

Io e la mia lupa dovevamo dimenticare le ultime settimane.

E l'unico modo per farlo sarebbe stato guardare avanti.

Il passato non poteva essere il mio presente. Non importava quanto ci provasse. *Sono viva. E non sarò mai più posseduta da un alfa. Nemmeno da uno potenzialmente buono.*

LORCAN

Qualche giorno più tardi...

«È troppo facile» mormorai, ripetendo le stesse parole pronunciate da Kyra non molto tempo prima. «Manca qualcosa».

Cillian era accanto a me, vestito di tutto punto con uno smoking, e osservava la folla nella sala da ballo.

Era la sera dell'incoronazione nel settore Blood, la cerimonia che avrebbe reso ufficialmente Kieran e Quinnlynn Re e Regina dei lupi V-Clan.

Avevano appena finito di salutare i principi alfa dei vari settori controllati dai membri della nostra specie. E ora se ne sarebbero andati a celebrare il loro legame, lasciando gli ospiti a festeggiare.

Mi ero materializzato da Cillian, dopo che era riuscito a scacciare Ivana con qualche parola sulla necessità di trovarsi qualcun altro con cui ballare. Per il momento, lo aveva accontentato. Ma mi aspettavo che tornasse.

Chissà se Kyra avrebbe voluto ballare, se fosse stata qui, mi domandai.

Poi sorrisi interiormente, pensando che avrebbe

preferito tirarmi un calcio tra le gambe, piuttosto che volteggiare sulla pista da ballo con un vestito elegante. Il combattimento era la sua forma di danza. Dubitavo che avrebbe apprezzato piroette e passi delicati.

Non che mi dispiacesse. Anch'io preferivo lottare.

Ma non avevamo la possibilità di allenarci insieme. Perché non era lì, e non ci sarebbe mai venuta.

Eppure, non riuscivo a smettere di immaginarla nel settore Blood.

Era tutta colpa del mio lupo. Gli mancavano le nostre corse pomeridiane.

Maledetto legame di accoppiamento, pensai, stringendomi la nuca. Mi stava incasinando la testa. Per non parlare della mancanza di sonno. Gli incubi di Kyra erano peggiorati, svegliandomi spesso con le sue urla mentali.

Facevo le fusa nella sua testa abbastanza a lungo da calmarla, poi mi ritraevo e la ascoltavo analizzare i suoi sogni.

Mi accusava di averla *costretta* ad accoppiarsi. Era convinta che fosse quella la causa del peggioramento dei suoi incubi. Da quello che avevo capito, la sua versione dell'alfa Fare continuava a ordinarle di parlare del suo nuovo compagno. Ma Kyra, in accordo con la sua natura, rifiutava ogni volta. Rifiuti che portavano a lunghe torture, in cui i ricordi del passato si mescolavano al presente.

«Hai sentito una sola parola di quello che ho detto?» chiese Cillian all'improvviso, facendomi trasalire.

Perché no, non mi ero reso conto che stesse parlando. A dirla tutta, mi ero completamente dimenticato che fosse lì.

«Non riesci proprio a toglierti quell'omega dalla testa» commentò Cillian con uno sguardo d'intesa. «Forse dovresti lasciare che il tuo lupo la scopi, potrebbe aiutarti a curare la tua distrazione».

Sbuffai. Era un gioco che potevamo fare entrambi. «Stai proiettando, Cillian? È il tuo lupo a desiderare una *distrazione?*».

Perché avevo visto il modo in cui guardava Ivana, prima che lo raggiungessi. Non c'era traccia di disgusto. Anzi, semmai l'opposto.

Per questo l'aveva convinta ad andare a ballare con un altro alfa. Non voleva desiderarla. Eppure, era così. E lo odiava.

Prima del mio accoppiamento, la situazione mi aveva sempre divertito. Non capivo perché non si togliesse la voglia e basta.

Ma ora capivo eccome.

Un paio di scopate non sarebbero state sufficienti. Anzi, probabilmente avrebbero reso il desiderio più intenso. Provocando una distrazione ancora peggiore.

«Non *desidero* Ivana né nessun'altra» rispose. «È che è difficile ignorare un'omega così determinata, anche se gioca nel campionato sbagliato».

Sbuffai di nuovo. Cillian intendeva dire che Ivana era troppo buona per lui, che avrebbe dovuto cercare un compagno più degno del suo affetto. Soprattutto perché lui era sposato prima di tutto con il suo lavoro, e non aveva intenzione di cambiare.

Anch'io la pensavo in quel modo.

O almeno… ero convinto di pensarla in quel modo. La mia devozione nei confronti di Kieran e del settore Blood era sempre stata assoluta. E lo era ancora. Solo che ultimamente mi ero ritrovato a preoccuparmi di più per Kyra e per il Santuario.

Sono al sicuro?

Quello strano disturbo si è già manifestato?

Dovrei essere lì, invece che qui?

«Ha proprio bisogno di iniziare a cercare un compagno

più adatto, qualcuno a cui non dia fastidio la sua propensione a dare ordini agli alfa».

Sorrisi. «Penso che le piaccia irritarti».

«Lo so, ed è proprio questo il problema. Deve trovare qualcuno che accetti i suoi giochetti infantili. Qualcuno che apprezzi davvero le sue qualità più sgradevoli, come la sua sfrontatezza e la troppa fiducia in se stessa».

Gli lanciai un'occhiata. *Chi stai cercando di convincere? Me o te stesso?*, gli domandai, passando a una conversazione telepatica per risparmiare la voce.

Fanculo, brontolò. «Il punto è che non sono io quello fissato con un'omega. Ne ho solo una che è fastidiosamente insistente. *Tu* ne hai una che ti sta facendo perdere la concentrazione. Sono due situazioni molto diverse».

«Se lo dici tu...» mormorai. Ma la mia mente tornò immediatamente da Kyra, per controllare che stesse bene.

«Mi hai dato informazioni su Kieran, sapendo che lo avrei consigliato a Quinn», stava dicendo. *«Questo è tradimento, Fritz»*.

Non potevo vedere l'omega nei suoi pensieri, ma udii l'analisi che Kyra fece della sua espressione facciale.

La descrizione che aveva scelto era "omega spensierato".

Poi la voce di Fritz riecheggiò nella sua mente, permettendomi di seguire la conversazione come se fossi lì con loro.

«Dipende dai punti di vista. Stanno benissimo insieme, no?» le disse.

«Ah sì?» rispose Kyra. *«E la storiella che ti sei inventato? Quella sull'omicidio? Come la chiameresti?»*.

Sembrava che quel commento avesse toccato un nervo scoperto, o almeno era quello che aveva dedotto lei, dal modo in cui Fritz aveva serrato la mascella.

Sembrava che stesse cercando di analizzare sia i suoi gesti che le sue parole, per vedere se combaciavano. In gran parte perché era ancora sicura che ci fosse qualcosa di strano nel suo comportamento. Era convinta che non avrebbe mai fatto quello che aveva fatto a Quinn; le sue decisioni non avevano alcun senso per lei.

«Una sorta di test» fu la risposta succinta dell'omega.

«Un test?!» chiese Kyra.

Si sta passando le dita tra i capelli, notò. *Dev'essere nervoso. O forse esasperato*.

«Sappiamo entrambi che gli alfa sanno essere cattivi, Kyra. Volevo solo distogliere il suo interesse dall'accoppiamento, facendola diffidare di tutti loro».

«E spingendola verso Kieran» sottolineò.

«Perché sapevo che era adatto a lei».

«E gli altri no?».

«Alcuni sì» rispose, con un tono cauto che spinse Kyra a domandarsi cosa le stesse nascondendo. *«Ma Kieran era destinato a essere suo. Sono perfetti l'uno per l'altra»*

«Okay, Cupido» commentò, per nulla colpita.

«Anche tu e Lorcan state bene insieme» aggiunse Fritz, guadagnandosi una delle sue celebri occhiate omicide.

«Stai cercando di convincermi a ucciderti? Perché devo essere sincera, Fritz, ci sono molto vicina. Non ti conviene insistere, o dovrò accoltellarti».

A quanto sembrava, la minaccia gli strappò un sorriso. *«Smettila di flirtare con me»*

Un'ondata di nostalgia si riversò nei suoi pensieri, la sua ammirazione per l'omega era palpabile. Eppure, ad alta voce, sbottò: *«Esci dalla mia stanza, Fritz»*.

Ma lui non se ne andò subito. Sembrò calare una sorta di triste quiete tra loro, e la stanchezza di Kyra diventò ancora più evidente.

«Pensi che mi perdonerà mai?» le chiese Fritz dolcemente, una domanda che fu come una fitta al cuore per lei.

«Sinceramente, non lo so» rispose Kyra. Quella sera, prima

dell'incoronazione, aveva parlato con Quinn. Era stata una conversazione breve. Quinn non la riteneva responsabile di quanto era accaduto, ma la mia compagna si sentiva comunque in colpa.

Avrei dovuto cogliere i segnali, continuavo a sentirle ripetere tra sé e sé. *Avrei dovuto capire, in qualche modo, che era tutta una bugia. Ammesso che ora abbiano detto la verità.*

La sua frustrazione preoccupava il mio lupo, facendogli venire voglia di tornare da lei e di offrirle il suo sostegno sotto forma di fusa.

Ma nessuno dei due poteva permettere ai nostri lupi di approfondire il loro legame. Altrimenti, avremmo finito per fare qualcosa di ancor più irreversibile.

«La capisco» disse Fritz. *«Ma l'ho fatto per proteggerla»*.

«A volte non abbiamo bisogno che gli altri ci proteggano, Fritz. Dobbiamo imparare a farlo da soli».

La sua risposta risuonò nella mia mente. Erano le parole di una guerriera che era sopravvissuta a una sofferenza infernale, eppure aveva trovato il modo di andare avanti.

Tuttavia, la sua mente mi rivelò che pensava che quell'affermazione sembrasse qualcosa che avrebbe detto Quinnlynn, non lei. Non ero d'accordo. Era proprio una frase da Kyra.

«Comincio a rendermi conto di quanto sia vero» ammise Fritz, poi svanì.

Kyra sospirò, un suono triste e pesante.

Un suono che agitò il mio lupo, ansioso di andare da lei.

Ma ci costrinsi a restare nel settore Blood, obbligando i miei piedi a rimanere ben piantati nella sala da ballo, mentre osservavo i nostri ospiti celebrare il nuovo re e la nuova regina.

Quinnlynn aveva chiesto a Kyra di venire, ma Kyra

non se l'era sentita. Aveva detto che il Santuario aveva bisogno di lei.

Ma era solo una scusa per evitarmi.

E anche un modo per evitare il senso di colpa per tutto quello che era successo con Quinnlynn.

Kyra era decisa a sistemare le cose, scoprendo i segreti di Fritz. Ma finora non aveva avuto molta fortuna nel comprendere le sue motivazioni.

Nemmeno io avevo avuto molta fortuna con Myon. E non aiutava il fatto che Cillian gli credesse. Percepiva la sincerità nei suoi pensieri, rendendomi difficile trovare un punto di partenza per le mie indagini. Ma ne ero sicuro: c'era qualcosa che non quadrava.

E sembrava anche tutto troppo facile, come aveva detto Kyra, e come io stesso avevo fatto presente a Cillian.

Gli lanciai un'occhiata, pronto a ricominciare a discutere, ma lo trovai a fissare la donna dai capelli platino accanto alle porte.

Ivana.

Aveva il capo chino, con un atteggiamento sottomesso piuttosto insolito per lei.

Certo, era un'omega, ma di solito affrontava il mondo senza un briciolo di timidezza. Era quella sfrontatezza che le permetteva di avvicinarsi continuamente a Cillian. La maggior parte delle omega tentennava e arrossiva davanti a lui. Ma non Ivana. Lei lo guardava sempre dritto in faccia, mentre avanzava le sue richieste.

Le sue spalle si afflosciarono un po', ma poi trasse un respiro profondo, come a farsi forza, e raddrizzò la schiena.

Che un alfa l'abbia spaventata?, mi domandai. *Con chi l'hai mandata a ballare?*

Con nessuno in particolare. Le ho solo detto di chiedere a qualcun altro. Non sono qui per festeggiare. Sto lavorando.

Pensi che qualcuno l'abbia rifiutata?

Se è così, lo ucciderò.

Gli lanciai un'occhiata eloquente. *Tecnicamente,* tu *l'hai rifiutata. La rifiuti sempre. Hai intenzione di punirti?*

È diverso e lo sai.

E lei, lo sa?, gli domandai.

Cillian sospirò, seguendo con lo sguardo ogni movimento dell'omega. Poi, quando si teletrasportò fuori dalla stanza, aggrottò la fronte. *Torno subito.*

Sparì anche lui, strappandomi un sorrisetto.

Alla faccia che ero io ad avere una *distrazione.*

Okay, ce l'avevo. E la mia distrazione era stesa a letto, terrorizzata dall'arrivo degli incubi.

Kyra?, sussurrai.

Cosa c'è?!, rispose di scatto, con un tono mentale chiaramente infastidito.

Sapevo cosa stava facendo. L'avevo sentita reagire allo stesso modo con Fritz. A Kyra non piaceva fare affidamento sugli altri. Voleva arrangiarsi da sola. Per esempio, in quel momento non mi avrebbe permesso di tranquillizzarla, nonostante ne avesse bisogno.

Percepisco un certo disagio.

Sto bene, mentì.

Okay. Buonanotte.

Non insistetti, sapevo che non sarebbe servito a nulla. Kyra era sopravvissuta così a lungo prendendosi cura di se stessa, senza contare mai su nessuno.

Per questo impedii al mio lupo di correre da lei. Non l'avrei costretta ad accettare il mio aiuto.

Se avesse avuto bisogno di me, mi avrebbe chiamato.

E, quando fosse successo, sarei andato.

Su quello non avevo alcun dubbio.

KYRA

Mi dirai il suo nome, mormorò una voce vellutata nella mia mente. *E presto.*

Strinsi i denti, rifiutando di arrendermi all'incubo, rifiutando di arrendermi a *lui*.

Ma ogni volta sembrava sempre più reale. Come se ormai la gelida presenza al mio fianco fosse permanente. E fin troppo *presente*.

Non importava cosa facessi, non voleva saperne di andarsene.

Non c'erano più fusa nella mia testa. Nessun alfa V-Clan che controllava come stessi, indugiando nella mia mente. Solo io, i miei pensieri e *Fare*.

Lui ridacchiò, un suono minaccioso e crudele, che mi ricordava centinaia di notti trascorse da sola nel buio. Rannicchiata in un angolo, tremante, a piangere.

Non sono più quell'omega, affermai. *Ora sono più forte. E sono libera.*

Sicura?, mi sussurrò nella mente Fare. *Perché penso che sarai per sempre mia. Che sei ancora mia. Non sua. Chiunque sia quest'altro alfa.*

Deglutii a fatica, chiudendo gli occhi. *Svegliati*, mi ordinai.

Sì, svegliati, mi provocò Fare. *Ti prego. Mi piacerebbe che mi salutassi come si deve. È passato così tanto tempo…*

Allungai la mano verso la lampada, tentando disperatamente di uscire dall'oscurità, di tirarmi fuori da quell'incubo. Ma tutto quello che trovai fu un oggetto freddo e duro.

Grosso.

Massiccio.

Virile.

Alfa vampiro.

Fare.

Non è reale. È un sogno. Mi sveglierò presto.

Ma un refolo d'aria mi accarezzò la pelle, il Santuario era una presenza tangibile.

È la mia mente che mi gioca dei brutti scherzi, mi dissi. *Va tutto bene. Non c'è nessun altro qui.*

Solo che la mia mano era ancora posata su quell'oggetto freddo e immobile. Che sembrava assolutamente reale.

Così come le sue dita, quando mi scostò i capelli dal viso.

E le sue labbra, che mi premette sull'orecchio in un bacio fintamente affettuoso.

Mi si rizzarono i peli delle braccia per la sua vicinanza, la sua familiarità, la sua presenza. *Non è reale. Non è reale. Non è reale.*

«Ciao, piccola» mi salutò con una voce soave, priva del tono gracchiante che aveva nei miei incubi. «Credo sia ora che torni a casa».

Spalancai gli occhi, la stanza si illuminò di colori vivaci.

Il mio nido, pensai, appoggiando la mano sulla mia maglietta intrisa di sudore. *Grazie al cielo.*

Solo che sul cuscino, accanto alla mia testa, c'era un fiore nero appassito.

E un biglietto scritto con il sangue, che diceva: *Giochiamo…*

Mi alzai di scatto.

L'odore del sangue pervadeva l'aria, più forte che mai, e petali color inchiostro decoravano il pavimento.

No. Il mio cuore sprofondò. *No, no, no.* Non era possibile, cazzo. Doveva… Sicuramente stavo ancora dormendo. Era solo un altro incubo perverso in cui il passato si mescolava al presente.

«Avevo quasi dimenticato quanto fosse appetitosa la tua paura, piccola». Le parole fluttuarono nella stanza, minacciose. Ma la loro fonte rimase nascosta. «Incontrarti in sogno non era abbastanza soddisfacente».

Fare si materializzò davanti a me, con gli occhi rossi che fiammeggiavano come un incendio fuori controllo.

«No» ansimai. «Questo non è reale».

La sua bocca crudele si contorse in un sorriso. Il tipo di sorriso che avrebbe potuto facilmente sedurre una vittima ignara.

Ma io conoscevo quel sorriso.

E soprattutto conoscevo *lui*.

Nonostante avesse uno splendido viso, ciò che celava all'interno era orribile. L'incarnazione del male.

La morte.

«Non è possibile» dissi, più a me stessa che a lui. «Ti ho ucciso».

Questo è solo un sogno super inquietante e terribilmente realistico.

«Ti ho sempre considerata un animaletto intelligente» mormorò. «Ma non è saggio riaprire delle vecchie ferite subito dopo aver riallacciato i rapporti con il proprio amante». Si avvicinò di un passo al mio letto. «Potrebbe provocare un sentimento di rabbia. Il bisogno di vendicarsi. Il desiderio di *ricambiare il favore*».

Alzò la mano verso il mio viso, trascinando un dito gelido sullo zigomo. Il suo tocco mi fece battere i denti.

«Preferirei di gran lunga celebrare questo incontro» mormorò dolcemente. «Dopotutto, ho faticato molto per riuscire a rivederti. Tutti quegli anni di attesa. Un gioco intricato. E c'è voluto molto più tempo di quanto mi aspettassi. Ma ti farai perdonare, non è vero?».

La sua mano si abbassò sul mio collo. Le sue dita mi ricordarono un serpente, per il modo in cui si avvolsero lentamente intorno alla mia gola e la strinsero.

Io ero impietrita. Immobile. Persa nel tempo.

Non è reale, continuavo a pensare. Solo che ormai suonava più come una supplica, che come un'affermazione.

«Oh, ma chi sto prendendo in giro? Certo che ti farai perdonare». Strinse la presa, togliendomi il respiro. «O così, o perdi la testa. E quello sarebbe un tale spreco...».

Mi lasciò andare il collo e mi passò le dita tra i capelli, ora il suo tocco era nuovamente delicato. Ma sentivo ancora il bruciore che mi aveva lasciato sulla gola.

Che mi fece più male di qualsiasi incubo avessi avuto, perché mi diceva... Mi confermava... *Oh, dei... è reale...*

«Sei troppo bella per essere uccisa» commentò. «Troppo deliziosa per essere prosciugata». I suoi occhi rubino danzarono su di me. «Mmm, da dove iniziare? Un morso sul collo sarebbe troppo romantico. Tra le cosce troppo intimo». Il suo sguardo tornò a specchiarsi nel mio. «È un momento decisivo».

Mi strattonò la maglietta con le sue unghie affilate.

Il tessuto sembrò squarciarsi sotto il suo comando, mentre il mio corpo era ancora irrigidito dal terrore.

No. C'era qualcos'altro. Ero terrorizzata, certo, ma non avevo nemmeno pensato di muovermi. Di teletrasportarmi. Di scappare. Di *lottare*.

Mi ha costretta a obbedire con la magia, capii. Con ogni secondo che passava, la situazione era sempre più chiara. E orribile.

Nei miei incubi, reagivo sempre, perché potevo farlo. Perché avevo una parvenza di controllo.

Ma ora… ora non più.

Perché era lì. Nel Santuario. *Nel mio nido.*

«Il tuo seno è la posizione perfetta» mormorò, con le pupille che gli si dilatavano per la fame. «Solo un rapido…».

Un allarme squarciò l'aria. Il suono mi riempì le vene di paura e di adrenalina. *Le omega sanno che è qui.*

Qualcuno doveva aver percepito il suo odore. E ora stavano avvertendo tutti per radunarsi e combattere.

Non avevo idea di come avesse fatto Fare ad accedere all'isola, per non parlare di come avesse fatto a *sopravvivere*, ma forse…

Si levò un coro di urla che mi fece rabbrividire.

Perché alle urla seguirono dei ringhi affamati.

Spalancai gli occhi, mentre le labbra di Fare si piegavano in un altro ghigno.

Non è l'unico alfa qui, capii. *Ma non… non è… non è possibile.*

«Ho detto loro di aspettare mezz'ora. Ma avrei dovuto saperlo che non avrebbero obbedito» disse con un sospiro. «Temo che il nostro morso celebrativo dovrà attendere». Mi tese la mano. «È ora di andare a casa, piccola».

A casa.

In Groenlandia.

Nel nido di Fare.

Cercai di scuotere la testa, di rifiutare. E invece mi

ritrovai a guardare il mio braccio muoversi, come se fosse legato a un filo.

No!, gridai a me stessa. *Non farlo!*

Gli occhi di Fare brillarono di trionfo. «Saranno tutti molto contenti di vederti, amore mio. Dovremo organizzare una festa. E tu puoi occuparti del dessert».

Una lama di ghiaccio mi trapassò il cuore, facendo ringhiare la mia lupa. Fino a quel momento, non aveva potuto fare altro che camminare avanti e indietro. Era disperata.

Ma sentirlo parlare dei suoi *amici* e di quello che aveva pianificato… ebbe un grosso effetto su di lei. La spinse a protestare.

Non era più la docile creatura tenuta a bada dalla mia metà vampira. Aveva gli artigli, e non temeva di usarli.

Solo che non mi chiese di trasformarmi. Mi chiese di *ululare*. Non ad alta voce, ma nella mente.

Per chiamare il suo compagno.

L'altro alfa legato al nostro spirito.

Lorcan.

Fare mi prese per mano, mentre quel suono struggente mi riecheggiava nella mente. La mia lupa stava gridando a pieni polmoni.

Il mio nido cominciò a svanire. Ma proprio quando il mondo passò dalla luce al buio, udii un ringhio di risposta nella profondità dell'anima.

E suonava molto come Lorcan che diceva: *Kyra*…

LORCAN

Qualche secondo prima...

Un ululato penetrante mi strappò dal sonno, facendomi alzare di scatto.

Il mio lupo ringhiò, furioso e agitato. E mi ci volle solo qualche secondo per capire perché.

Kyra…

L'ululato proveniva da *Kyra*.

Scesi dal letto con un balzo, e mi misi a camminare avanti e indietro nella stanza, passandomi le dita tra i capelli.

Che sia un altro incubo?, mi domandai, mentre la mia mente si collegava immediatamente alla sua.

Solo… solo che non c'era nulla. Nessun suono. Nessuna sensazione. Niente.

Aggrottai la fronte. *Che stia dormendo troppo profondamente?*

No. No, era impossibile. Il sonno di Kyra non era mai così silenzioso.

C'è qualcosa che non va.

Cillian!, gridai l'attimo dopo. *C'è qualcosa che non va al Santuario. Sveglia Kieran e digli di incontrarmi laggiù. Adesso.*

Non aspettai una conferma da parte sua, il mio lupo esigeva che mi teletrasportassi all'istante.

Il nido di Kyra si materializzò intorno a me, e fui subito soffocato dalla puzza di terrore che impregnava l'aria.

Kyra!, urlai attraverso il nostro legame, arricciando il naso per lo sforzo di cogliere il suo odore. Ma fui travolto da una zaffata di rose in decomposizione.

C'erano petali neri sparsi sul pavimento e una rosa appassita sul cuscino. Afferrai il biglietto lì accanto, leggendo le parole intrise di sangue.

Giochiamo…

«Ma che cazzo?!» annusai la carta. *Alfa vampiro.*

La confusione che per un attimo mi aveva offuscato la mente fu dissolta da una serie di grida.

Grida di omega.

Seguite da ringhi di alfa.

Mi teletrasportai nel corridoio, all'esterno del nido di Kyra. Percepii il suo profumo, ma era troppo debole perché fosse stata lì di recente.

Dove sei?, chiesi, trascinato in avanti dal mio lupo, impaziente di cercarla.

Ma tutto ciò che riuscivo a sentire era l'esplosione di violenza di cui era vittima il Santuario.

Stai lottando contro degli alfa?, domandai a Kyra.

Ma la sua mente rimase silenziosa. Irraggiungibile.

Eppure, potevo ancora percepirla attraverso il nostro legame, una sensazione che mi assicurava che era ancora viva.

Ti troverò, giurai, proseguendo lungo il corridoio.

L'aria era impregnata dall'odore del sangue, dell'aggressività e della paura. La mia bestia ringhiò di rabbia.

In qualche modo, la barriera aveva fallito. Sentivo la presenza di almeno cinque alfa.

No, sei.

Facciamo sette, pensai, avvicinandomi all'alloggio di Fritz.

Mi materializzai nel corridoio, trovando un alfa vampiro accecato dalla lussuria, con le zanne affondate nella gola dell'omega svenuto, mentre lo prendeva da dietro.

Sfruttando il mio potere, avvolsi una corda invisibile intorno al collo del vampiro e *strinsi*. Emise un ringhio strozzato, che si interruppe nel momento in cui gli strappai la testa dal corpo senza nemmeno toccarlo. Poi usai un altro filamento magico per allontanarlo da Fritz, e scattai in avanti per prendere l'omega prosciugato prima che finisse sul pavimento.

Merda. Era un miracolo che fosse ancora vivo. Il suo corpo era un ammasso di lividi, ossa rotte e puzza di vampiro affamato.

Lo presi tra le braccia e lo riportai nel suo nido, sistemandolo sul letto. Non sembrava che l'aggressione fosse iniziata lì. Era stato assalito accanto a una scrivania nell'altra stanza, vicino ai monitor di sicurezza.

Usai i miei poteri di guarigione per riversare dentro di lui quanta più essenza possibile, mentre nel Santuario continuava a regnare il caos.

Ma la guarigione era l'abilità predominante di Kieran, non la mia.

Chiusi gli occhi e mi concentrai sui tre alfa più vicini a me, tentando di agguantarli con i miei lacci telecinetici.

Non opposero nessuna resistenza, troppo presi dal desiderio sfrenato per accorgersi dei cappi che strinsi intorno al loro collo. Diedi uno strattone, imprigionandoli, e solo allora li sentii reagire.

Seguirono ringhi feroci, il cui suono riecheggiò minacciosamente in tutto il Santuario

Per tutta risposta, aumentai ulteriormente la mia stretta. E poi andai alla ricerca degli altri tre alfa. Furono più difficili da controllare, soprattutto perché stavo mettendo a dura prova la portata del mio talento.

Un alfa contro sei.

Non era certo un combattimento equo.

Per loro.

Solo che dividere la mia concentrazione tra due abilità richiedeva un grosso sforzo. La mia fronte si coprì di gelide gocce di sudore. Ma dovevo solo dare alle omega l'opportunità di difendersi, la possibilità di annientare quei bastardi prima che distruggessero il Santuario.

Perché sentivo la loro bramosia. Il loro desiderio di depredare. Il loro bisogno di montare tutte le omega che trovavano, finché non fossero stati sazi.

Non erano alfa vampiri normali.

Erano affamati. Arrabbiati. *Selvaggi.*

La maggior parte dei vampiri poteva essere crudele, ma questi erano a un altro livello. Le loro auree emanavano un chiaro accenno di follia.

Da dove cazzo sono venuti? Come cazzo hanno fatto ad attraversare la barriera?

Un ringhio riecheggiò nella notte.

Il mio lupo si mise sull'attenti.

Kieran.

Gli risposi con un ululato, indicandogli la mia posizione. Non che ne avesse bisogno. Mi avrebbe trovato istintivamente.

Prima, però, aveva un'isola piena di intrusi da massacrare.

Lo sentii abbattere il primo in una manciata di secondi; il mio giogo invisibile si spezzò, quando l'alfa cadde.

Altri due lacci si frantumarono l'attimo dopo, mentre Kieran si occupava rapidamente dei vampiri.

Erano troppo distratti dal dolce profumo di omega, troppo *folli* di lussuria per rappresentare una reale minaccia per Kieran. Se ci fosse stata un'omega soltanto, si sarebbero raggruppati per difendere la preda e marcare il territorio. Ma c'erano talmente tante opzioni, che sarebbe stato impossibile per loro sceglierne una.

Erano sopraffatti dalla fame, e questo dava a Kieran un netto vantaggio.

Certo, aiutava anche che li avessi già legati.

Non ci sarebbe stata nessuna pietà. Solo morte.

E il delizioso profumo che portava alle mie narici mi fece sorridere. *Vittoria.* Se non fosse stato per il sangue di omega che inalai l'istante successivo, che mi disse che molte erano ferite.

Compreso il maschio svenuto sotto i miei palmi.

Il suo respiro si era fatto un po' più regolare, ma non stava ancora abbastanza bene da potersi svegliare.

Fritz doveva essere stato colto di sorpresa. Le armi incantate erano una delle sue specialità, e ne aveva diverse nascoste nel nido e nell'ufficio. Riuscivo a percepirle anche in quel momento. Eppure, non sembrava che ne avesse usata nemmeno una; questo suggeriva che era stato sopraffatto prima di avere la possibilità di opporre resistenza.

Il mio polso vibrò, seguito da una schermata con il nome di Cillian.

«Rispondi» dissi all'orologio.

Lo schermo mutò nel viso di Cillian, che aveva un'espressione furiosa. Kieran si unì alla chiamata in un istante.

«Sei alfa vampiri» riassunse Kieran. Il suo tono corrispondeva all'espressione di Cillian.

«Sette» corressi. «Ne ho ucciso uno appena prima che arrivassi».

«Come cazzo hanno fatto ad attraversare la barriera?» chiese Cillian. «Ha smesso di funzionare?».

«No» rispose Kieran. La sua voce assunse una sfumatura più gentile, mentre il suo sguardo si spostava su qualcosa accanto a lui. «Ssh, sei al sicuro, piccola» aggiunse con un sussurro sottolineato da un profondo brusio.

Era una delle poche situazioni in cui un alfa poteva fare le fusa per un'omega che non fosse la sua compagna.

«Come stanno le omega?» domandai. «Perché qui ho Fritz in pessime condizioni. Sta richiedendo molta energia guaritrice».

«Posso occuparmi io delle altre» disse Kieran, continuando a mantenere un tono pacato. Ma vedevo la furia che gli incendiava lo sguardo.

«È qui» disse improvvisamente Cillian.

Poi il volto di Quinnlynn apparve accanto a lui sullo schermo. «Dov'è Kyra?» chiese. Suonava spaventata. «E... ho capito bene, Fritz è ferito?».

Strinsi i denti. «Non so dove sia Kyra. È...». Non ero sicuro di come concludere l'affermazione. *Mentalmente isolata? Occupata? Non mi risponde?* «Kieran, tu l'hai vista?».

«No» rispose, senza riportare la sua attenzione sullo schermo. «Ma domanderò alle omega dove si trova». Ora sembrava che si fosse accovacciato, dietro di lui c'era un lago di sangue. Speravo che fosse soprattutto sangue di vampiro, ma temevo che appartenesse anche a qualche omega.

«Fritz?» disse Quinnlynn in tono strozzato, ricordandomi che aveva chiesto anche di lui. «È...?».

«Si riprenderà» la rassicurai. Poi feci una smorfia, quando l'omega in questione attinse nuovamente alla mia energia per guarire. *È di Kyra che sono preoccupato*, aggiunsi tra me e me. *Dove cazzo sei, piccola killer? E perché il tuo nido è coperto di rose morte?*

Pensava spesso a quell'odore nei suoi sogni, un odore che la sua mente collegava all'alfa Fare.

Ma è morto, pensai, aggrottando la fronte. *Kyra l'ha ucciso.*

A meno che…

Le mie labbra si incurvarono ancora di più all'ingiù.

E se avesse solo pensato che fosse morto?

I vampiri erano notoriamente difficili da uccidere. Il modo migliore era decapitarli, ma i vampiri più antichi e potenti erano in grado di rigenerarsi.

«Kyra ha bruciato i resti dell'alfa Fare?» chiesi, interrompendo qualsiasi cosa stesse dicendo Cillian.

Tutti mi fissarono.

«Quinnlynn. Kyra ha bruciato i resti dell'alfa Fare, dopo averlo ucciso?» ripetei aggiungendo un piccolo dettaglio.

«Non…». Deglutì. «Non lo so. So solo che gli ha tagliato la testa».

Merda. Non avevo mai pensato di chiederglielo, avevo dato per scontato che sapesse per certo che era morto.

Ma ora i suoi incubi assunsero un nuovo significato.

E se non fossero stati solo ricordi del passato? E se il vampiro fosse stato in grado di camminare nei suoi sogni? Era una caratteristica rara, ma le abilità dei vampiri variavano a seconda delle linee di sangue. Alcuni potevano teletrasportarsi. Altri no. Alcuni potevano controllare mentalmente le loro vittime. Altri no.

E alcuni potevano entrare nei sogni.

«*Cazzo*» borbottai, sollevando Fritz. «Devo controllare i filmati della sicurezza».

Perché, se avevo ragione, allora Kyra non si trovava nel Santuario.

Era stata rapita.

E ciò avrebbe spiegato perché non riuscivo a sentirla.

Perché un antico vampiro aveva bloccato la nostra capacità di comunicare.

Un antico vampiro che Kyra era convinta di aver ucciso.

Un antico vampiro che sicuramente non vedeva l'ora di vendicarsi.

Un antico vampiro che ha preso la mia compagna…

KYRA

«Apri le gambe, omega». La voce profonda mi costrinse a obbedire, le mie cosce si spalancarono contro la mia volontà.

Dopo essermi spogliata quando mi aveva detto di farlo.

Essere salita sul letto seguendo il suo comando.

Essermi stesa perché me lo aveva ordinato.

Tutto quello che avevo fatto da quando ero arrivata lì era stato a causa del suo potere. Non avevo scelta. Nessun libero arbitrio. Nessuna possibilità di reagire.

Aveva soffocato i miei sensi al punto che non riuscivo nemmeno a mettere a fuoco quello che mi circondava. Sapevo di essere in una camera da letto. Sapevo che era buio.

E sapevo che non eravamo in Groenlandia, dove viveva la maggior parte dei vampiri.

Faceva caldo. L'aria era umida. *Salata.*

Dove mi ha portata?, mi domandai.

Ma il pensiero fu immediatamente sostituito da un altro. *Mi piace stare qui.*

No. Odio stare qui, sbottai. *Non voglio stare qui!*

Lo adori, rispose una parte di me in tono soave, la parte

che era stata magicamente costretta a obbedire. A farsi piacere qualsiasi cosa avesse in mente Fare.

Dentro di me, la mia lupa ululava in segno di protesta.

All'esterno, però, rimasi impassibile.

Tempo prima, avevo pensato che le abilità telecinetiche di Lorcan fossero simili a quelle di Fare per la compulsione.

Mi ero sbagliata.

Mi ero *decisamente* sbagliata.

Con Lorcan, almeno potevo provare a oppormi alla sua presa invisibile. Certo, era del tutto inutile, perché era troppo forte. Ma almeno riuscivo a *sentire* i miei tentativi di resistere.

E ora capivo quanto fosse necessaria quella sensazione per la mia sanità mentale. Sapere che potevo cercare di difendermi mi forniva la motivazione necessaria per pianificare la fuga.

La coercizione di Fare, invece, soffocava completamente ogni desiderio di ribellione. Mi spingeva a *desiderare* di obbedire. Di fare qualsiasi cosa volesse. Di recitare la parte del suo animaletto.

Mormorò qualcosa in segno di apprezzamento, ammirando la mia carne più intima con uno sguardo assorto.

«È passato così tanto tempo che non riesco a decidere dove morderti». Tamburellò con il lungo indice sul mento, i suoi occhi rossi brillavano di interesse. «Voglio dire, ti morderò dappertutto, ovviamente. Ma questo morso sarà il primo, dopo un'eternità senza un assaggio. Deve essere perfetto. Capisci?».

Non capivo.

E non *volevo* capire.

Fare era uno psicopatico. Un mostro. *E assolutamente vivo.*

La mia unica salvezza era la sua incapacità di leggermi

nel pensiero. Poteva udire esclusivamente le parole rivolte a lui, e solo quando attivava il nostro legame di accoppiamento.

Un legame che pensavo fosse *morto*.

Ma anche quello era vivo, purtroppo. Lo aveva sfruttato mentre dormivo, quando ero più debole. Mai durante i momenti di veglia.

Altrimenti, lo avrei percepito.

Anche se forse non avrei mai creduto che mi stesse realmente parlando. Probabilmente, avrei dato per scontato che si trattava della mia mente che mi tormentava con ricordi del passato.

Tremai quando Fare si inginocchiò sul letto, la sua presenza non era gradita. Ma non potevo nemmeno protestare ad alta voce. Non potevo urlare. Non potevo dirgli di andarsene via. Non potevo esprimere nessuno dei miei pensieri o sentimenti a causa della sua fottuta compulsione.

Se mi avesse detto di godere del suo morso, lo avrei fatto.

Ed era ciò che odiavo sopra a ogni cosa.

«Mi sei proprio mancata, piccola» mormorò. «Non ti spezzi mai, e lo ammiro». I suoi occhi color rubino scintillavano. «Sono così felice che Seamus abbia lasciato il caro Fritz a occuparsi dei miei resti, quel giorno. Altrimenti, probabilmente ora non saremmo qui».

Sentii la pelle bruciare sotto il suo sguardo famelico.

Ma ora erano le sue parole a tenermi prigioniera.

Sta dicendo che Fritz lo ha aiutato a rimanere in vita? Se avessi potuto aggrottare la fronte, lo avrei fatto. *Non è possibile.*

Fritz non avrebbe *mai* aiutato Fare. Odiava i vampiri. Per questo Seamus aveva chiesto a lui di accompagnarlo a ripulire il nido dell'alfa.

Prima del Contagio, un alfa aveva collaborato con

Seamus per smantellare un'operazione di vampiri in Groenlandia. Era stato grazie all'informatore e al desiderio di Seamus di distruggere il nido dei vampiri che ero riuscita a uccidere Fare.

L'informatore mi aveva dato il coltello.

Poi Seamus era intervenuto per sgomberare il nido.

E Fritz mi aveva portata al Santuario.

Ci eravamo conosciuti così. Era stata anche la prima volta che avevo incontrato Quinn. Tutti e tre eravamo diventati subito amici.

Allora perché Fare sta insinuando che Fritz lo ha aiutato?

«Mi ero dimenticato di quanto fosse intenso il tuo sguardo» commentò Fare, riportando la mia attenzione su di lui, inginocchiato ai piedi del letto. «Nonostante il mio potere, dai tuoi occhi traspare sempre ciò che provi davvero».

Speravo che fosse vero. Perché ciò significava che poteva vedere quanto lo odiavo.

«Sei confusa e spaventata» continuò. «E arrabbiata. Immagino che lo sarei anch'io, se scoprissi che il mio migliore amico mi ha mentito per più di un secolo».

Si interruppe, la sua espressione si fece pensierosa.

«A dire il vero, no. Lo troverei divertente. Soprattutto nel vostro caso. Beh, non che avesse scelta». Le sue dita trovarono la mia caviglia e iniziarono a salire. «È tutta colpa di Seamus. Non avrebbe mai dovuto lasciare indietro il piccolo Fritzy».

Il tocco gelido raggiunse il mio polpaccio, facendomi venire la pelle d'oca. *È così freddo. Freddo come il ghiaccio.*

«È stato troppo facile raggiungere la sua mente». Un ghigno si fece strada sulle sue labbra. «Era così debole e malleabile. Grazie al tuo piccolo tradimento, non avrei mai avuto nessuna possibilità con Seamus. Ma Fritzy? Oh, non ho avuto problemi a usare il mio potere su di lui, nonostante le mie condizioni. È stato l'inizio di una splendida amicizia».

Fare sospirò, assumendo un'espressione malinconica.

Ma non era reale. Nessuna delle sue emozioni lo era. Fare non provava nient'altro che piacere. Che, di solito, era a spese degli altri.

«Probabilmente ora è morto». Si strinse nelle spalle. «Adesso che sei di nuovo con me, non ho più bisogno di lui». I suoi occhi rossi incontrarono ancora una volta i miei. «Visto? Mi sono liberato di qualsiasi distrazione. Consideralo un gesto per dimostrarti la mia devozione verso di te. Verso di *noi*».

Mi sentii sprofondare. *Fritz… è morto?*

No, Fare aveva detto che *probabilmente* Fritz era morto.

Questo significava che poteva essere ancora vivo.

«Voglio dedicarti tutta la mia attenzione, piccola. Tutto ciò che sono». Posò il palmo sulla mia coscia. «Abbiamo così tanto da recuperare».

Il mio cuore smise di battere.

«Okay, dove posso morderti?» chiese in tono riflessivo. «Ho troppa scelta…».

La mia lupa ringhiò internamente, non le piaceva l'idea di avere le sue zanne conficcate nella nostra pelle. Ma il mio lato vampiro… Ah, lei gemette. Bramava il morso del suo alfa. Il suo veleno. Il modo in cui ci avrebbe fatte sentire.

Perché mi ha costretta a volerlo. A desiderarlo.

E stava funzionando.

Ma non con la mia bestia interiore. Lei rifiutava di piegarsi. Si era sottomessa a un altro alfa, non a quella creatura feroce davanti a noi.

La mia lupa era legata alla mia sanità mentale, l'unica cosa che mi impediva di annegare.

Mi faceva sentire combattuta. Più confusa che mai. *Furibonda.*

Mi girava la testa, il mio conflitto interiore mi stava facendo impazzire. Ed ero sopraffatta dalle rivelazioni di Fare.

Era ancora vivo perché Fritz non aveva mai bruciato i suoi resti.

Fritz è in suo potere.

È così che mi ha trovata?

Da quanto va avanti tutto questo?

Se Fare ha sempre avuto accesso a Fritz, allora perché è venuto a prendermi solo ora?

Qualcosa non tornava. Forse la sua presa su Fritz non era potente quanto diceva? Non era forte come avrebbe dovuto essere?

Un po' come mi sento io adesso?

Perché nonostante il mio lato vampiro fosse ridotto a un animaletto obbediente, la mia lupa era troppo incazzata per sottomettersi.

«Affascinante» sussurrò Fare. Le sue dita si erano fermate poco prima di raggiungere il mio sesso. «Stai lottando contro la mia compulsione».

Piegò la testa di lato, rifilandomi un altro sorrisetto inquietante.

«Oh, ora il nostro ricongiungimento sarà ancora più divertente. Grazie, è molto gentile da parte tua rendere tutto più piccante». Mi diede uno schiaffo tra le cosce, sulla carne sensibile, strappandomi un lamento.

Bruciava.

E non era nulla in confronto a quello che mi aspettava.

Come dimostrò scendendo dal letto.

«Un morso non sarà sufficiente. Dobbiamo accelerare le cose». Sparì dalla mia visuale. Non si era teletrasportato, o quantomeno non potevo essere certa che lo avesse fatto.

Gli sarebbe bastato allontanarsi camminando, mentre io giacevo immobile sul materasso.

Perché mi aveva ordinato di non muovermi.

Ma forse posso liberarmi dal suo giogo, mi dissi.

Si era accorto che stavo lottando contro la sua compulsione. Forse non ero poi così inerme come pensavo?

«Ah, eccoci qui». L'accenno di entusiasmo con cui lo disse mi gelò il sangue nelle vene.

Conoscevo fin troppo bene quel tono.

Lo temevo.

Lo *odiavo*.

Perché poi seguiva sempre il dolore.

«Questo dovrebbe aiutare a smuovere le cose» continuò, sedendosi accanto a me sul letto. «Vedi, piccola? Mi sono preparato per il tuo arrivo».

Mi afferrò il mento con due dita, inclinando il mio viso verso di lui.

Fu allora che vidi qualcosa che mi tolse il fiato.

Una siringa.

Mi stava per drogare con veleno di vampiro.

Mi avrebbe gettata in uno stato simile al calore, forse addirittura un vero e proprio estro.

Cercai di inarcare le sopracciglia, una supplica si formò nei miei pensieri. Ma l'unica cosa che ottenni fu l'allargarsi del suo sorriso.

Gli *piaceva* torturarmi.

E quella sarebbe stata la tortura peggiore di tutte.

«Sì, questo ci aiuterà a dare inizio alle danze» mormorò, infilandomi l'ago nel braccio. «Ma non preoccuparti... se non dovesse funzionare abbastanza in fretta, ho altre dosi».

Un incendio mi divampò nelle vene, inondate di veleno. Ma la mia bocca non mi permise di urlare.

Mi aveva costretta a restare in silenzio. A prendere tutto quello che voleva darmi e *accettarlo*.

La mia lupa ringhiò, per poi uggiolare quando il veleno fece effetto quasi istantaneamente.

Cazzo. Faceva *male*. Trasformava la mia pelle in fuoco liquido. Scatenava un inferno nel mio ventre. Mi faceva battere il cuore all'impazzata.

Oh, dei… Non mi sentivo così da… da… da anni. Da più di un secolo. Non ne ero sicura. Ma… era…

Chiusi gli occhi, uno dei pochi movimenti che potevo controllare.

Non voglio… non… Tutto questo è… No…

Kyra… Una voce profonda rimbombò nella mia testa. *Dove cazzo sei?*

Cercai di rispondere. Di aggrapparmi a quella voce.

Ma un'altra prese il sopravvento. Una voce sinistra. Una voce fredda e *reale*. «Bentornata a casa, piccola» disse Fare, con le labbra premute sul mio orecchio. «Giochiamo».

LORCAN

Kieran mi raggiunse nella stanza in cui Fritz controllava il sistema di sicurezza dell'isola, con Jas alle calcagna. Nelle ultime tre ore, l'omega era stata praticamente il suo secondo in comando, mentre io cercavo di recuperare i filmati delle telecamere di sorveglianza per capire cosa fosse successo.

Purtroppo, si interrompevano quasi tutti mezz'ora prima dell'attacco.

Ma avevo appena finito di controllare l'ultimo.

Proprio per questo avevo mandato un messaggio a Kieran, dicendogli di venire lì. Doveva assolutamente vederlo.

Il suo sguardo si posò per un attimo su Fritz, che giaceva in un angolo, privo di sensi. Era steso su un ammasso di lenzuola, il suo corpo era quasi del tutto guarito.

Ma la sua mente era tutta un'altra storia.

Avrebbe avuto bisogno dell'intervento di Kieran.

Prima, però, dovevo mostrargli il file che avevo trovato nel computer di Fritz. Perché l'omega sapeva cosa sarebbe accaduto. E quel filmato ne era la prova.

Senza dire nulla, nonostante Kieran mi stesse guardando con un'espressione incuriosita, premetti il pulsante di avvio.

«Se state guardando questo filmato, allora è giunta l'ora. E probabilmente sono morto». La faccia di Fritz, che occupava gran parte dello schermo, si contorse in una smorfia. «Questo... Non riesco...». Sospirò. «Spero... spero che funzioni. E che lui...».

L'omega si interruppe e scosse la testa, il suo viso era una maschera di dolore.

«Mi dispiace» sussurrò. «Ma sappiate che... che ci ho provato».

Kieran incrociò le braccia sul petto, sul volto un'espressione indifferente. Ma conoscevo bene mio cugino. Stava già pianificando l'omicidio di Fritz.

Perché le sue parole suonavano come un'ammissione di colpa.

E lo erano. Ma non nel modo in cui ci si sarebbe potuti aspettare.

«Avvio dei protocolli di emergenza» disse una voce robotica. Kieran inarcò un sopracciglio nella mia direzione.

Continua a guardare, gli dissi con un'occhiata. *Fidati.*

L'immagine passò dal volto di Fritz a una schermata nera, poi comparvero tre display. Uno mostrava il nido di Fritz. Il secondo il corridoio. E il terzo la stanza dove ci trovavamo in quel momento, con Fritz accanto alla scrivania.

Lo sguardo di Kieran si spostò verso l'angolo della stanza, dove c'era una telecamera nascosta, posizionata su una libreria coperta di apparecchiature tecnologiche.

Sullo schermo, Fritz era immobile in modo innaturale, con un'espressione vuota.

Passò un minuto.

Nessun movimento. Nessun suono. All'inizio, avevo pensato che l'immagine si fosse bloccata. Poi mi accorsi che, mentre respirava, le spalle di Fritz si sollevavano leggermente.

Kieran aggrottò la fronte, chinandosi in avanti per esaminare l'espressione di Fritz. «Sta dormendo».

Non era una domanda, ma annuii comunque. La prima volta che avevo visto il video, ero giunto alla stessa conclusione più o meno nello stesso momento.

Passarono altri trenta secondi, poi Fritz si irrigidì, spalancando gli occhi in un'espressione di puro terrore.

«Ciao, Fritzy» disse una voce vellutata, mentre un alfa vampiro compariva accanto all'omega. «Ne è passato di tempo».

Fritz non disse nulla. Non *fece* nulla. Ma i suoi occhi trasmisero perfettamente quello che provava. L'orrore mutò in rabbia, che si dissolse di nuovo nella paura.

«Ci siamo divertiti, eh?». Il vampiro sfiorò la guancia di Fritz con le sue lunghe dita pallide. «Ahimè, la tua punizione sta per finire».

«Punizione?» ripeté Kieran.

Non risposi. Presto il video gli avrebbe spiegato tutto.

«Anche se devo dire che mi aspettavo una conclusione molto più rapida. Se avessi saputo che la collana ci avrebbe messo così tanto ad arrivare in questo piccolo rifugio per omega, avrei scelto un approccio diverso».

L'alfa si interruppe e guardò in alto.

«Anzi, no. Avrei agito allo stesso modo, perché così ho avuto tutto il tempo del mondo per torturare te e il mio animaletto». Le sue labbra si arricciarono in un sorriso mellifluo, il suo tono e la sua espressione fecero ringhiare il mio lupo.

Soprattutto perché sapevamo entrambi quello che stava

per dire, e ogni volta che avevamo guardato il video ci aveva causato una diversa forma di tormento.

«Quella dolce ragazza pensa che sia morto, che tutti quei sogni non siano che i resti della connessione con il suo ex compagno». Ridacchiò, facendomi rizzare i peli sulla nuca. «Certo, tu hai sempre saputo la verità. Non è così?». Tamburellò con un dito sul naso dell'omega. «Povero piccolo Fritzy, che continua a *dimenticarsi* delle nostre chiacchierate. Finché non mi sogna».

Digrignai i denti.

Sa camminare nei sogni.

Proprio come sospettavo, solo che lo avevo capito troppo tardi.

«Non abbiamo molto tempo prima che i miei amici attraversino la barriera. Ho chiesto un vantaggio di trenta minuti, ma dubito che resisteranno così a lungo, sapendo della presenza di un'isola piena di omega».

Accarezzò la guancia di Fritz con un'espressione quasi compassionevole. Ma non era nient'altro che una delle tante maschere di uno psicopatico.

«La tua punizione per aver cercato di disfarti dei miei resti per Kyra è quasi conclusa» disse. «Ti chiedo solo di aiutarmi a intrattenere i miei amici, quando arriveranno. All'alfa Dave piacciono gli oggetti rari. Quando gli ho parlato del mio piccolo omega maschio, si è letteralmente illuminato. Fallo divertire, okay?».

La sua mano si spostò sulla nuca di Fritz. Lo strattonò bruscamente in avanti, per poi affondargli le zanne nella gola.

Le labbra di Fritz si schiusero in un grido muto, la compulsione esercitata dal vampiro era evidente nel modo in cui l'omega tremava e urlava senza emettere alcun suono.

«Cazzo» mormorò Kieran. La stessa cosa che avevo detto io, a quel punto del video.

Fare continuò a nutrirsi per alcuni minuti, poi spinse Fritz sulla scrivania. «Goditi Dave, Fritzy. Probabilmente sarà la tua ultima scopata».

Andò verso la porta, poi si fermò e si voltò appena, lanciandogli un'occhiata crudele.

«Oh, i tuoi ricordi sono liberi ora. Buon divertimento».

Se il male avesse avuto un sorriso, sarebbe stato quello sul volto di Fare in quel momento.

Allungai la mano e misi in pausa il video, girandomi verso Kieran. «Gli alfa arrivano circa quindici minuti dopo. E penso che tu sappia cos'è successo poi».

Mio cugino serrò la mascella, un movimento che rese i suoi zigomi ancora più affilati. «Quindi Fritz ha collaborato inconsapevolmente con Fare per... per più di un secolo?».

«Forse ancora più a lungo». Scossi la testa. «Non è facile stabilire quando sia stato posto l'incantesimo sulla collana. Prima della morte di Kiana e Seamus? Subito dopo?».

«In ogni caso, Fare ha pianificato tutto questo per anni. Presumo che tu abbia già informato Cillian».

Annuii. «Ha preso Myon in custodia di nuovo per interrogarlo, perché gli ho detto che Fare ha parlato della collana». Sapevamo già che Myon era coinvolto.

Ora, la domanda era: stava lavorando con Fare volontariamente o no?

L'istinto mi suggeriva che si trattava della seconda ipotesi; se Myon stava aiutando Fare, era perché l'alfa vampiro lo aveva costretto a farlo con la magia. Proprio come nel caso di Fritz.

Avevo capito che c'era qualcosa che non andava. Il mio lupo lo aveva avvertito. E lo avevo sentito anch'io.

«Come hanno fatto a superare la barriera?» chiese Jas con un tono privo di emozioni, nonostante la gravità dell'argomento.

Era una guerriera, non c'era alcun dubbio. Proprio come Kyra.

Sopravviverai a tutto questo, pensai, rivolto alla mia compagna. *Sopravviverai, e ti troverò e ti guarderò uccidere quello stronzo una volta per tutte.*

Deglutii, cercando di concentrarmi sulla domanda di Jas. «Non sono ancora uscito da qui per vedere cosa sia successo. Ma Cillian sospetta che l'esplosione della collana abbia creato una sorta di accesso secondario che ha permesso agli alfa di teletrasportarsi».

«Probabilmente ha anche trasmesso le coordinate dell'isola» mormorò Kieran.

Annuii. Era quello che pensavo anch'io. «È così che Fare è riuscito a trovare Kyra dopo tutto questo tempo. La barriera lo avrebbe fatto passare, in quanto suo compagno. Ma ha deciso di portare anche i suoi amici».

«Quindi la collana è stata incantata due volte».

«Già. Ma Myon lo sa?». Era la stessa domanda che avevo posto a Cillian due ore prima.

Myon aveva parlato dell'incantesimo di tracciamento, ma non aveva detto nulla sulla creazione di un modo per aggirare la barriera.

«Penso sia quello che sta cercando di determinare Cillian in questo momento» mormorò Kieran.

Abbassai il mento in segno di assenso.

«Al momento, la nostra teoria è che i vampiri siano arrivati con un jet stealth, e poi abbiano aspettato un segnale per teletrasportarsi sull'isola» riassunsi.

Era solo un'ipotesi, ovviamente, dettata dal fatto che la maggior parte dei vampiri non poteva teletrasportarsi molto lontano. Alcuni non avevano nemmeno quel potere.

«Sembra plausibile». Rimase il silenzio per qualche secondo, poi il suo sguardo si fece ancora più serio. «Hai idea di dove Fare abbia portato Kyra?».

Scossi la testa. «La sua mente è silenziosa. Ma...». Mi interruppi, stringendo le labbra. «Ma sento il suo dolore».

Qualsiasi cosa le stesse facendo quel bastardo, aveva spinto la sua lupa a emettere dei guaiti disperati. Solo che erano sempre più sporadici.

L'agonia che percepivo attraverso il legame, tuttavia, era costante.

«Allora dobbiamo svegliare Fritz e scoprire tutto quello che sa» disse Kieran, avvicinandosi all'omega. «Dobbiamo anche elaborare una strategia difensiva. La barriera è stata compromessa, e ci vorrà tempo per ripararla. Visto che, tra l'altro, non sappiamo cosa c'è che non va».

«Non riuscite a percepire dov'è la falla?».

«No». Quell'unica parola conteneva una tonnellata di frustrazione. «La magia mi sembra a posto».

Aggrottai la fronte, perché continuavo a sentire chiaramente che c'era qualcosa di sbagliato.

Forse era la puzza di vampiro che indugiava ancora nel palazzo.

O la forza del legame psichico tra Fare e Fritz.

Ma ero convinto che ci fosse qualcosa di più.

«Solo le omega e i loro compagni possono attraversare la barriera». Kyra avrebbe alzato gli occhi al cielo, sentendomelo ripetere per l'ennesima volta.

Ma era importante.

Perché mi aveva suggerito qualcosa che non avevo mai considerato.

Una domanda che avrei dovuto fare durante il mio tour iniziale del Santuario, se non fossi stato troppo distratto dalla mia nuova compagna.

Guardai Jas. «Come vengono approvate le omega?».

Mi fissò. «Cosa vuoi dire?».

«Quali controlli effettuate sulle omega, prima di permettere loro di restare? O lasciate entrare chiunque riesca ad attraversare la barriera?».

Kieran, che si era inginocchiato accanto a Fritz, alzò lo sguardo con un'espressione attenta. Un'espressione che mi diceva che nemmeno lui ci aveva mai pensato, e ne era altrettanto irritato.

«Beh, siamo un rifugio per tutte le omega. Diamo loro una casa».

«Ma verificate se sono accoppiate?» insistetti.

Jas si accigliò. «Solo le omega non accoppiate o in fuga dal compagno vengono qui. Arrivano grazie a diverse operazioni volte a salvare le omega in difficoltà. E non riveliamo mai la posizione dell'isola agli estranei».

«Come fate a stabilire che le informazioni non vengano divulgate?» chiese Kieran. «O prendete tutti in parola?».

Jas deglutì visibilmente. Il primo accenno di disagio fece breccia nella sua espressione altrimenti impassibile. «Non abbiamo mai avuto motivo di mettere in dubbio la lealtà di nessuno. Le omega si guardano le spalle a vicenda».

Come regola generale, ero d'accordo.

Ma c'era sempre chi non seguiva le regole. Per questo motivo esistevano le procedure di sicurezza. La fiducia doveva essere guadagnata, non concessa indiscriminatamente a tutti.

«Dobbiamo riferire tutto a Quinnlynn» disse Kieran dopo qualche istante. «Ma prima...». Premette la mano sulla testa di Fritz e fece una smorfia. «Capisco perché non hai finito di curarlo».

«Non pensare che non ci abbia provato» mormorai.

Kieran sospirò. «Ci vorrà un po'. Chiama Cillian. Digli che voglio che organizzi un incontro per domani con i principi alfa del settore Blood. Dobbiamo parlare seriamente del futuro del Santuario».

KYRA

Che giorno è?

Dove mi trovo?

Chi sono?

Un fascio di nervi. Caldo. Freddo. Sola. *Bagnata*.

Era un inferno là dentro. Ammuffito. Umido. *Sbagliato*.

La mia lupa guaì. Poi ringhiò, quando un'altra ondata di fuoco liquido si riversò nelle nostre vene.

Risuonò una risata crudele.

E alcune parole. Qualcosa sul fatto che era quasi giunto il momento.

Mi contorsi. Implorai un po' di sollievo. Gemetti, in cerca di conforto.

Kyra, ringhiò nei miei pensieri una voce profonda. *Dimmi dove sei*.

La mia lupa mi esortò a rispondere, ma la mia mente non riuscì a formulare nulla. Perché non avevo idea di dove fossi. In un luogo dalla temperatura mite. Forse un'isola. Ma non quella giusta. Quell'isola non era la mia casa. Era l'inferno.

Combatti, disse la voce maschile. *Combatti contro la sua compulsione e parlami*.

Il mio animale uggiolò in risposta. Voleva obbedire. Ma ora era il mio lato vampiro al comando.

Mi rannicchiai su me stessa, mentre le fiamme ingoiavano il mio corpo.

Bisognosa. Di cosa, non lo sapevo. Sapevo solo che mi sentivo vuota. Sola. In preda al dolore.

Ma quella voce continuò a sussurrare nei miei pensieri.

Sto venendo da te, promise. *Non smettere di lottare*.

Serrai le palpebre e immaginai un alfa dai penetranti occhi neri. Con la mascella squadrata. I capelli scuri e folti. Un sopracciglio costantemente inarcato. La fame celata nel suo sguardo.

Strinsi le cosce.

Se fosse stato lì, mi avrebbe dato quello di cui avevo bisogno. Quello che *bramavo*.

Ma non era lì.

Qualcosa di freddo mi sfiorò la pelle. Qualcosa di sgradito.

«Lo sento nella tua mente» mi mormorò all'orecchio quella presenza indesiderata. «Dimmi chi è, e ti darò quello che vuoi».

No, ringhiò la mia lupa, strappandomi per un unico orribile istante al mio delirio.

Intorno a me comparve un mondo di verde e di rocce, la *stanza* in cui mi trovavo si rivelò improvvisamente alla vista.

Sono in una caverna, mi meravigliai. *Una caverna che mi ricorda una foresta. Non la mia caverna preferita. Non c'è ghiaccio. Fa caldo. È così umido.*

Brava, Kyra. Cos'altro puoi dirmi?, domandò la voce maschile.

«Chi è?» insistette l'altra voce, e l'attimo dopo mi ritrovai con le sue zanne che mi affondavano nella gola. «*Dimmi chi è*».

La mia lupa serrò le fauci, rifiutando di dargli quello che voleva. *No*, sembrava ripetere. *Vattene via.*

Kyra…

Il mio animale si rilassò, *quella* voce le piaceva. *Compagno*, pensò. *Alfa.*

Sì, rispose lui. *Sono qui, piccola killer. Aiutami a trovarti.*

Cercai di aggrapparmi a quella voce, opponendomi a quella che mi mormorava all'orecchio. Ma un altro morso infuocato mi tolse il respiro.

La tua mente è tua, disse quel tono rilassante. *Affidati alla tua lupa. Ti guiderà lei.*

Poi fece le fusa, un suono che mi rimbombò nella mente, dandomi un sollievo momentaneo all'incendio che mi divampava dentro.

Lorcan, mormorai.

Sono qui. Dimmi come trovarti.

Non… non sono in Groenlandia. È un posto tropicale. Sono in una caverna. Sento l'odore dell'oceano. Era quella la fonte del sale e dell'umidità. *Penso che sia un'isola.* Non sapevo perché. Era il mio istinto a parlare. Probabilmente per via di tutta quell'acqua.

Riesci a teletrasportarti?, mi chiese.

Ma l'altra presenza interruppe il nostro scambio prima che potessi rispondere, affondando le zanne nel mio seno.

Un altro fiotto di veleno mi inondò le vene.

Calore e follia.

Voleva che gli dessi un nome. Un'identità. Un modo per trovare l'*intruso* nella mia mente.

Ma non si trattava di un intruso.

Era il compagno della mia lupa. Il mio vero alfa. Quello di cui avevo imparato a fidarmi.

Quello che non mi aveva mai costretta a fare nulla. Che non si era mai approfittato di me. Che non mi aveva mai *drogata.*

«Chi è?» domandò di nuovo Fare. La mia mente fu temporaneamente lucida, nonostante le fiamme che bruciavano dentro di me.

Perché Fritz non te l'ha detto?, mi chiesi. *Se era il tuo informatore, quello che ti ha aiutato a trovarmi, perché non te l'ha mai rivelato?*

Qualcosa non quadrava.

Fritz era riuscito a opporsi alla compulsione di Fare? Come stavo facendo io in quel momento?

Prima, avevo sempre faticato a lottare contro il controllo di Fare, il mio corpo e la mia anima erano schiavi del suo morso. Ma avevo trovato il modo di concentrarmi abbastanza a lungo da accoltellarlo.

Grazie alla mia lupa.

Perché non era mai stata legata a lui. Non si era mai accoppiata con lui. Non lo aveva mai scelto.

E ora voleva qualcun altro. Un alfa migliore. *Lorcan*.

Fare ringhiò. Il suo morso diventò più brutale, e al tempo stesso un ago mi trafisse il braccio. «*Mi dirai quello che voglio sapere*» ringhiò con una rabbia insolita.

Normalmente, amava fare giochetti. Rideva del mio dolore. Mi tormentava con il suo affetto, per poi gettarmi ai suoi amici affamati.

Quella rabbia era una novità. E sembrava quasi dettata dal possesso.

Di solito, gli alfa non condividevano. Ma lui mi aveva sempre offerta agli altri vampiri che vivevano nel suo nido. Aveva perfino suggerito di organizzare una festa di benvenuto in memoria dei vecchi tempi.

Eppure, ora sembrava furibondo all'idea che avessi un altro compagno.

Mi aggrappai a quella consapevolezza, mentre un urlo mi si liberava dalla gola. Mi stava annegando nel suo veleno. Stava costringendo i miei istinti vampireschi a manifestarsi e a prendere il sopravvento nella mia mente.

Voleva che andassi in calore. Che mi perdessi nel *bisogno*. Che diventassi un giocattolo senza cervello da poter usare per piacere e nutrimento.

Più veleno mi riversava nelle vene, più confusi diventavano i miei pensieri.

Ma le fusa non se ne andarono mai. Continuavano a risuonare in un angolo della mia mente, ricordandomi che non ero sola. Che ero più di una vampira.

Sono in parte lupo.

E i lupi… hanno gli artigli.

LORCAN

Due giorni.

Quattordici ore.

E ventisette minuti.

Ecco da quanto tempo era scomparsa Kyra. Da quanto tempo era in possesso di un pazzo.

Camminai avanti e indietro nel suo nido, con uno schermo che aleggiava accanto a me.

Kieran e Quinnlynn erano impegnati nella seconda giornata di incontri con tutti i principi alfa. Avevano trascorso la maggior parte del primo giorno informandosi sui sistemi di sicurezza nel settore, con la scusa che Kieran aveva scoperto una violazione nel suo territorio.

Beh, non era una bugia.

Solo che non aveva specificato *quale* parte del territorio era stata compromessa.

Dopo una discussione durata diverse ore, Quinnlynn si era schiarita la voce. Aveva preso una decisione. Kieran aveva lasciato a lei la scelta, dicendo che avrebbe rispettato i suoi desideri su come procedere.

C'erano abbastanza alfa accoppiati nel settore Blood perché Kieran potesse riassegnarne alcuni a protezione del

Santuario. Ma aveva fatto notare a Quinnlynn che la rosa dei candidati sarebbe stata più ampia, se avessero invitato anche i principi alfa a proporre i loro uomini più fidati.

In tarda mattinata, Quinnlynn aveva informato tutti quanti che la falla nella sicurezza di cui aveva parlato Kieran non riguardava il settore Blood, ma il Santuario. Poi aveva spiegato cos'era stato protetto dalla magia della sua famiglia per quasi mille anni.

Era stato l'ultimo argomento affrontato nel corso della giornata, a cui era seguito un pomeriggio di riposo e riflessione.

Ora che i principi alfa avevano avuto il tempo di elaborare le informazioni, si erano riuniti in una sala conferenze del settore Blood e stavano discutendo su come procedere.

«Almeno ora è chiaro perché ci avete interrogato per tutta la notte sulla sicurezza del settore» aveva commentato l'alfa Cael al termine della riunione del giorno prima. «È bello sapere che ci siamo guadagnati la tua approvazione».

«La mia approvazione non c'entra nulla. Dovevo capire se potevate esserci utili» aveva risposto Kieran in tono piatto. «E la mia compagna doveva decidere se poteva fidarsi di voi e condividere il segreto custodito dalla sua famiglia per secoli».

Nonostante non fossi fisicamente presente, ero sicuro che non fosse stato semplice per Quinnlynn. Aveva presentato le informazioni in modo calmo e conciso, ma nei suoi occhi scuri c'era una punta di preoccupazione.

Era compito suo proteggere il Santuario, e sembrava avere qualche difficoltà a condividere quella responsabilità. Ma Kieran l'avrebbe aiutata. Non si trattava di non riuscire a farcela da sola, ma di non essere l'unica guardiana.

Sua madre aveva avuto suo padre.

E ora lei aveva Kieran.

Me.

Cillian.

E una stanza piena di principi alfa.

«Dicci di cosa hai bisogno». Il principe Lykos andò dritto al punto. La sua massa di capelli bianchi e gli occhi azzurro argenteo ricordavano i colori del gelo che regnava sul suo territorio, il settore Glacier. «Hai tutto il nostro supporto».

Il principe Cael e il principe Tadhg annuirono in segno di approvazione.

Gli altri tre principi alfa seduti al tavolo si limitarono a guardare Quinnlynn, in attesa. Non annuirono, ma il fatto che le stessero dedicando tutta la loro attenzione mi disse esattamente ciò che avevo bisogno di sapere: stavano affidando alla loro regina il compito di decidere per il Santuario. Ed era esattamente come doveva essere.

Anche Kieran le rivolse tutta la sua attenzione, inclinando appena il mento per incoraggiarla. Sembrava che le stesse suggerendo: *Di' loro ciò di cui ha bisogno.*

Sapevo già di cosa si trattava, perché ne avevamo discusso la notte prima, anche con Cillian.

Le regole della barriera erano chiare: potevano passare solo le omega e i loro compagni. Nessun altro.

Per questo ero rimasto al Santuario, perché ero accoppiato con Kyra. E non importava che lei non fosse presente; il suo nido era lì. Il suo rifugio. Ciò era sufficiente perché la magia mi lasciasse entrare.

Tuttavia, dal momento che l'incantesimo era ancora instabile, avevo scelto di rimanere sull'isola a fare la guardia, mentre Kieran si occupava dei principi alfa con Quinnlynn.

E ora stavano per illustrare in dettaglio il nostro piano.

Un piano incentrato sul trasferimento di alcune coppie di alfa e omega.

Ovviamente, sarebbe avvenuto su base volontaria. E tutte le coppie avrebbero dovuto essere esaminate attentamente prima che fosse offerto loro un alloggio sull'isola. L'idea era di trasferirne almeno una decina, e l'unico compito degli alfa sarebbe stato di proteggere le omega.

Quinnlynn spiegò tutto quanto, poi rimase in attesa dei commenti dei principi alfa.

«Chi sarà l'alfa del Santuario?» chiese il principe Cael dopo aver riflettuto per qualche istante. Era la stessa domanda posta da Cillian, dopo che ne avevamo parlato insieme.

«Tecnicamente, Kieran» rispose Quinnlynn.

Ma, esattamente come aveva fatto Cillian, il principe Cael stava già scuotendo il capo. «C'è bisogno di un alfa che viva lì e che possa guidare gli altri. È una semplice dinamica di branco. Altrimenti, gli alfa presenti sull'isola finiranno per scontrarsi sui loro ruoli. Avere qualcuno al comando aiuterà a calmare le acque, stabilendo anche una gerarchia per il processo decisionale».

«Sono d'accordo» disse l'alfa Tadhg con la sua voce bassa e burbera. Era l'alfa più grosso tra tutti i presenti. La sua stazza imponente era accompagnata da una testa calva e da intelligenti occhi verdi. «E deve essere qualcuno in grado di tenere in riga gli altri. Altrimenti, la sua posizione sarà messa in discussione».

«Per ora, sarà Lorcan a ricoprire questo ruolo» annunciò Kieran. Le sue parole quasi mi strapparono una smorfia. Per fortuna, sapevo già che lo avrebbe detto. Ne avevamo discusso quando avevo deciso di restare sull'isola come Protettore.

Forse sarebbe stata una cosa temporanea.

Forse no.

Era tutto da vedere.

L'unica cosa importante era la mia lealtà nei confronti di Kieran, e l'isola ricadeva sotto le sue responsabilità. Essendo l'unico Élite in grado di attraversare la barriera, era mio dovere essere lì e proteggere le abitanti del Santuario.

Mi appoggiai alla parete della camera di Kyra e fissai lo schermo, consapevole che tutti i principi alfa presenti alla riunione si erano voltati verso la mia immagine proiettata nella sala.

«Accetti questa responsabilità?» chiese l'alfa Cael.

Alzai una spalla. «Sono accoppiato con la seconda in comando del Santuario. È un passo logico». Non li avevamo ancora informati che Kyra era sparita. Avevamo intenzione di parlarne dopo aver accantonato l'argomento coppie.

«È anche abbastanza potente da tenere a bada una manciata di alfa» aggiunse Kieran. «Credo che su questo siamo tutti d'accordo».

Nessuno ribatté. Si limitarono ad annuire.

Perché effettivamente ero abbastanza potente da essere uno di loro. E anche Cillian. L'unico motivo per cui non avevamo il titolo di principi era perché non avevamo un settore da governare.

«Quindi, avete bisogno di coppie di alfa e omega» disse il principe Cael, riportando la conversazione sulla richiesta iniziale. «Presumo che queste candidature debbano essere inviate direttamente a Lorcan per essere esaminate… o dobbiamo mandarle anche a voi?».

«Potete mandarle a Quinnlynn. Lei le esaminerà per prima, poi passerà quelle approvate a me e ai miei Élite per ulteriori controlli» rispose Kieran.

Cael annuì di nuovo, poi si passò le dita tra i capelli

castano scuro. «Ora, vogliamo parlare dell'incidente che ha portato a tutto questo?».

Cillian si schiarì la voce. Era seduto alla sinistra di Kieran, mentre Quinnlynn era alla sua destra. «Per capirlo, è necessaria un po' di storia».

Kieran piegò appena il capo, dando a Cillian il permesso di procedere. Dato che era stato lui a trascorrere gli ultimi giorni a rovistare nei pensieri di Myon e di Fritz per raccogliere i pezzi del puzzle e metterli insieme, aveva senso che fosse lui a illustrare la situazione.

«Come ha già spiegato la regina Quinnlynn, il Santuario fornisce un rifugio sicuro a chi ne ha bisogno» riassunse Cillian. «Quello che non vi ha ancora detto è che, prima della morte di Seamus, lui e i suoi Élite prendevano di mira i clan o i nidi di alfa noti per la presenza di omega che erano lì contro la loro volontà. Uccidevano gli alfa e invitavano le omega a riprendersi nel Santuario».

Erano tutti dettagli forniti da Myon e Fritz. Tuttavia, anche Quinnlynn aveva aggiunto qualcosa; pur non conoscendo la portata dell'operazione, aveva fatto amicizia con molte delle omega che si erano rifugiate sull'isola in seguito alle spedizioni del padre.

Kyra, per esempio.

«Come potete immaginare, Seamus si è creato molti nemici» continuò Cillian. «Uno di loro era l'alfa Fare».

Alcuni principi si scambiarono un'occhiata. Conoscevano il famigerato vampiro.

«Sembra che re Seamus abbia commesso un grave errore, pensando che decapitare l'antico alfa vampiro fosse sufficiente a ucciderlo. Ha lasciato uno dei suoi Élite a occuparsi dei resti, mentre lui si prendeva cura di un'omega ferita».

Kyra, pensai. Avevo già ascoltato tutta la storia.

Si era guadagnata il titolo di assassina di alfa in seguito alla morte di Fare. Ma quello che pochi sapevano era che era stata aiutata dall'interno, da un altro alfa vampiro che le aveva dato il pugnale con cui aveva attaccato Fare.

Glielo aveva dato durante un momento di intimità.

Qualcosa a cui non volevo proprio pensare.

Fortunatamente, Cillian aveva estratto l'evento dalla mente di Fritz, senza approfondire, limitandosi a fornire i dettagli essenziali.

«Purtroppo, l'Élite che aveva lasciato indietro si è dimostrato vulnerabile alla compulsione dell'alfa Fare» proseguì Cillian. «E, come se non bastasse, l'Élite in questione era l'unico Protettore dell'isola».

I principi alfa si scambiarono un'altra occhiata.

«È un omega» disse Kieran, consapevole di quello che si stavano domandando. «Fare l'ha sfruttato per più di un secolo. Ha l'abilità di entrare nei sogni altrui. Ma il suo potere è arrivato solo fino a un certo punto».

Cillian annuì, per poi raccontare tutto quello che aveva scoperto dalla mente di Fritz.

Fare aveva costretto Fritz a mentire sui resti, a dire di averli bruciati nonostante non fosse così. Poi aveva lasciato un residuo di magia nella mente di Fritz, che gli permetteva di mantenere un legame con lui. Un legame che Fritz poteva ricordare soltanto quando Fare attivava la connessione. Ciò significava che ogni volta che Fritz sognava Fare, i suoi ricordi riaffioravano. Poi, al risveglio, dimenticava tutto di nuovo.

«Non ha attivato la connessione immediatamente» spiegò Cillian. «Ha aspettato qualche anno, dopo che Seamus ha distrutto il suo nido, assicurandosi così che tutti pensassero che fosse morto. Solo allora ha iniziato a contattare Fritz nei sogni. Tuttavia, come dicevo, la sua compulsione aveva dei limiti».

Lo intendeva letteralmente.

La presa mentale di Fare era indebolita dalla distanza fisica. Ciò significava che doveva essere cauto, quando ordinava a Fritz di fare qualcosa.

Sapeva che Kyra era stata portata al sicuro da qualche parte, in un rifugio che era convinto si trovasse nel settore Blood. E quando provava a chiedere chiarimenti a Fritz in sogno, l'omega si svegliava immediatamente. A Fare non c'era voluto molto per capire che la lealtà di Fritz nei confronti di quel luogo era più forte della sua compulsione.

Così, aveva scelto una strada alternativa, sfruttando i loro incontri onirici per scoprire di più sull'operazione di Seamus. E sui suoi elementi chiave. *Gli Élite.*

Ed era lì che entrava in gioco Myon.

I lupi V-Clan erano noti per la loro discrezione, era raro che permettessimo agli estranei di conoscere la nostra identità. Preferivamo mantenere un'aura di mistero. Restare in incognito. Essere come fantasmi.

Ma Fritz aveva condiviso abbastanza informazioni con Fare da permettergli di trovare un'altra risorsa. *Myon.*

Purtroppo per Fare, quella risorsa non conosceva la posizione del Santuario. Sapeva solo che esisteva, perché, e che era protetto dalla magia dei MacNamara.

Così, Fare aveva costretto Myon a incantare la collana di Kiana. Seamus vi aveva già applicato un incantesimo di localizzazione per proteggere Kiana MacNamara. Solo che avrebbe dovuto attivarsi unicamente in caso di emergenza.

Myon, invece, aveva modificato l'incantesimo per tracciare ogni suo movimento.

Aveva anche aggiunto un codice che avrebbe attivato la collana come un segnalatore, non appena Kiana avesse raggiunto la barriera.

«È successo più di un secolo fa» disse l'alfa Lykos in tono meravigliato. Fissava Cillian con gli occhi spalancati.

«Già, sono anni che trama nell'ombra» rispose Cillian. «È anche indirettamente responsabile della morte dei MacNamara».

Quinnlynn trasalì, e Kieran le mise immediatamente il braccio intorno alle spalle. «Si sono resi conto che la collana era incantata e hanno fatto schiantare l'aereo».

«Fare ha incontrato Myon sulla scena». Cillian parlava con un tono amareggiato, anche perché era stato lui a esaminare la scatola nera solo una settimana prima, confermandone la legittimità. Ora, però, sapevamo che era stata alterata da Fare. «Ha costretto Myon a pensare che si fosse trattato di un incidente e gli ha dato la scatola nera come prova. Poi gli ha consegnato i diamanti dei MacNamara, ordinandogli di aggiungere un altro incantesimo che avrebbe fatto esplodere i gioielli una volta giunti al Santuario».

«Esatto, e poi gli ha fatto dimenticare tutto» aggiunse Kieran.

Cillian annuì. «Poi gli ha detto di collaborare con Fritz per gestire la situazione con Quinnlynn».

Continuò a spiegare come Fare avesse sfruttato la connessione onirica con Fritz per *suggerire* che non ci si poteva fidare dei principi alfa, per seminare il dubbio su quello che era successo davvero con i MacNamara e per esortarlo a impedire a Quinnlynn di prendersi un compagno troppo in fretta.

Lo scopo, però, non era stato spedirla in una missione intorno al globo.

Fare voleva spaventare Quinnlynn e farla tornare di corsa al Santuario, aspettandosi che avrebbe portato i gioielli con sé.

«Sarebbero esplosi entrando in contatto con la

barriera, uccidendo l'ultimo membro della famiglia dei MacNamara. E spezzando così l'incantesimo di protezione» concluse Cillian.

«Ma perché architettare un piano del genere quando l'unica cosa di cui aveva davvero bisogno era la posizione dell'isola?» chiese il principe Tadhg, aggrottando la fronte. «Era accoppiato con Kyra, no? Presumo che per tutto questo tempo lei abbia vissuto al Santuario».

Cillian non aveva rivelato il suo nome, ma la sua reputazione per aver ucciso Fare l'aveva resa nota tra gli alfa. Non mi sorprendeva che Tadhg conoscesse la sua identità.

«Non era al corrente dei requisiti necessari per attraversare la barriera» mormorò Quinnlynn. «Era convinto che l'unico modo per passare fosse distruggerla».

Perché Fritz non gliene aveva mai parlato. Ogni volta che Fare gli poneva qualche domanda sul Santuario, Fritz si svegliava. E Myon non sapeva come funzionasse l'incantesimo.

Sembrava anche che, nel corso degli anni, Fritz si fosse reso conto che c'era qualcosa che non andava nella sua testa. Era stato allora che aveva ripreso il video che avevamo trovato nel suo computer e che aveva impostato la registrazione automatica del suo alloggio, nel caso qualcuno lo avesse costretto a disattivare i filmati di sicurezza dell'isola.

Perché sapeva che non lo avrebbe mai fatto volontariamente.

«Poi cos'è successo?» chiese il principe Cael.

Kieran spiegò come lui e Quinnlynn avessero scoperto che i diamanti stavano prosciugando il suo potere e di come glieli avesse tolti, portandoli al di là della barriera e gettandoli nell'oceano prima che esplodessero.

«L'unico motivo per cui non è esploso al suo arrivo è

perché, inizialmente, Quinnlynn si era materializzata all'interno del Santuario» aggiunse Cillian, condividendo quello che aveva appreso da Myon. «L'incantesimo si attivava soltanto se i diamanti venivano portati fisicamente attraverso la barriera. Il teletrasporto non era previsto».

«E questo ha salvato la vita di Quinnlynn» sottolineò Kieran. Poi raccontò quello che era successo l'altra notte, di come i vampiri fossero riusciti a superare l'incantesimo e attaccare l'isola.

Quattro omega erano morte.

E più di venti erano state ferite.

Tutto nel giro di qualche minuto.

Per questo si era dimostrato necessario organizzare quelle riunioni. Il Santuario era stato compromesso, *lo era ancora*, e aveva bisogno di protezione.

«C'è una cosa che non capisco» disse lentamente l'alfa Lykos. «La collana è esplosa all'esterno della barriera, senza distruggerla. I vampiri avevano la posizione dell'isola, immagino grazie all'esplosione. Ma come hanno fatto a entrare?».

«Non lo abbiamo ancora capito» ammise Cillian.

«È anche il motivo per cui Lorcan è al Santuario e non qui». Kieran lanciò un'occhiata alla mia immagine sullo schermo, per poi riportare la sua attenzione sui principi alfa. «Il Santuario è in pericolo. Per questo abbiamo bisogno del vostro aiuto».

Iniziai ad annuire, ma mi irrigidii nel momento in cui un ruggito di Kyra mi attraversò la mente.

Mi presi la testa tra le mani, il mio animale ringhiò in risposta all'agonia della sua lupa.

Kyra!

Seguì una sequenza di gemiti che non riuscii a decifrare, la sua mente sembrò spaccarsi per qualsiasi cosa le stesse facendo quel bastardo.

«*Cazzo*» ansimai, cadendo in ginocchio.

Ero vagamente consapevole che Kieran e Cillian stavano dicendo qualcosa, ma non riuscivo a sentirli. Le loro voci si perdevano nell'ululato che mi squarciava la mente.

La sua lupa era *incazzata.*

Parlami, la esortai. *Dimmi cosa sta succedendo.*

Era rimasta in silenzio per ore, era come se la nostra connessione andasse e venisse. In quel momento, però, sembrava particolarmente forte.

Kyra. Sottolineai ogni parola con le mie fusa, percependo il suo bisogno di conforto. *Sono qui, piccola killer. Sono qui.*

V... veleno, sussurrò. *Costretta... Lui... Calore...*

Deglutii a stento. *Ti sta costringendo ad andare in calore.* Erano giorni che non sapevo cosa le stesse facendo, ma temevo che si trattasse di qualcosa del genere. Avevo trascorso ogni ora di veglia a setacciare tutte le mappe su cui ero riuscito a mettere le mani, cercando di determinare la sua posizione. Ma c'erano troppe isole "umide" e "disabitate". Ci avrei messo anni a perlustrarle tutte.

Cillian aveva interrogato Myon e Fritz su dove potesse trovarsi Fare, ma nessuno dei due lo sapeva.

Per distruggere il nido di Fare, Seamus si era avvalso dell'aiuto di un alfa vampiro, che forniva informazioni dall'interno. Ma Myon e Fritz non avevano idea di come contattarlo.

E probabilmente non si sarebbe rivelato utile.

Ho bisogno che reagisci, dissi a Kyra. *So che hai paura. So che sei ferita. Ma se più forte di quello che credi. La tua mente è tua. Combatti la sua presa mentale. Teletrasportati. Scappa.*

Rispose con un guaito. *Non... non riesco...*

E invece sì che puoi, ribattei, pronunciando quelle parole con tutto il dominio di cui ero capace.

La sua lupa uggiolò, la sua voce mentale si zittì.

Dai, piccola killer. Teletrasportati a casa. Torna nel tuo nido.

Nessuna risposta.

Kyra.

Silenzio.

Kyra, devi reagire, le ordinai. *Sei più forte di così. Non lasciar vincere quel bastardo.*

Ancora niente.

Ma *percepii* la sua presenza. Il tentativo della sua lupa di connettersi. Di ascoltare il suo alfa.

Torna nel tuo nido, ripetei. *Torna nel tuo nido adesso, cazzo.*

KYRA

Diversi minuti prima...

Brucia tutto.

Caldo.

Dolore.

Bisogno.

Mugolai, con le membra che tremavano e il cuore che batteva all'impazzata. Ebbi l'impressione che il mondo stesse per finire. Era tutto… troppo. Non abbastanza. Tutto insieme. E niente.

Oh, cosa c'è che non va?

Troppe sensazioni.

Di più.

Ti prego!

La mia lupa ringhiò, cercando inutilmente di attirare la mia attenzione. Era incazzata e non capivo perché. Riuscivo soltanto a sentire quel *desiderio*.

Mi girai e rigirai, infastidita dalle lenzuola sotto di me. Erano ruvide, non soffici. Il tessuto mi graffiò, strappandomi un lamento di protesta.

«Le omega cattive non meritano un nido» disse una voce crudele. «Vengono scopate sul cemento».

La mia spalla colpì qualcosa di duro, e il mondo mi rotolò intorno.

Fui vagamente consapevole di essere appena stata gettata sul pavimento, la pietra fredda mi scorticò il fianco.

La mia bestia interiore fece scattare le fauci, furiosa per il trattamento subito. No, furiosa *con me.*

Cosa c'è che non va?, le domandai, sconcertata.

Dita fredde mi presero per la vita, facendomi voltare sulla schiena. E costringendomi ad aprire le gambe. «Ci siamo quasi, piccola. *Ma dimmi il suo nome*».

Che nome?, mi domandai. Mi sentivo così frastornata… *Non… non voglio parlare. Voglio…*

«Dimmi il suo nome!» urlò l'alfa, spostando le mani dai miei fianchi alla gola. E *stringendola.* «*Adesso*, omega».

La mia lupa ruggì in risposta, rifiutandosi di dargli quello che voleva. Non le importava quanto dolore le avrebbe inflitto; non si sarebbe mai arresa a lui.

Cercai di capire, tentando disperatamente di concentrarmi. Sembrava che avesse preso il sopravvento sulla mia mente, controllando la mia forma umana come io controllavo la sua.

È impossibile, borbottai, delirante. *Come…? Perché…?*

Fare ringhiò, e il suono mi colpì dritto all'inguine. Mi aveva morsa lì diverse volte, costringendomi ad assorbire il suo veleno, conficcandomi una siringa dopo l'altra nella carne.

Continuava a dirmi di smetterla di lottare contro di lui. Di lottare contro il *calore.*

Non… non sapevo come.

La mia lupa non me lo permetteva. Non…

Trasalii quando le sue zanne affondarono ancora una volta nella mia coscia, facendo ululare di agonia la mia lupa. Ogni fiotto di veleno minacciava la sua presa sulla mia mente, rendendole sempre più difficile mantenere il controllo.

Kyra, sussurrò quella voce rilassante.

Mmm, alf… Lor…? Uscì tutto in un borbottio sconclusionato. *Nod… mh?*

Mi accigliai, incerta. Cosa stavo cercando di dire? Qualcosa sul suo nodo? Sulla sua voce? Sulla sua potenza!

Oh, pensare a lui mi aveva incendiato le viscere. *Sì. Sì, ti prego.*

«Così va meglio» tubò la voce indesiderata. «Ma ti voglio più bagnata».

Sottolineò le ultime due parole con un ringhio, costringendo il mio corpo a obbedire. Rendendomi più bagnata. Più vogliosa. *Preparandomi per…*

…succedendo.

Mh?, pensai, confusa da quell'unica parola pronunciata dall'altra voce. Quella nella mia testa. Quella che desideravo. Mi ero persa altre cose? Speravo di no. Quella voce mi piaceva proprio.

Kyra, mormorò. *Sono qui, piccola killer. Sono qui.*

La mia lupa guaì. Voleva che lui fosse lì davvero, non solo nella nostra mente.

Perché stavamo andando in calore.

No, un attimo. Era il mio lato vampiro. Perché… perché…

V… veleno, pensai. *Cos… costretta… Lui… Calore…*

Cercai di aprire gli occhi, ma non riuscii a ottenere più di un fremito delle palpebre. Non… non avevo nessun controllo…

Ti sta costringendo ad andare in calore, capì Lorcan.

Lo so!, cercai di sbottare. Ma tutto ciò che uscì fu un gemito. Un fottuto gemito.

Seguito da un ringhio della mia lupa.

E un altro morso da parte di Fare, stavolta all'altezza dell'osso del bacino.

Sussultai. Il dolore mi squarciò i sensi e mi fece tremare di un desiderio furioso.

Cazzo. Cazzo. Cazzo.

Ho bisogno… che hai paura… ferita. Ma sei… La tua mente… tua. Combatti… Teletr… Scappa…

Mi arrivarono solo frammenti delle sue parole.

Non…, tentati di rispondere. *Non riesco…*

E invece…

La sua voce sparì, lasciandomi di nuovo da sola. La mia lupa sbuffò, irritata e determinata. Ma l'ennesimo fiotto di veleno mi inondò le vene.

Dei!

Fare mi ringhiò qualcosa all'orecchio, il suo nodo premeva sul mio ventre.

Compagno. Sbagliato.

Non. È. Mio.

Non. Lo. Voglio.

L'intensità della compulsione di Fare aumentò di colpo, minacciando di annullarmi i pensieri, di riscrivere i miei desideri.

Ma un ringhio profondo prese il sopravvento sulla mia mente. Il ringhio di un vero alfa. Del *mio* alfa.

Torna nel tuo nido, mi esortò. *Torna nel tuo nido adesso, cazzo.*

La mia lupa raddrizzò la schiena, rispondendo all'ordine dell'alfa che aveva scelto.

Fare imprecò.

E il mondo si dissolse intorno a me.

Fui avvolta da una nube confusa di visuali, odori e colori. Poi il profumo familiare di *casa* mi pervase le narici.

«Kyra» sussurrò un maschio.

Il *mio* maschio.

Il mio compagno.

Il mio alfa.

Mi rannicchiai tra le sue braccia singhiozzando, e un nuovo incendio mi divampò nelle viscere. Avevo *bisogno* di lui. Del suo nodo. Delle sue fusa. Della sua forza.

Ma aveva troppi vestiti addosso.

Troppo tessuto a separarci.

Le mie dita mutarono in artigli e gli strapparono il maglione. Poi premetti il naso sulla sua pelle finalmente nuda.

L'aria si riempì dell'odore di sangue. *Sangue di alfa.*

Lo avevo ferito con gli artigli. Lasciandogli dei graffi sul petto e sull'addome.

Mio, pensai, chinandomi per leccare la sua meravigliosa essenza. *Mio. Mio. Mio.*

Disse il mio nome, ma ero troppo impegnata a slacciargli la cintura per ascoltarlo.

Nodo. Nodo. Nodo.

«*Kyra*» ringhiò.

Alfa, risposi mentalmente, avventandomi sul bottone dei jeans.

Mi afferrò il polso, dandomi una piccola stretta alla nuca con l'altra mano. «Smettila» mi ordinò.

Aggrottai la fronte. *Alfa?* Mi stava rifiutando? Rifiutando la mia lupa? *Perché?*

«Non è davvero quello che vuoi». Strinse appena la presa sul mio collo. «Non ti prenderò in questo stato».

Cosa?, lo fissai, sconvolta, con le gambe che tremavano. Non sapevo nemmeno come avessi fatto ad alzarmi in piedi, per non parlare di come avessi fatto ad arrivare lì.

Tutto quello che sapevo era che volevo *lui*. Il mio alfa. La mia bestia.

Cercai di divincolarmi dalla sua presa, di ricominciare a spogliarlo. Ma fu tutto inutile.

La mia lupa ringhiò, irritata. *Nodo. Adesso.*

Mi teletrasportai alle sue spalle e gli graffiai il sedere coperto dai jeans.

Lui reagì ringhiando. *Kyra.*

Alfa, risposi.

Sei ubriaca di veleno di vampiro.

Mmm. Non mi importava. Sapevo solo che avevo bisogno di lui. Il mio alfa. Il mio nodo.

Diedi uno strattone ai suoi jeans, determinata ad avere quello che volevo. Ma lui sparì, per poi riapparirmi alle spalle. Mi voltai di scatto, felice di giocare con lui, ma mi ritrovai improvvisamente stesa sulla schiena.

Nel mio nido.

Sì, sì. Mi inarcai verso di lui. Mi stava tenendo ferma, con le mani sulle mie spalle.

«Non voglio bloccarti con il mio potere. Non dopo tutto quello che hai passato».

La mia lupa lo ignorò. E anch'io. L'unica cosa che volevamo era il suo nodo. La sua forza. Le sue *spinte*. Gli avvolsi le gambe intorno alla vita, pronta ad averne di più. Ma quei maledetti jeans erano ancora lì, con il tessuto che sfregava sulla mia pelle sensibile.

Via, gli dissi, premendo l'inguine sull'enorme rigonfiamento coperto dai pantaloni. *Jeans. Via.*

No.

Adesso, insistetti. *Via.*

No, ripeté, con un tono intriso della sua autorità di alfa.

E ciò mi fece contorcere ancora di più, perché… *mmm*, dominio. Alfa. *Di più.*

Lui sospirò, lasciando cadere la testa sul mio collo. Inspirò profondamente. *Cazzo, Kyra. Mi stai uccidendo.*

Dammi il tuo nodo.

Il suo ringhio rimbombò sul mio petto nudo,

facendomi inturgidire i capezzoli e scatenando un'ondata di desiderio che mi si riversò tra le cosce.

Non ti darò il mio nodo, piccola killer. Non posso. Mi posò un bacio sul collo, dove il mio battito scalpitava. E il suo ringhio si dissolse in fusa. *Ma mi prenderò cura di te. Ti curerò. Ti proteggerò.*

Le sue parole non avevano alcun senso. Perché non voleva darmi il suo nodo? La mia lupa lo desiderava. E anch'io. Avevamo *bisogno* di lui.

Senza il suo nodo, avrei… avrei sofferto.

Sarei bruciata.

Mi sarei dissolta nel fuoco.

Sbattei le palpebre, confusa. Mi girava la testa.

C'era un ringhio esigente nella mia testa, un ringhio che mi ordinava di… di tornare. Ma non volevo tornare. Volevo rimanere lì. Nel mio nido. Con il mio alfa.

A meno che…

Sono…?

«Kyra». Le fusa con cui pronunciò il mio nome mi fecero alzare lo sguardo su un paio di occhi neri. Erano così belli. Come ossidiana. E scintillavano di desiderio. «Concentrati su di me, okay?».

«Sì, alfa».

«Lorcan» mi corresse.

Aggrottai la fronte, non capivo perché fosse importante. «Dammi il tuo nodo».

Premette di nuovo il viso sul mio collo, e la vibrazione emessa dal suo petto era affascinante e confortevole. Un'ondata di calore si riversò dalla sua aura alla mia, un fiotto di energia che mi fece sussultare e gemere al tempo stesso.

Era… bellissimo. Rilassante. *Curativo.*

Ma fu seguita da un'esplosione al ventre, un'esplosione

che scatenò un vortice di sensazioni. Calore. Dolore. Crampi. Brividi.

Tremai, con la parte più intima di me che si strinse intorno al nulla, bisognosa di avere qualcos'altro. Qualcosa di più intenso. Qualcosa di *duro*.

Gli afferrai le spalle, serrando le cosce intorno a lui, mentre un'altra scarica di energia si abbatteva sui miei sensi.

Un gemito mi sfuggì dalle labbra. Premetti l'inguine sul suo, mentre le fiamme si appropriavano ancora una volta del mio essere. *Alfa*…

Lorcan, disse.

Compagno, tentai di nuovo.

Rabbrividì, con le labbra che aleggiavano sul mio collo.

Mordimi, lo esortai.

No.

Dammi il tuo nodo.

No.

Piagnucolai. Mi stava rifiutando. Stava rifiutando la mia lupa. Non aveva alcun senso. Il mio corpo era fatto per questo, per *lui*.

E bruciava tutto.

Solo lui poteva aiutarmi. Solo lui poteva rimettere a posto le cose. *Ti prego*…

Sospirò ancora una volta, e un'altra ondata di potere si riversò su di me, mentre la sua bocca mi accarezzava la gola, coprendola di baci delicati, facendomi sentire adorata.

Mi dimenai sotto di lui, adorando la sensazione della sua bocca su di me, implorandolo di averne di più.

Più pelle. Più lingua. Più *denti*.

Ma lui non fece altro che inondarmi della sua essenza, sommergendomi con una rilassante sensazione di calore.

Continuando a tenermi bloccata sul letto, con la bocca sulla mia gola.

Ansimai, quei preliminari stavano durando troppo a lungo.

Eppure, c'era qualcosa nel suo tocco... nel suo *potere*... che mi fece sbadigliare. Cercai di tenere gli occhi aperti. Di dire qualcosa. Di chiedergli... qualcos'altro...

Ma il mondo iniziò a scivolare via.

Spingendomi nell'oscurità.

In una notte senza stelle.

Da sola.

A soffrire... al freddo.

Sono qui, sussurrò dopo qualche istante. La sua voce portò con sé un'altra esplosione di calore. *Sono qui.*

Dove?, chiesi.

Nel tuo nido. Stretto a te. Premette il palmo sul mio ventre, confondendomi. *Dormi, Kyra. Ti aiuterà.*

Aiuterà a fare cosa?, mormorai. Il mio corpo era in fiamme. Fiamme alimentate da un desiderio insopportabile. Ed ero intrappolata in quell'abisso oscuro. Incapace di vedere. *Alfa?*

Ssh, disse lui. *Ti darò quello di cui hai bisogno.*

Altro calore si riversò su di me, scatenando nelle mie viscere sensazioni indescrivibili. *Alfa*...

Va tutto bene, compagna, mi promise. *Dormi. Solo per un po'. Poi ti darò una ricompensa.*

Ricompensa?

Sì.

Alla mia lupa piacque il suono di quelle parole. Non ne poteva capire il significato, ma il tono della sua voce sì. La promessa sensuale di cui erano intrise. Il rapporto di causa ed effetto di compiacere il suo alfa per ottenere ciò di cui aveva bisogno.

Fu sufficiente a calmarla.
A placare il suo desiderio.
Solo per un po'.
Abbastanza a lungo… per dormire.

LORCAN

Cazzo.

Non ce l'avevo *mai* avuto così duro.

I mugolii e le parole di Kyra continuavano a riecheggiarmi nella mente, facendomi impazzire di desiderio.

Mordimi. Dammi il tuo nodo.

Due richieste che erano quasi riuscite a distruggermi.

Ma non potevo prenderla così, non quando non era realmente in sé.

Era stata drogata pesantemente. Ironia della sorte, ciò aveva giocato a mio vantaggio. Inducendole un falso calore, Fare l'aveva spinta a bramare l'alfa che voleva davvero, permettendole di infrangere qualsiasi presa avesse sulla sua mente.

Ero rimasto sbalordito dal suo arrivo improvviso, e immediatamente eccitato dal suo profumo e dalla sua nudità. Fu la puzza di vampiro ad aiutarmi a rimanere lucido. E i segni dei morsi sulle sue cosce e sul suo sesso mi impedirono di cedere alla lussuria.

Aveva bisogno di un bagno.

Di una lunga notte di riposo.

Fusa.

Conforto.

Guarigione.

La investii con un'altra ondata di potere, cercando di placare la sua bramosia interiore. Sapevo che stava bruciando di desiderio, sopraffatta dal finto calore causato da Fare.

Le omega andavano fuori di testa durante l'estro, desiderando il nodo del loro alfa più dell'aria. Tuttavia, Kyra aveva detto chiaramente che non voleva il mio aiuto durante il ciclo. Anche se ora sembrava che avesse cambiato idea, non avrei mai approfittato del suo stato.

L'avrei scopata solo quando fosse tornata in sé.

E mi avrebbe implorato per motivi completamente diversi.

Contorcendosi, tutta bagnata, pronta a *lottare*.

Perché volevo la *mia* versione di Kyra. La mia piccola killer. Quella che aveva continuato a pianificare il mio omicidio, subito dopo essersi accoppiata con me.

Non la versione ferita.

Oh, non aveva perso il suo istinto di sopravvivenza. Il fatto che si trovasse nel suo nido, tra le mie braccia, ne era la prova. Aveva lottato contro la compulsione di Fare e aveva vinto. E ora avevo un laccio telecinetico avvolto intorno a lei, nel caso il vampiro tentasse di trascinarla da lui.

Se lo avesse fatto, sarei andato anch'io.

E lo avrei ammazzato.

Il mio polso vibrò, avvisandomi della presenza di un messaggio in arrivo. Avevo già scritto a Cillian per fargli sapere che Kyra era tornata. Si era trattato di due parole soltanto, dal momento che ero troppo preso da lei per concentrarmi su qualcos'altro.

Sta bene?, fu la risposta di Cillian.

No. È stata morsa almeno una decina di volte. E ci sono segni di iniezioni sulle sue braccia. Quel bastardo l'ha costretta ad andare in calore. Digitai tutto stringendo i denti con furia.

La mia essenza curativa avrebbe dovuto essere in grado di farla tornare in sé, ma ci sarebbe voluto del tempo. Ore, forse addirittura giorni.

Incasinare il ciclo di un'omega poteva avere effetti duraturi. Effetti difficili da identificare, soprattutto nel caso di Kyra, visto che era un ibrido. L'estro delle omega V-Clan durava circa un mese. Non avevo idea di quanto durasse quello di Kyra.

Cazzo. Hai idea di dove si trovi?, chiese Cillian.

No. Ma se viene qui, se ne pentirà. Io no. Non vedevo l'ora di strappargli le palle e fargliele mangiare.

Cillian non rispose immediatamente, dandomi qualche istante per trasmettere un'altra ondata di potere curativo al corpo addormentato di Kyra.

La sua mente era per lo più vuota, a parte qualche mugolio implorante. Odiavo farle una cosa del genere. Ma era l'unico modo per offrirle una parvenza di conforto.

L'aria sfrigolò di energia, l'imminente arrivo di un alfa spinse il mio lupo a emettere un basso ringhio di avvertimento.

L'attimo dopo quella presenza svanì, ma rimasi in allerta, con la mia bestia in agguato appena sotto la pelle.

La mia Kyra. La mia omega. La mia compagna.

Mormorava qualcosa nel sonno, premendo il sedere sul mio nodo pulsante.

Imprecai sottovoce. Avevo i muscoli tesi all'inverosimile, nel tentativo di non cedere al desiderio.

Quella piccola omega mi era entrata dentro. Si era fatta strada nel mio cuore. Si era impadronita della mia stessa anima.

I nostri spiriti erano intrecciati per l'eternità, in un legame che superava qualsiasi barriera.

Ogni giorno che passava facevo sempre più fatica a ricordare perché non volessi tutto questo. Perché non avevo mai desiderato una compagna.

Scusami. Il messaggio comparve nell'aria, inviato da Kieran. *Non mi ero reso conto che fossi così… territoriale.*

È mia, digitai. Il mio lupo era ancora agitato dalla breve comparsa di Kieran vicino al nido di Kyra. Il fatto che se ne fosse andato immediatamente era stata l'unica cosa che aveva impedito al mio animale di lanciarsi fuori dalla porta per sfidarlo.

Capito, rispose. *Mi terrò a distanza. Ma sono qui per fare la guardia, mentre tu ti occupi dei suoi bisogni.*

Deglutii, il mio lupo era ancora piuttosto vicino alla superficie. Probabilmente perché avevo una deliziosa omega rannicchiata su di me. A parte la puzza di vampiro, aveva un profumo divino.

Arance rosse speziate, pronte per essere assaporate.

Cazzo.

Premetti il naso sul suo collo, inspirando profondamente.

Volevo assaggiarla disperatamente. Leccare ogni parte di lei. Baciarla. *Morderla.*

Era coperta dall'odore di un altro alfa. *Un vampiro.* Il mio lupo ringhiò, odiava sentire quel fetore su di lei. Odiava tutti i segni che le aveva lasciato. Odiava la sua rivendicazione. Odiava il suo veleno che le infettava il sangue.

Volevo che se ne andasse.

Che sparisse.

Che fosse *rimpiazzato.*

Kyra era *mia.* E non l'avrei mai condivisa con quello psicopatico.

Cazzo, dubitavo di poterla condividere con chiunque.

Ed era un grosso problema, considerando che lei non voleva un compagno.

Le posai un bacio sul collo, dove il suo battito pulsava. Mi accorsi che aveva assunto un ritmo regolare.

Tuttavia, ora era il *mio* cuore a scalpitare. Volevo massacrare il suo compagno vampiro. Uccidere chiunque osasse anche solo guardarla. Fare a pezzi chiunque tentasse di portarla via da me.

«Merda» mormorai, il bisogno viscerale di uccidere mi affogò nell'aggressività.

Il mio nodo pulsava. La mia bestia era furibonda. Le mie viscere erano in fiamme.

Mia, pensai. *Quest'omega è mia.*

Solo che non lo sapeva ancora.

La avvolsi nel mio potere, confortandola con le mie abilità guaritrici e le mie fusa.

Lei si accoccolò ancora di più sul mio corpo mentre dormiva, compiacendomi immensamente con i suoi sospiri soddisfatti.

Nonostante Kyra non volesse un compagno, ero ufficialmente suo per l'eternità.

Dovevo solo mostrarle cosa significava.

Alla fine, sarebbe stata comunque lei a decidere.

Il mio compito era dimostrarle di essere la scelta giusta. Il compagno ideale. Quello su cui avrebbe sempre potuto contare. Un compagno di cui fidarsi. Un compagno da ammirare. Forse addirittura amare.

E, in cambio, le avrei dato tutto quello che potevo.

Sarei stato all'altezza. Sarei stato ciò di cui aveva bisogno. L'avrei amata. Le sarei stato vicino. Le avrei perfino permesso di comandare, nei limiti del ragionevole.

Tutto ciò che doveva fare era darmi una possibilità.

Ne avremmo parlato al suo risveglio.

O magari avrei aspettato un momento più opportuno.

In ogni caso, avevo deciso. Non mi importava se fosse il suo calore a sedurre i miei pensieri, o se gli eventi degli ultimi giorni avessero mutato radicalmente la mia volontà.

L'omega Kyra era mia.

E l'alfa Fare era un uomo morto.

KYRA

SEMPREVERDI.

Lupo.

Alfa.

Mi rotolai in quei profumi, adorando il modo in cui impregnavano la mia pelle nuda. Erano su tutto il mio nido. Su di *me*.

Ma c'era un aroma di fondo di rose morte che rovinava tutto. *Rose morte spolverate di ruggine*.

Rabbrividii, quell'odore non mi piaceva per nulla. Volevo più sempreverdi.

La mia lupa si mise ad annusare tutto intorno, alla ricerca della fonte di quel profumo.

Duro. Caldo. Maschio.

Mmm.

Strofinai il naso sul suo petto, scendendo con la mano lungo le increspature degli addominali, verso il suo bacino.

Le mie labbra si incurvarono all'ingiù. Ero confusa dalla presenza del tessuto.

Soffice. Setoso. Appena accettabile. Solo che lo volevo nudo.

Gli baciai il petto, la mia lingua guizzò fuori per

assaggiare la sua pelle. Ma le mie labbra trovarono un accenno di qualcos'altro. Qualcosa di delizioso. *Sangue.*

Mi venne l'acquolina in bocca, e un'ondata di desiderio mi attanagliò il ventre.

Quando è stata l'ultima volta che mi sono nutrita?, mi domandai, delirante. *Dove sono?*

Oh, non importava. Quell'alfa aveva ciò che bramavo. Ciò di cui avevo disperatamente bisogno.

«Ti prego» sussurrai, chiedendogli il permesso, *implorandolo* di darmi un assaggio.

Sapevo di non dover mordere senza chiedere. Gli alfa erano territoriali. Davano solo quello che volevano. Se avessi provato…

«Prendi tutto quello che ti serve, Kyra» disse, sottolineando ogni parola con un profondo brusio. «Il mio sangue è tuo».

Alzai di scatto gli occhi, scorgendo la sincerità nel suo sguardo oscuro. *È un sogno?*, mi domandai.

Se vuoi, può esserlo, rispose. In qualche modo, era riuscito a sentirmi.

Grazie, alfa.

Lorcan, ribatté.

Aggrottai la fronte, non capivo il motivo di quella correzione. Ma ero troppo affamata per chiedergli chiarimenti. Avevo bisogno di assaggiarlo. Di morderlo. Di *nutrirmi.*

Ma dove?, mi domandai. *Dove…?* Mi interruppi. Un ricordo riaffiorò tra i miei pensieri. Un ricordo orribile.

«Okay, dove posso morderti?» aveva chiesto di recente un alfa vampiro. *«Ho troppa scelta…».*

Deglutii, la mia fame iniziò lentamente a svanire.

Fare.

L'immagine di un ago mi balenò nella mente, seguita

dalla sua bocca. Quel sorriso crudele. Le sue zanne nella mia carne.

Mi alzai in piedi di scatto, toccandomi i fianchi e le cosce. I segni erano spariti, la mia pelle era intatta. Ma sentivo ancora il suo tocco. Le sue succhiate avide. Le sue provocazioni.

Un sussulto abbandonò le mie labbra, ora il mio nido sembrava sbagliato. Il mio corpo contaminato. *Gli odori*… Scesi dal letto, volevo sistemare tutto. Avevo bisogno di… di liberarmi di *lui*.

«Kyra». L'alfa pronunciò il mio nome facendo le fusa, un suono che minacciò di farmi cedere le gambe. Era così rilassante. Così perfetto. Così… *ipnotico*. «Dimmi di cos'hai bisogno e te lo darò».

«Ho…». Sbattei le palpebre, cercando di mettere a fuoco la stanza, tentando di individuare l'origine di quegli odori disgustosi. L'immagine dei petali di rosa mi tornò alla mente, c'era anche un biglietto… «I fiori…?».

«Li ho buttati via» disse l'alfa. Sembrava contrariato. Ma continuò a fare le fusa. A emettere quel suono bellissimo.

Ne voglio di più, pensai con aria sognante. *Tra le cosce. Sulla gola. Mentre mi bacia*…

Ma non ora. Prima dovevo sistemare il mio nido. Eliminare la puzza di morte.

È tutto fottutamente sbagliato.

Ringhiai, furiosa per le lenzuola sporche. Per la pelle marchiata. Per quell'odore ripugnante.

Una doccia, capii. *Sì, una doccia è proprio quello che mi serve.*

Mi avviai verso il bagno, ma mi fermai quando il brusio si attenuò.

L'alfa non mi stava seguendo.

No, no. Doveva venire anche lui. Avevo… avevo bisogno delle sue fusa. Del suo profumo. *Del suo sangue.*

Scivolò fuori dal nido, avanzando con un'espressione priva di emozioni.

Aveva intuito i miei bisogni in base alle mie azioni? O mi aveva letto nel pensiero?

Non ne ero sicura. Né mi importava.

Contavano solo la sua presenza, la sua protezione, il suo odore seducente.

Andai verso di lui e gli premetti il naso sul petto, inspirando profondamente e crogiolandomi nella sua essenza. Anche quell'accenno di sangue sulla pelle era puro paradiso.

Afferrai la sua mano e lo trascinai verso il bagno, dove aprii l'acqua della doccia. La vasca era troppo piccola per lui, figuriamoci per entrambi. La doccia sarebbe dovuta bastare.

Non disse nulla mentre preparavo l'acqua, impegnandomi a trovare la temperatura giusta. Poi entrai e lo fissai, in attesa. Doveva togliersi i boxer. Non sapevo nemmeno perché li avesse ancora addosso.

Quando li ha messi?, mi domandai. *O… un attimo… prima… non aveva i… i jeans?*

Ciò che era accaduto nelle ultime… non sapevo nemmeno quanto, era confuso. Come un sogno.

Anzi, mi sembrava di sognare anche in quel momento.

Ma almeno non stavo più bruciando.

Avevo solo fame. *A dirla tutta, sto morendo di fame.*

L'alfa serrò la mascella, guardandomi con un vortice di emozioni che gli turbinava negli occhi. «Chi sono?» mi chiese dopo qualche istante.

Mi accigliai, la domanda non aveva alcun senso. «Alfa».

Scosse la testa. «Lorcan».

Di nuovo quella parola.

No, il suo *nome*.

Lorcan, l'Élite, pensai.

La mia lupa ringhiò in segno di approvazione, ricordandomi di quando aveva giocato sul ghiaccio con il suo alfa. Rotolando dappertutto. Prendendogli a testate il fianco. *Raggomitolandosi accanto a lui nella caverna.*

L'acqua scrosciava intorno a me, mentre i ricordi si susseguivano nella mia mente.

Ma poi un momento più recente prese il sopravvento. *Io stesa sul letto. Con le gambe spalancate. Occhi rosso rubino. Zanne.*

Rabbrividii e afferrai il sapone, sentendo il bisogno di sfregarlo sulla pelle. *Sbagliato. Sbagliato. Sbagliato.*

L'alfa entrò nella doccia con me, ma aveva ancora addosso i boxer.

Era così provocante... perché vedevo perfettamente la sagoma del suo nodo, e non vedevo l'ora di assaporarlo.

Ma prima dovevo liberarmi di quella puzza.

Pulirmi. Immergermi nell'odore di quell'alfa. *Morderlo.*

Mi prese di mano il sapone e me lo passò sulla pelle, aiutandomi a scacciare il fetore dell'altro alfa. Quello sbagliato. Quello che mi faceva torcere lo stomaco dal terrore.

Deglutii a stento quando l'alfa davanti a me si mise in ginocchio, con lo sguardo fisso sulle mie cosce. Il suo tocco era deciso, eppure rovente al tempo stesso. Mi fece venir voglia di trascinare le sue mani più in alto, tra le mie gambe.

Ma era molto metodico. *Accurato.* Creò la schiuma e la sciacquò via, ripetendo più volte lo stesso movimento. Poi premette il naso sulla mia pelle e inspirò. Senza mai distogliere lo sguardo dal mio, con la fame che gli incendiava le profondità color inchiostro.

L'eccitazione mi si raccolse tra le cosce in risposta a quello sguardo. A quel *desiderio.*

Perché… *oh, sì, ti prego.*

Trascinai le dita tra i suoi capelli folti, avevo bisogno di sentirlo. Di stringerlo a me. *Di guidarlo.*

«Dimmi il mio nome, Kyra» sussurrò. Sembrava quasi che gli facesse male pronunciare quelle parole.

Sulla mia lingua indugiò una risposta, "alfa", ma stavo iniziando a capire le sue intenzioni. Ciò che voleva che io sapessi.

Lui.

Lorcan.

L'Élite… con cui sono accoppiata.

Lo fissai, sentendo un groppo alla gola.

Mi aveva portata via da Fare. Mi aveva salvata da un destino che non volevo nemmeno pensare di dover affrontare. Perché ero in calore.

Eppure… ora… ora ero ancora in calore. Ma non del tutto. Ne stavo lentamente uscendo.

Per quello avevo fame.

No, non era per quello. Era a causa di Fare. Aveva bevuto molto sangue. Troppo. Senza darmene nemmeno una goccia in cambio.

Ero così affamata.

Stavo morendo di sete.

Ma c'erano altre cose che desideravo.

Come Lorcan. In ginocchio. Con la bocca sulla mia coscia.

Non per mordermi. Solo… per baciarmi.

Trattenne il mio sguardo e fece esattamente quello, sporgendosi in avanti per assaggiare la pelle che aveva appena finito di insaponare e sciacquare. Fui sul punto di chiudere gli occhi, estasiata. Era una sensazione talmente coinvolgente che quasi mi dimenticai come respirare.

Le sue mani si spostarono sull'altra gamba, ripetendo gli stessi movimenti di prima. Liberandomi dalla puzza di

Fare. Di ogni traccia del vampiro. Di ogni traccia della sua esistenza.

Lorcan… stava prendendo il suo posto.

Mostrandomi com'era essere adorata. Rispettata. *Come una compagna.*

Ero nel pieno del calore e mi aveva… rifiutata. Più o meno. Avevo sentito il suo desiderio. Ne avevo colto l'odore. Eppure, non aveva tentato di darmi il suo nodo. Mi aveva fatta cadere in una sorta di sonno, aiutandomi a eliminare i resti del veleno di Fare con il suo potere curativo.

Lorcan si era preso cura di me.

Mi aveva tenuta stretta tra le sue braccia.

Mi aveva confortata con il suo dolce brusio.

Si stava prendendo cura di me anche in quel momento, scacciando Fare con ogni carezza.

Rabbrividii nonostante il calore del getto d'acqua, sentendomi sempre più eccitata. E non perché ero in calore.

Lorcan mi stava seducendo. Forse non di proposito, ma il suo tocco era… *ipnotico*. Perfetto. Esattamente ciò di cui avevo bisogno.

Strinsi la presa sui suoi capelli, mentre le sue dita risalivano verso i miei fianchi, disegnando con i pollici dei piccoli cerchi sulla pelle.

«In quali altri punti ti ha morsa?» mormorò, finendo di occuparsi dei miei fianchi, dopo averli sfiorati con il naso.

«Sul seno» dissi. «Sul… sul clitoride».

Dilatò le narici, abbassando lo sguardo sul mio sesso. «Solo sul clitoride? Da nessun'altra parte, qui sotto?».

Scossi lentamente la testa. «Mi ha morsa in vari punti… lì sotto».

Lorcan serrò la mascella, mille pensieri omicidi gli si affollarono nella mente.

Avrebbe dovuto mettersi in coda. Perché ora che sapevo che Fare era sopravvissuto, ero decisa ad ammazzarlo di nuovo.

E, stavolta, mi sarei ricordata di portare un fottuto fiammifero.

Mmm, ecco la mia piccola killer, mi sussurrò dolcemente Lorcan nella testa.

Quasi sbuffai, ma le sue dita… si spostarono… tra le mie cosce. Strofinò delicatamente il sapone, cancellando con cura ogni traccia invisibile della presenza di Fare.

E lasciando le sue.

Mi tremarono le gambe, strinsi ancora di più la presa sui suoi capelli.

Era da più di un secolo che non condividevo l'intimità con un alfa. Gli ultimi giorni trascorsi con Fare non contavano. Non mi aveva dato il suo nodo, mi aveva solo morsa. Voleva aspettare che fossi completamente delirante, prima di scoparmi.

I suoi amici non erano nemmeno entrati nella stanza.

Eppure, c'erano ancora centinaia di ricordi che desideravo cancellare. *Sostituire*.

Forse erano gli ultimi residui del calore a guidare i miei bisogni, ma, sotto sotto, sapevo che c'era molto di più.

In qualche modo, nelle ultime settimane, Lorcan aveva sfiorato la mia anima. Forse con quelle corse pomeridiane. Con il modo in cui coccolava la mia lupa.

O forse era *lei*, la mia bestia, a sapere che era così che dovevano andare le cose. A sapere che lui era destinato a essere nostro, ed era giusto che lo fosse. Era lei ad averlo scelto come compagno, non perché eravamo stati costretti ad accoppiarci, ma perché si era dimostrato degno del suo affetto.

E poi, quando aveva scelto di non darmi il suo nodo

nonostante potesse farlo, si era dimostrato degno della mia fiducia.

Mi aveva rispettata.

Mi aveva protetta.

Mi aveva *guarita*.

E ora, sembrava pronto a reclamarmi.

Con ogni tocco, sentivo che gli appartenevo sempre di più.

Le sue mani tornarono a posarsi sui miei fianchi, mentre si sporgeva per annusare il mio sesso, trascinando il naso verso il mio clitoride. Il suo respiro accarezzò la mia carne umida, facendomi correre un brivido lungo la schiena.

«Lorcan» sussurrai, sentendomi cedere le gambe.

«Mmm» mormorò. «Dillo di nuovo».

«Lorcan».

«Brava, piccola». Le parole si infransero sul mio punto più sensibile. «Vuoi che rimuova più accuratamente ogni traccia del suo morso? Con la lingua, magari?».

«Sì» ammisi. «Sì, ti prego».

«Chiedimi di leccarti».

«Leccami» ripetei automaticamente, con un'ondata di calore che si diffuse sulla mia pelle. «*Ti prego*».

LORCAN

Il mio nodo pulsava, il mio inguine si tese per il desiderio.

La presenza del vampiro aleggiava ancora sulla mia omega, il suo ricordo le contaminava la mente, le sue zanne avevano lasciato la loro rivendicazione invisibile sulla sua pelle vellutata.

Volevo che sparisse. Che morisse. Che fosse *sostituito*.

Il mio lupo ringhiò. Era d'accordo. Fare non aveva nessun diritto di intromettersi tra me e Kyra. Nessun motivo per tormentare le nostre menti.

Quello che condividevamo apparteneva solo a noi. Ai nostri lupi. Il nostro legame, a prescindere da come era nato, si era evoluto. In cosa, non ne ero sicuro.

Ma la volevo.

Cazzo, avevo *bisogno* di lei.

Ce l'avevo avuto duro per tre fottuti giorni, mentre si riprendeva. Tre fottuti giorni con il suo corpo nudo premuto sul mio. Tre fottuti giorni ad ascoltare i suoi mugolii vogliosi, avvolto dalla sua deliziosa eccitazione.

Poi si era svegliata e aveva cominciato ad annusarmi come se fossi stato il suo profumo preferito.

E ora era bagnata. Pulita. *Meravigliosamente gonfia*.

La guardai negli occhi, chinandomi in avanti per leccarle il clitoride. Le sue pupille si dilatarono, e la sua lupa mi fissò con approvazione.

La mia bestia interiore ricambiò la sua occhiata. Il suo ringhio profondo mi vibrava nel petto, facendo tremare le gambe della nostra compagna.

Un alfa poteva usare quel suono per far bagnare la sua omega, per incoraggiarla a scopare. Ma Kyra era già fradicia, il suo sesso luccicava di eccitazione.

Trascinai la lingua tra le sue cosce, concedendomi un assaggio.

Strinse la presa sui miei capelli, tremando. «Lorcan» ansimò.

«Brava» la lodai, compiaciuto che continuasse a ripetere il mio nome. Mi diceva che non era più nel pieno del calore, che era consapevole di quello che stava accadendo.

E ciò significava anche che non stava più pensando a *lui*.

Sigillai le labbra intorno al suo clitoride, determinato a darle piacere, non dolore. Meritava di essere adorata.

Schiuse le labbra in un gemito, muovendo il bacino verso la mia bocca, mentre succhiavo il suo piccolo bocciolo turgido.

Il mio nome abbandonò ancora una volta la sua bocca, stavolta in un ansito. Si appoggiò alla parete alle sue spalle. E ora mi stringeva la testa con entrambe le mani. Aveva le dita avvinghiate ai miei capelli, mentre continuava a strusciarsi sulla mia faccia.

Era così bello vederla in quello stato. Così affascinante sentire la sua eccitazione sulle mie labbra. Ed era assolutamente perfetto avere la lingua immersa nel suo sapore.

Desideravo di più. Molto di più.

Premetti la lingua sul suo sesso, lasciandole andare un fianco e abbassando la mano verso la sua coscia. Sentii che le veniva la pelle d'oca, che tremava.

Trascinai il palmo verso l'alto, stuzzicando il suo sesso con la punta delle dita.

Si inarcò sulla parete, ansiosa di essere posseduta. Reclamata. Marchiata dentro e fuori.

Le diedi quello che voleva, infilando due dita dentro di lei e piegandole in un modo che sapevo l'avrebbe fatta impazzire.

Gemette, praticamente gridò, un suono che avrei ricordato in eterno. Perché era stato opera mia.

E fu il *mio* nome che urlò.

Era vicina. Lo sentivo dal modo in cui si stringeva intorno a me. Dal modo in cui la sua presa diventò violenta. Dal modo in cui i suoi capezzoli si indurirono.

Volevo che venisse. Che esplodesse sulla mia lingua. Che mi marchiasse con il suo profumo mentre la reclamavo con la bocca.

Grida il mio nome, piccola killer, mormorai. *Fai sapere a tutti che il tuo alfa è in ginocchio per te.*

Le sue membra tremarono, le sue dita si serrarono sui miei capelli.

E poi eruppe in un orgasmo che attraversò il nostro legame con la potenza di un terremoto. Il mio nodo *doleva* per lei.

Intense ondate d'estasi si propagarono tra di noi. Il suo climax fu esplosivo. Stupendo. Divino.

Leccai il frutto del suo orgasmo, adorandone il sapore agrumato.

Poi sorrisi quando cominciò a venire di nuovo, il suo sesso di omega era pronto per il suo alfa. Aveva bisogno di qualcosa di più della mia lingua; mi chiese tacitamente di darle il mio nodo, serrandosi intorno alle mie dita.

Ma la costrinsi a crollare ancora una volta in quel modo, avevo bisogno di rimuovere ogni traccia di quel maledetto vampiro dal suo corpo.

Quando liberò le mie dita, il suo corpo aveva sperimentato tre orgasmi, uno dietro l'altro.

Ma l'appagamento che provava non sarebbe durato a lungo.

Compiacerla aveva scatenato la sua lupa. E la sua lupa era *affamata*. Così come la sua vampira.

La mia omega aveva ancora bisogno di sangue.

E del mio nodo.

Tracciai un sentiero di baci sul suo corpo, risalendo verso il suo seno, dove indugiai, ricordando quello che aveva detto sul morso di Fare.

Recuperai il sapone che avevo messo da parte quando avevo cominciato a leccare Kyra, invece di pulirla, e tornai a dedicarmi al suo petto.

I suoi capezzoli erano duri come la pietra, e imploravano la mia bocca. Ma prima li lavai, insaponandoli e sciacquandoli tre volte.

Solo allora diedi a quei boccioli smaniosi le mie labbra e i miei denti.

Mordicchiandoli appena, senza violenza. Perché il corpo di Kyra meritava rispetto. Attenzione. *Amore.*

Le succhiai i capezzoli, accarezzandoli con la lingua. Lei gemette in risposta, spostando le mani verso le mie spalle per tenermi stretto a sé.

Una volta finito con il suo seno, continuai a risalire, guidato dal mio naso.

Fare le aveva lasciato il suo odore sul collo.

Tolsi ogni traccia della sua rivendicazione con acqua e sapone. Poi baciai ogni morso invisibile, marchiando nuovamente Kyra, facendola mia.

Quando raggiunsi la sua bocca, sembrava una dea di

bisogno e desiderio. I suoi occhi da gatta scintillavano, le sue unghie mi affondavano nelle spalle.

«Dammi il tuo nodo» mi ordinò.

«Chi sono?» le domandai, avvicinando le dita ai boxer in attesa della sua risposta.

«Il mio *sconveniente* compagno» sbottò, facendomi arricciare le labbra. «Lorcan. Un Élite. Un alfa che morirà presto, se non mi infila dentro il suo cazzo di nodo».

Ridacchiai, facendo sparire i miei boxer in un istante. «Dovrò farti cambiare atteggiamento a furia di sesso».

«Puoi provarci» rispose.

Le afferrai i fianchi, il mio lupo ringhiò vittorioso. «Dimmi se vado troppo forte».

«Non succederà».

«Sottovaluti quanto ti voglio, piccola killer». La sollevai dal pavimento. «Avvolgimi le gambe intorno alla vita».

Lo fece, con movimenti docili e aggressivi al tempo stesso. Le sue cosce mi *stritolarono* i fianchi, esigendo che entrassi dentro di lei. Che la scopassi. *Che la reclamassi.*

Mi sistemai tra le sue cosce con cautela. Le avevo letto nella mente che era passato molto tempo dall'ultima volta che era stata scopata da un alfa. Così, cercai di entrare lentamente.

Ma quella piccola strega mosse i fianchi e mi costrinse ad andare più a fondo, più veloce, premendo il bacino sul mio.

Un gemito abbandonò le sue labbra. Lasciò cadere la testa all'indietro, sulla parete, e chiuse gli occhi.

No, non così, pensai, stringendole il mento. *Guardami mentre ti scopo, Kyra.*

Obbedì, e il suo sguardo appassionato fu come una scarica di adrenalina per il mio istinto.

Affondai completamente dentro di lei, adorando il

modo in cui esalò un piccolo rantolo a causa delle mie dimensioni e della mia forza.

Avrei potuto adorarla e distruggerla al tempo stesso. E la sua mente mi stava incoraggiando a farlo.

Di più, mi stava dicendo. *Più forte.*

Uscii fino alla punta e mi spinsi ancora una volta dentro di lei, obbligandola ad accettarmi tutto, reclamandola irrevocabilmente, *accoppiandomi* con lei.

Le sue unghie mi graffiarono la schiena, i suoi fianchi premettero contro i miei.

Ma mancava qualcosa. Qualcosa di fondamentale. Una parte di lei che avevo ancora bisogno di possedere.

La sua bocca.

Le narici di Kyra si dilatarono quando la guardai negli occhi, le sue pupille erano due enormi diamanti neri.

Sostenni il suo sguardo mentre le accarezzavo le labbra con le mie. Poi le sfiorai con la lingua in maniera provocante. Mi invitò dentro con un gemito, aprendomi il suo corpo in ogni modo.

Accettai senza esitazioni, ansioso di possedere ogni parte di lei.

La sua bocca.

La sua lingua.

I suoi seni.

Il suo sesso.

Rivendicai ogni centimetro del suo corpo, marchiandola per sempre come *mia*. Il mio bacio la devastò per qualsiasi altro uomo, anche se in realtà non ce ne sarebbero stati altri. Le mie mani le lasciarono tracce invisibili sulla pelle.

Mia. Mia. Mia.

Il mio lupo ringhiò in segno di assenso, intimandomi di affondarle i denti nel collo per rinnovare il nostro legame. Ma lo ignorai. Negli ultimi giorni Kyra era già stata morsa abbastanza. Avrei ceduto al desiderio della mia bestia in un altro momento.

Perché ci sarebbero stati altri momenti.

Sicuramente avremmo scopato di nuovo anche quella stessa notte.

«Stringimi» dissi a Kyra. «Marchiami come sto marchiando te. Costringimi a darti il mio nodo. Costringimi a *reclamarti*».

Le sue unghie si trasformarono in artigli, sentii le sue labbra incurvarsi in un sorriso. «Voglio farti sanguinare».

«Fallo» ringhiai, sbattendola contro la parete. «Graffiami. Mordimi. Fammi tutto quello che vuoi».

Si serrò intorno a me, chiaramente l'idea le piaceva.

Ma non trascinò gli artigli sul mio petto come mi ero aspettato.

Invece mi morse il labbro. *Forte.* Per poi alleviare il dolore con la lingua.

Bevve qualche goccia del mio sangue, ingoiando con un gemito. Poi emise un verso feroce, e mi morse di nuovo. Più forte di prima.

Le afferrai la nuca, stringendola per stabilire il mio dominio. Ma ciò non le impedì di continuare a mordermi e succhiarmi il sangue. La mia piccola killer aveva bisogno di sfogarsi, e fui felice di dargliene l'opportunità.

Il nostro bacio diventò violento e caotico, con il mio sangue che imbrattava il viso di entrambi, mentre lei beveva avidamente.

La sentii fremere intorno a me, era vicina all'orgasmo. Aumentai il ritmo delle mie spinte, esortandola a venire, consapevole che la sua esplosione avrebbe causato anche la mia.

Il mio nodo pulsò.

È così bello, pensai, adorando il modo in cui si serrava intorno a me. *È così fottutamente bello*.

Le unghie di Kyra penetrarono di nuovo nella mia carne, e il suo corpo si tese allo spasmo. «Lorcan!» gridò, travolta da una potente ondata di estasi. Mi strinse con tutte le sue forze, trascinandomi con sé nell'oblio.

Un ringhio mi sfuggì dalla gola, e il mio nodo schizzò in avanti, assicurandomi alla mia omega e gettandoci entrambi in una violenta spirale di euforia.

Sconvolse ogni aspetto del mio essere, oscurandomi la vista, incendiandomi le vene, strappandomi un ringhio dopo l'altro.

È così fottutamente intenso.

È così meravigliosamente perfetto.

Kyra ansimò, tremando per l'assalto di piacere che drogava il suo essere.

Lasciò cadere la fronte sulla mia spalla, leccando avidamente le ferite che aveva creato con gli artigli.

«Bevi» sussurrai. «Sento quanto sei assetata».

Rabbrividì, e la sua mente mi rivelò quanto mi fosse grata per averglielo offerto di nuovo. Prima aveva esitato ad approfittarne, ma le dissi con il pensiero che la mia offerta sarebbe sempre stata valida. Poteva mordermi quando voleva, ogni volta che ne aveva bisogno. Non l'avrei mai rifiutata.

Mi affondò i denti nel collo, gemendo in un modo che mi colpì dritto all'inguine e mi fece venir voglia di darle ancora una volta il mio nodo.

Ma non avevo ancora finito di venire dentro di lei, stabilendo la mia rivendicazione nel modo più intimo possibile.

Avrebbe percepito il mio seme dentro di lei per giorni.

E quando quella sensazione avesse cominciato a svanire, l'avrei riempita di nuovo.

Volevo che fosse sempre impregnata del mio seme. Colma della mia essenza.

Ora sei mia, piccola killer.

Sì. Finché morte non ci separi, mi rispose in tono stanco e divertito.

Ridacchiai. *È una minaccia?*

Probabile.

Ottimo, le dissi. *I preliminari violenti sono i miei preferiti.*

Allora è un bene che abbia un sacco di coltelli.

Mmm, sì, è proprio un bene, le sussurrai. *Ma, prima, ho bisogno di scoparti di nuovo.*

Nel mio nido, disse. *Ho bisogno… del tuo odore. Nel mio nido.*

Premetti le labbra sulle sue, in un bacio più delicato. *Sarebbe un onore, Kyra.*

Sorrise. Un sorriso stranamente timido. *Grazie, alfa.*

Stavolta, non la esortai a pronunciare il mio nome. Perché aveva usato quel titolo come complimento. Una sorta di vezzeggiativo. Che accettai con gioia.

Così come accettai l'opportunità di marchiare il suo nido.

Ancora e ancora.

Finché non fummo entrambi troppo esausti per muoverci.

Solo allora la presi tra le braccia e mormorai: «Ho cambiato idea. Voglio una compagna. Voglio te».

Ma stava già dormendo.

La sua mente era meravigliosamente silenziosa.

«Sogni d'oro, piccola killer» le dissi, cominciando a fare le fusa. «Niente incubi oggi. Non ce ne saranno mai più. Perché sono qui. E ci resterò».

KYRA

Lorcan era in piedi accanto al mio nido. Il suo nodo rappresentava una *grossa* distrazione, che cercai di ignorare. Ma era proprio davanti alla mia faccia. Non poteva biasimarmi, se non riuscivo a evitare di fissarlo.

Con un atteggiamento tipicamente da Lorcan, mi guardò con un sopracciglio inarcato. «C'è qualcosa che posso fare per te?».

«Sì» ammisi. «Ma non ho ancora finito».

Mi chinai per prendere una delle camicie che aveva usato di recente per aggiungerla in un angolo del mio nido. Mentre ero via, aveva vissuto lì, in attesa che tornassi.

Ogni traccia di Fare era sparita, sostituita da Lorcan. Almeno per quanto riguardava il mio nido.

La mia mente era tutta un'altra storia. Ci sarebbe voluto del tempo. Per fortuna, avevo trascorso gran parte degli ultimi cento anni a cercare di superare la mia relazione con Fare.

Quello che mi aveva fatto nel corso dell'ultima settimana non era nulla in confronto al nostro passato. Potevo gestire il suo veleno. E sembrava che fossi anche in grado di gestire la sua compulsione.

Durante il calore indotto dalle iniezioni, era scattato qualcosa. Una sorta di interruttore che non mi ero resa conto di possedere.

Avevo raccontato a Lorcan di come la mia lupa avesse preso il sopravvento, che la sua furia mi aveva dato la forza di ribellarmi al controllo mentale di Fare.

Ora non lo sentivo più, probabilmente perché non stava cercando di entrare attivamente in contatto con me.

Non era finita. Non avevo dubbi al riguardo. Ma mi sentivo molto più sicura di me. Più *viva.*

Gli ero sfuggita.

Ciò significava che potevo farlo di nuovo.

Anche se Lorcan sembrava determinato a non lasciarmi sola nemmeno per un istante, finché Fare non fosse morto. Non me lo aveva detto chiaro e tondo, ma lo avevo udito nei suoi pensieri.

Insieme a molte altre dichiarazioni che non aveva ancora pronunciato ad alta voce.

Come il suo desiderio di restare nel Santuario. A tempo indeterminato.

Le cose tra di noi stavano evolvendo. Non ero sicura di come mi sentissi al riguardo, sapevo soltanto che mi sembrava *giusto.*

Nessuno dei due aveva ancora tentato di mettere un'etichetta al nostro rapporto.

E questo mi piaceva.

Anche la mia lupa era contenta. Soprattutto perché il suo alfa continuava a fare le fusa per lei. Come in quel momento. Quel meraviglioso brusio mi vibrò alle spalle, mentre mi piegavo per sprimacciare uno dei miei tanti cuscini.

Nonostante non ne avessimo parlato apertamente, Lorcan sapeva quanto fosse importante per me il mio nido.

In particolare perché Fare non mi aveva mai permesso di averne uno.

Quello era stato il mio rifugio per più di un secolo. Non avevo mai permesso a un alfa di entrarci.

Lorcan era stato il primo, quando ci aveva teletrasportati lì dopo l'allenamento improvvisato per le omega.

Poi Fare aveva profanato il mio spazio, com'era solito fare anche in passato. Ma, in mia assenza, Lorcan aveva ripulito tutto.

Ed era rimasto lì, mentre era impegnato a proteggere il Santuario.

Aveva anche provato a trovarmi. Me ne ero resa conto quando mi aveva mostrato la mappa che aveva appeso alla parete del corridoio. C'erano puntine dappertutto a indicare possibili posizioni del nido di Fare; le ipotesi erano basate su quello che gli avevo detto e sul suo istinto.

Lui e Kieran avevano anche inviato richieste di informazioni ai loro alleati in altri settori del mondo, sperando che qualcuno potesse fornire una pista.

Le fusa di Lorcan diventarono ancora più intense, mentre scivolavo fuori dal nido per prendere altri vestiti dal cesto della biancheria sporca. Scelsi un paio di boxer, che sistemai sotto uno dei cuscini. Poi afferrai dei pantaloni neri, che odoravano di sempreverdi e di maschio. Inspirai profondamente, felice, e li aggiunsi alla mia pila di tessuti al profumo di Lorcan.

Che, nel frattempo, non si mosse, restando fermo in attesa di essere usato o chiamato.

Mi stesi sul mio nido e mi ci rotolai sopra. Sia la mia lupa interiore che la mia vampira erano serene, in un modo che non sperimentavo da troppo tempo

Con un sospiro, indietreggiai e guardai il mio compagno. «Sono pronta per il tuo nodo, alfa».

Le sue labbra si incurvarono in un sorriso. Posò un ginocchio sul materasso e mormorò: «Dove lo vuoi, omega?».

Aprii le gambe. Le mie cosce erano già umide di desiderio. «Qui».

«Vuoi prima la mia lingua?».

Ci riflettei sopra per qualche istante, mordendomi il labbro inferiore. Poi scossi lentamente la testa. No. Lo volevo dentro di me. E volevo che riversasse il suo odore virile su tutto il nostro nido.

Avrebbe completato il mio progetto, avrebbe completato *noi.*

Lorcan si mise sopra di me, tenendomi prigioniera con i suoi occhi scuri, mentre si sistemava tra le mie cosce. Il suo sesso era caldo e pesante. «Non è stato facile vederti saltellare qui e là tutta nuda, mentre lavoravi al tuo nido. Sono state le tre ore più difficili della mia vita».

«Ancora più difficili del mio calore?» gli chiesi, inarcandomi verso di lui.

«*Finto* calore» mi corresse. «E quella è stata un'esperienza diversa. In quel momento, non potevo toccarti».

«E adesso?».

«Adesso...». Scivolò dentro di me con una spinta misurata, riempiendomi meravigliosamente. «Adesso sei *mia*».

Gemetti quando uscì fino alla punta e affondò ancora una volta dentro di me, con la sua enorme erezione che mi allargava a ogni spinta.

Era molto diverso da tutti i miei rapporti precedenti, soprattutto perché quello era consensuale. Ogni parte di me desiderava Lorcan, perfino la mia metà vampira. L'alfa mi faceva sentire completa in un modo che non mi sarei mai aspettata, la sua bestia rasserenava la mia in un modo di cui non pensavo di aver bisogno.

È proprio un accoppiamento di convenienza, pensai, inarcando il corpo verso il suo. *Molto conveniente. Meraviglioso, direi.*

Fottutamente spettacolare, mi corresse, reclamando la mia bocca.

Gemetti quando la sua lingua scivolò tra le mie labbra, con movimenti sensuali che rivaleggiavano con quelli più in basso.

Razziando e adorando.

Dando e prendendo.

Possedendo e curando.

Gli avvolsi le braccia intorno al collo, abbandonandomi al nostro amplesso, amando il modo in cui mi faceva sua. Non era delicato. Mi trattava da pari, non come una creatura fragile. Era esattamente ciò di cui avevo bisogno.

Il mio trauma apparteneva al passato. L'unico modo per cancellarlo era restare ancorata al presente.

Volevo essere vista come una persona forte. E il suo ritmo mi disse che lo sapeva. Che lo rispettava. Che gli *piaceva.*

Gli morsi il labbro inferiore, facendolo sanguinare, lasciando che la sua essenza mi fluisse sulla lingua.

Il suo lupo ringhiò, compiaciuto del mio gesto. Le ferite continuavano a guarire, facendomi venire voglia di morderlo spesso, per assicurarmi che il mio bacio vampiresco non svanisse mai dalla sua pelle.

Quel maschio era mio.

Se un'altra omega avesse anche solo *pensato* di reclamarlo, si sarebbe ritrovata in un mare di guai. Perché non avevo nessuna intenzione di condividerlo. Mai.

Gemette, un suono che mi fece correre i brividi lungo

la schiena. *Neanch'io voglio condividerti con nessuno, compagna*, mi sussurrò nella mente. *Tu sei mia.*

Continui a ripeterlo.

Allora lascia che te lo dimostri con i fatti, replicò, spostando la bocca sul mio collo.

Mi irrigidii quando affondò i denti nella mia pelle, abbastanza forte da farmi sanguinare.

Ma non bevve. Si limitò a lasciare il segno del suo passaggio, un gesto stranamente… confortevole. *Un altro ricordo cancellato*, capii. *Sostituito da Lorcan.*

Leccò la ferita, e la sua bestia interiore ringhiò di approvazione. Ma non mi spinse ad accettare altro. Non mi iniettò alcun veleno nelle vene. Non mi costrinse ad andare il calore.

Perché non era un vampiro.

Era un lupo.

Il *mio* lupo.

Il mio alfa.

E non mi avrebbe mai presa con la forza. Voleva che lo desiderassi anch'io, voleva il mio piacere.

Spinsi i fianchi in alto, verso di lui, accogliendolo più in profondità. Volevo sentire tutto. Il suo nodo. La sua eccitazione. Il suo *seme.*

Riempimi, alfa, lo esortai. *Rendimi tua.*

La sua bocca tornò sulla mia, il suo ringhio era quello di un maschio alfa. Adorava l'idea di possedermi. Era una pulsione che non cercava di combattere, nonostante come si sentisse all'idea di avere una compagna.

Lo capivo, perché valeva lo stesso anche per me.

Abbracciai i miei istinti, adorando la sensazione di essere presa con una tale virilità. Venerata. *Posseduta.*

Mentre gli leccavo il sangue dalle labbra, gli conficcai le unghie nella schiena; anche la mia lupa aveva bisogno di rivendicarlo. La sua essenza era mescolata alla mia, un sapore che deliziava la mia vampira interiore.

Ero convinta che solo il sangue di un alfa vampiro potesse saziare le mie necessità di omega, ma, a quanto sembrava, Lorcan ne era più che all'altezza.

Anzi, era esattamente ciò che bramavo.

Forte. Attento. Dominante.

Ogni aspetto di lui era quanto di più allettante esistesse, e lo era stato fin dall'inizio. Solo che non volevo ammetterlo a me stessa. O a lui.

Avvolse il palmo intorno alla mia nuca, mentre con l'altra mano mi afferrava il fianco. La sua potenza di alfa prese il sopravvento, e mi scopò nel nostro nido con una forza che mi tolse il fiato.

Senza freni.

Senza gentilezza.

Solo pura aggressività da alfa.

E lo adorai. Era ciò che desideravo. Ciò di cui avevo bisogno.

Ogni spinta allontanava ulteriormente il mio passato, rimpiazzandolo con ricordi di Lorcan. Nuovi pensieri. Nuove esperienze. Aspettative ridefinite.

Ansimavo, stringendo le cosce intorno a lui, tenendomi forte. Il mio sesso fremeva, ogni movimento era una carezza sul clitoride.

Era intenso.

Perfetto.

Eccitante.

Il suo nodo era lì, che pulsava sulla mia carne, ed era puro maschio alfa. Lo volevo dentro di me. A legarci insieme. Conducendoci verso nuove vette di piacere.

Avevo temuto una situazione del genere così a lungo… Ero stata terrorizzata di permettere a un altro alfa di entrarmi dentro in quel modo.

Ma Lorcan era diverso. Era *mio*.

Tuo, sussurrò. *E ora vieni per me, compagna. Stritola il mio nodo e portarmi oltre il limite con te.*

Mi inarcai verso di lui con un gemito, mentre la sua richiesta mi risuonava nello spirito, lambendo le mie terminazioni nervose. Volevo compiacerlo. Guadagnarmi la sua lode. *Guadagnandomi il suo nodo.*

Le mie membra si tesero, mentre il tumulto che si agitava dentro di me minacciava di esplodere. Il mio ventre si contrasse per il bisogno. Travolgente. Appassionato.

La lingua di Lorcan domò la mia, la sua mente mi esortò ad avanzare.

Adesso, compagna, mi ordinò. *Vieni per me.*

Sentirgli ripetere "compagna" mi incendiò le vene. Mi fece sentire apprezzata. Rispettata. *Reclamata.*

Il mio cuore mancò un battito, il mio respiro si bloccò. *È così intenso. Troppo intenso.* Mi sentivo sopraffatta. Divorata dal desiderio.

Mi serrai intorno a lui. La parte inferiore del mio corpo si inarcò sul letto, mentre le fiamme mi incendiavano le terminazioni nervose.

Il suo nome mi risuonò sulle labbra, ingoiato dal suo ringhio. Animalesco. Feroce. *Dominante.*

Il calore esplose dentro di me quando il suo nodo schizzò in avanti, reclamandomi come solo un alfa poteva fare.

Vibrazioni impetuose attraversarono il mio essere, rendendomi inerme. Immobile. Persa nelle mie urla incoerenti. *Appagata.*

Oh, *veramente* appagata.

Ancora e ancora.

Vittima di un piacere senza fine. La personificazione dell'estasi.

L'accoppiamento con un alfa doveva essere così, un

profondo incontro di anime su un piano di non esistenza. Un'esperienza extracorporea. L'oblio. La trasformazione della realtà.

Rimasi aggrappata a lui per tutto il tempo, godendo appieno delle ondate di euforia che mi accarezzavano il cuore, facendomi precipitare in una spirale di beatitudine senza fine.

Lorcan.

Kyra, rispose, con una nota di venerazione nella voce, baciandomi appassionatamente. *Compagna.*

Rabbrividii, avvolgendogli ancora una volta le braccia intorno al collo. Durante l'orgasmo le avevo lasciate cadere, il mio corpo aveva attraversato una sorta di esperienza spirituale. Era come se fossi morta e poi fossi tornata in vita.

La sua lingua mi ancorò alla realtà, assicurandomi che non me ne ero mai realmente andata, che era stato solo quel piacere incommensurabile a farmi sentire così.

I nostri odori mescolati mi accarezzarono il naso, ora il mio nido sembrava più completo che mai.

Inspirai profondamente e sospirai. *Sempreverdi. Alfa. Arance. Rose morte.*

L'ultimo odore mi fece aggrottare la fronte.

Un attimo… Spalancai gli occhi, irrigidendomi.

«Cosa c'è?» chiese Lorcan. Il suo splendido viso era a qualche centimetro dal mio, il suo nodo era ancora conficcato in profondità dentro di me.

Aprii la bocca. Poi la chiusi.

E inspirai di nuovo.

Rose morte.

Se n'erano andate. Non erano più lì. *Come…?*

Frugai nella mia mente, la mia lupa cominciò ad agitarsi.

«Ho…». Una dolorosa fitta al petto mi fece sussultare,

mentre la mia abilità di smaterializzarmi tentò di attivarsi contro la mia volontà.

I miei muscoli si tesero, mi aggrappai con più forza a Lorcan.

No!, gridai, lottando contro l'impulso a svanire. *No, no, no!*

Lorcan ringhiò, avvolgendomi con il suo potere in un abbraccio telecinetico che mi costrinse a restare lì. Ma la mia mente insisteva.

Vieni da me, udii Fare sussurrare. *Vieni da me! Adesso!*

No, gli ringhiai di rimando, con la testa spaccata tra il suo ordine e l'incapacità di obbedire.

Adesso!, ripeté Fare.

Tutto andò fuori fuoco, luce e buio.

No, mugolai, con la mente in lotta contro il corpo, contro Fare, contro la mia stessa esistenza.

Lorcan disse qualcosa, ma non riuscii a sentirlo. Riuscivo appena a respirare. Il bisogno di smaterializzarmi stava consumando il mio essere. Ma non potevo. Lorcan non me lo permetteva. Ma Fare lo esigeva.

Mi sentii improvvisamente lacerata.

Intrappolata tra due alfa in lotta tra loro.

Due ordini contrastanti.

Due personalità forti.

Due creature antiche.

Che mi squarciarono a metà. Frantumando i miei spiriti di lupo e di vampiro.

Fui trafitta dall'agonia, nel vano tentativo di combatterli entrambi, di essere *io* a decidere.

Il mio nido. Il mio rifugio. Il mio alfa. Era quello che volevo. Quello di cui avevo bisogno. *Questa è la mia vita. La mia anima. Faccio quello che voglio!*

Una risata crudele mi riecheggiò nei pensieri, era Fare che si prendeva gioco del mio tentativo di oppormi a lui.

Ma l'attimo dopo, quando Lorcan inondò la mia mente con un fiotto di energia curativa, ringhiò.

Trasalii. Il potere aveva momentaneamente scacciato Fare dalla mia testa. Ma sapevo che non sarebbe durata. Aveva piantato una sorta di ancora nella mia mente, un accesso che gli permetteva di controllarmi.

O almeno di ordinarmi di teletrasportarmi da lui.

Affondai la testa nel petto di Lorcan, inalando avidamente il suo odore. Avevo bisogno di sentirmi ancora una volta integra. Avevo bisogno di ricordare a me stessa che ero *lì* con *lui.*

Mi strinse tra le braccia, proteggendomi con la sua presenza.

Ma non sarebbe stato sufficiente.

Sentivo che Fare si stava facendo nuovamente strada nella mia testa.

Lorcan reagì con un'altra scarica di energia.

Il suo ringhio mi vibrò nel petto, seguito dalle sue fusa.

No, stava emettendo entrambi nello stesso momento.

La mia mente turbinava, sforzandosi di capire.

Sta parlando, capii. *Sta parlando con qualcuno ringhiando.*

Ma le fusa erano solo per me.

Un faro di speranza. Un altro tipo di ancora. Una che apprezzavo. Una di cui *necessitavo.*

L'energia curativa si scontrava con la compulsione nella mia testa, mentre Lorcan mi radicava nel momento presente, facendo in modo che lo guardassi ancora una volta.

Ci fece rotolare entrambi sul lato, il suo nodo non era più dentro di me.

La sua mano era sulla mia guancia, i suoi occhi sui miei.

«Lo uccideremo» mi promise. «Lo troveremo e lo uccideremo».

Lo fissai, improvvisamente esausta. *Fammi sapere come va*, pensai assonnata, chiudendo gli occhi.

Oh, no, compagna, mi sussurrò di rimando. *Avrò un posto in prima fila. Perché ti guarderò ucciderlo. E poi ti darò un fiammifero per bruciare i suoi resti.*

Deglutii, rasserenata da quell'immagine piacevole.

Ammazzare Fare una volta per tutte sarebbe stato… proprio un bel sogno.

Il fatto che volesse che fossi *io* a occuparmene rendeva tutto ancora più bello.

Riposati, aggiunse. *Kieran sarà qui tra poco per aiutarmi a scacciare Fare dalla tua mente. Poi daremo inizio alla caccia.*

LORCAN

Kieran era in piedi in corridoio, concentrato sulla mappa, mentre la sua essenza curativa circondava Kyra.

«Ha già iniziato a sciogliere la compulsione da sola» aveva detto al suo arrivo, con evidente ammirazione. «A meno che non sia stato tu a farlo?».

Avevo scosso la testa. Perché no, non ero stato io. Era tutta opera di Kyra.

Kieran aveva annuito, iniziando a sciogliere il giogo di Fare sulla sua mente, proprio come aveva fatto con Myon e Fritz.

Sarebbe stato più veloce se avesse potuto toccarla, ma sapeva che non era il caso di entrare nel suo nido. Soprattutto mentre ero nelle vicinanze.

Nonostante il nostro legame fosse iniziato come un accoppiamento di convenienza, puramente platonico, era evoluto in qualcosa di molto più primitivo e animalesco. Kieran doveva sicuramente percepirlo dal modo in cui il mio lupo si agitava, appena sotto la superficie.

«Sono ancora in attesa di un paio di telefonate» mi disse. «Ma alcuni alleati mi hanno dato abbastanza informazioni per poter eliminare diverse posizioni dalla mappa».

Elencò le isole in questione, dandomi qualcosa con cui distrarmi mentre Kyra si riprendeva.

Poi mi diede i nomi delle coppie di alfa e omega che si sarebbero trasferite nel Santuario nel corso della settimana. Erano quattro, provenienti dal settore Blood.

«Non posso restare ancora a lungo» aggiunse. «Al mio lupo manca la sua compagna incinta. E anche a me».

Lanciai un'occhiata nella stanza, indugiando sulla forma esanime di Kyra nel nido. L'immagine di lei incinta del nostro cucciolo flirtò con i miei pensieri. Non sarebbe successo molto presto, ma forse, un giorno… Se era quello che voleva.

Tuttavia, se quel giorno fosse arrivato, dubitavo che avrei avuto la forza di lasciarla.

Una consapevolezza che mi fece aggrottare la fronte.

Kieran si era teletrasportato lì per senso del dovere. La necessità di proteggere il Santuario della sua compagna era probabilmente la ragione che si era dato per giustificare la sua assenza.

Avrei fatto lo stesso per Kyra, se avessi dovuto. Ma non sapevo se sarei stato in grado di farlo per lui.

E quello era il motivo per cui mi ero accigliato.

A un certo punto, la mia lealtà era cambiata.

Ora era Kyra la mia priorità, non più mio cugino.

«Non approvi la scelta delle coppie?» chiese Kieran. I suoi occhi scuri come la notte mi scrutavano.

Scossi la testa. «No, vanno benissimo. E presumo che Quinnlynn sia d'accordo con la tua valutazione».

«Sì» confermò. «Ma hai un'espressione dubbiosa».

«Perché quello che hai detto sul fatto che ti manca la tua compagna mi ha fatto capire che non mi sarebbe così facile lasciare la mia» spiegai. Ero sempre stato onesto con mio cugino. Nonostante parlassimo di rado. Beh, *io* parlavo di rado. Mi sembrava di non avere molto da dire.

Ultimamente, però, le cose erano cambiate.

A causa di Kyra.

«Me ne sono accorto». Kieran mi osservò con un'espressione complice. «Ti rendi conto che questa decisione renderà permanente il tuo nuovo titolo, vero?».

«Sì». Perché Kyra non avrebbe mai voluto lasciare il Santuario. Lo avevo dedotto dai suoi pensieri. L'isola era la sua casa. Aveva dedicato la sua vita a quelle omega, e nulla l'avrebbe fatta allontanare da loro.

E io non avrei mai voluto farle cambiare idea.

Se voleva vivere lì, il nostro nido sarebbe stato lì. E io l'avrei aiutata a governare, tenendo in riga gli alfa.

«Ne hai parlato con lei?» chiese.

«Non ancora». L'avevo messa al corrente di alcuni dettagli, ma avevamo passato la maggior parte del tempo sotto le lenzuola. O sopra. O nella doccia. E una volta contro la porta.

«Sa di Fritz?».

«Sa che è vivo». Era anche al corrente della compulsione di Fare, perché il vampiro se ne era vantato con lei. «L'unica cosa che non capisce è perché Fare non abbia mai chiesto a Fritz informazioni su di me». A quanto sembrava, Fare l'aveva tormentata per avere il mio nome.

Lei non aveva mai ceduto.

Ed era un bene.

Perché, se glielo avesse dato, probabilmente ora sarebbe in fuga. Era meglio che pensasse che fossi un normale alfa. Gli avrebbe dato fiducia, facendo leva sul suo ego. Facendolo sentire abbastanza a suo agio da restare dov'era, permettendoci di trovarlo e ucciderlo.

Certo, la dimostrazione di potere che gli avevo appena

dato era stata un chiaro avvertimento, impossibile da ignorare.

Ciò rendeva imperativo trovarlo al più presto.

«Le hai spiegato che i sogni terminavano sempre, se Fare faceva domande sul Santuario?».

Annuii. «Le ho detto che era per quello che non poteva chiedergli nulla su di lei, perché è parte del Santuario. E non poteva impiantargli strane idee su di lei per spingerlo a parlare».

Sembrava che fosse così che Fare aveva controllato l'omega, inducendogli pensieri che non gli appartenevano.

Come l'idea di interrompere i feed di sorveglianza.

O quella di manipolare Quinnlynn.

Anche se, dopotutto, i suoi genitori erano stati effettivamente uccisi da un alfa. Solo che non si trattava di un alfa V-Clan.

Kieran tornò a concentrarsi sulla mappa e mormorò: «È quasi completamente guarita».

«Grazie».

«Non c'è bisogno di ringraziarmi. Faresti lo stesso per me, se potessi». I suoi occhi neri come il buio guizzarono per un attimo su di me. «Ti rendi conto che solo perché sei il nuovo alfa del Santuario non smetterai di essere uno dei miei Élite, vero?».

«Sarò per sempre lo schiavo del Re del settore Blood».

«Dopotutto, sei sangue del mio sangue» commentò.

Alzai gli occhi al cielo, ma mi ritrovai a sorridere. «Hai finito di riparare l'incantesimo?» gli domandai, cambiando argomento. Il giorno prima aveva finalmente scoperto quale fosse il problema.

Abbassò appena il mento in un cenno di assenso. «Sì. Ora che ho padroneggiato la magia, sono riuscito a sistemare tutto».

«Quindi la falla era legata ai diamanti?».

«Sì» confermò. «Era questo il vero motivo per cui i gioielli dovevano toccare la barriera. L'ho capito quando ho trovato l'accesso secondario da cui si sono infiltrati gli alfa».

«Quindi non abbiamo una talpa».

«No, ma Jas sta comunque facendo una verifica su tutte le abitanti dell'isola. Ha preso le tue osservazioni molto seriamente».

«Bene». Essere un'omega non rendeva automaticamente innocenti. «Quindi, riguardo la barriera, significa che l'esplosione non era destinata solo a uccidere Quinnlynn, ma anche a creare una porta d'accesso?».

Volevo essere sicuro che non ci fossero altre sorprese.

«Sì. Era un piano di riserva di cui Myon non era al corrente. L'incantesimo gli era stato fornito da Fare. E questo mi fa pensare. Come faceva Fare a conoscerlo?».

Giusto, pensai, accigliandomi. «È un vampiro antico. Avrà sicuramente molti amici». Ma chiunque gli avesse fornito quelle informazioni, doveva essere un lupo V-Clan. Perché solo un membro della nostra specie poteva capire la nostra magia.

«Già» confermò Kieran, portandosi la mano alla nuca e raddrizzando la schiena. Un gesto che mi fece capire che era più stanco di quanto lasciasse trasparire.

Sembrava che riparare l'incantesimo difensivo gli fosse costato molta fatica. Non mi sorprendeva, considerando che la magia doveva proteggere tutta l'isola.

«È guarita» mormorò, chiudendo gli occhi. «Ora puoi svegliarla».

Ma, invece di farlo, mi limitai a rimuovere la mia essenza curativa dalla sua mente, permettendole di svegliarsi come e quando voleva.

Poi mi girai verso la mappa. «Ander ti ha fatto sapere qualcosa?» chiesi, riferendomi all'alfa del settore Andorra.

Era un lupo X-Clan che aveva accesso ad alcune delle migliori tecnologie al mondo.

Certo, non erano al livello delle nostre, ma i suoi sistemi di sorveglianza coprivano zone su cui non avevamo nessun controllo.

«Il suo ultimo messaggio diceva che forse ha una pista, ma non ne ha ancora avuto conferma. Ti farò sapere non appena avrò sue notizie». Lanciò un'occhiata all'orologio. «Nel frattempo, andrò a chiamare la mia compagna per aggiornarla su come stanno andando le cose qui. Sarà contenta di sapere che Kyra è in buone mani».

«Ottime mani» la udii mormorare dall'altra stanza. «Mani eccellenti. Mani di alfa. Le mani di Lorcan».

Sorrisi per il modo in cui trascinava le parole. «Qualcuno qui è ubriaco di energia curativa».

Lei mormorò qualcosa, felice, mentre Kieran sorrideva. «Buon divertimento» disse lui, smaterializzandosi prima che il mio lupo potesse rendersi conto che Kyra stava godendo della *sua* magia, non della mia.

È guarita, ricordai alla mia bestia. *È l'unica cosa che conta. Non fare storie.*

Lui sbuffò, un po' irritato, ma un'occhiata al di là della soglia lo fece scattare sull'attenti. Il fastidio suscitato da Kieran era svanito, perché la sua omega era seduta nel suo nido, con un aspetto arruffato.

E molto nuda.

Prima dell'arrivo di Kieran, l'avevo coperta accuratamente con le lenzuola, attento a nascondere il suo splendido corpo.

Un'idea ridicola, visto che eravamo entrambi mutaforma che avevano bisogno di essere nudi, per trasformarsi in lupi.

Ma ciò non aveva impedito alla mia possessività di emergere in presenza della mia compagna.

«Cosa mi ha fatto Kieran?» chiese in tono assonnato. «Mi sento… *libera*».

«Ha dissolto ogni traccia della compulsione di Fare dalla tua mente» risposi, entrando nella stanza.

La porta si accostò delicatamente dietro di me, chiudendoci nel suo spazio sicuro.

Kyra stiracchiò le braccia sopra la testa, e così facendo i suoi seni si mossero in modo sensuale. Non importava che le avessi dato il mio nodo appena un'ora prima. Il mio cazzo era duro e pronto per ricominciare.

E il suo profumo mi disse che valeva lo stesso anche per lei.

Mi avvicinai al letto, togliendomi i jeans lungo il tragitto. Non mi ero preoccupato di indossare una maglietta o le scarpe, dal momento che mio cugino mi aveva visto in diversi stadi di nudità, nei secoli trascorsi insieme.

Kyra si lasciò cadere sul materasso, mentre io mi arrampicavo sopra di lei. I suoi occhi scintillavano di promesse peccaminose. «Dovremo parlare di tutti i cambiamenti che stanno avvenendo qui» disse. «Compreso questo ruolo di *alfa del Santuario* che ho sentito nominare da Kieran. Ma prima voglio che mi scopi».

«Ci hai sentiti parlare?».

«Sì. Più o meno. È stato come una specie di sogno, ma non esattamente un sogno». Aggrottò la fronte. «È successo davvero, no? Quando gli hai detto che non… non riusciresti a lasciare tanto facilmente la tua compagna?». C'era un accenno di insicurezza nel suo tono, e rivaleggiava con l'insicurezza che percepivo nei suoi pensieri.

Perché l'avevo già lasciata, in passato.

Quando me ne ero andato con Quinnlynn e Kieran.

E, mentre ero via, Fare l'aveva rapita.

Non mi incolpava per quello che era successo; capiva perfettamente perché fossi partito con mio cugino e la sua compagna. Ma ora si domandava cosa fosse cambiato.

Così, lasciai che mi leggesse nella mente le conclusioni che avevo tratto dopo aver sentito Kieran parlare della sua compagna incinta. Di come mi ero reso conto che non sarei mai riuscito ad abbandonare Kyra. Di come non fosse più lui la mia priorità.

Non so quando sia accaduto, ammisi. *Forse… nel momento in cui ci siamo accoppiati. E poi la cosa si è lentamente evoluta. Ma so come mi sento ora. Voglio stare qui con te, se è quello che vuoi anche tu.*

Mi assicurai che sentisse che non l'avrei *mai* costretta ad accettarmi. Che non avevo nessun problema a non etichettare quello che ci legava, almeno per il momento. Che capivo che avevamo molto a cui pensare; le cose erano cambiate notevolmente, rispetto al nostro accordo iniziale.

Ma per me non era più questione di *convenienza*.

Quell'accoppiamento era reale.

L'infatuazione del mio lupo era assoluta.

E il mio desiderio di essere suo era incondizionato.

La volevo. Fine della discussione.

La domanda era: *Mi vuoi anche tu?*

Sì, sussurrò. I suoi occhi verdi avevano uno sguardo intenso, non più sognante. *Ti voglio, Lorcan. Come mio compagno.*

Sei sicura?

Annuì. *Non sono sicura di cosa significhi. Non sono sicura di dove porterà. Ma la mia lupa… ti ha scelto. E… e l'ho fatto anch'io.*

L'esitazione con cui si esprimeva sembrava dovuta al tentativo di trovare le parole giuste per spiegare come si sentiva, non all'incertezza sul tenermi con sé.

Non era il tipo che articolava spesso le sue emozioni. Lo capivo bene, perché anch'io ero così.

Per lei, però, avrei fatto un tentativo.

E percepii la stessa determinazione anche nella sua mente.

Avremmo affrontato tutto insieme. Nonostante fosse nato come un accoppiamento di convenienza, eravamo legati per l'eternità.

Finché morte non ci separi, mormorò. Un sorriso le raggiunse gli occhi.

Ti piace proprio quella frase, eh?, la presi in giro. *Stai ancora architettando il mio omicidio?*

Può darsi.

Allora è meglio che ti prepari per il mio nodo, compagna. La tua passione per la violenza me lo fa diventare duro.

Ce l'hai già duro, sottolineò.

Mmm. Allora immagino che lo prenderai a breve.

I preliminari sono sopravvalutati, rispose.

Ridacchiai. *Questo significa che non sai come si fa. Ma non preoccuparti, abbiamo tutta l'eternità per lavorarci sopra.*

Vado ad affilare i coltelli.

Perché non iniziamo con gli artigli?

Oh, quello sì che so come si fa. Mi conficcò le unghie nelle spalle. *Così?*

Sì, proprio così, sussurrai. *Ora tieniti forte, compagna. E non aver paura di farmi sanguinare.*

LORCAN

KYRA SBADIGLIÒ, rannicchiandosi accanto a me.

Era insaziabile. La guarigione l'aveva liberata anche da quel punto di vista. I ricordi erano ancora lì, ma l'influenza di Fare era svanita.

Niente più incubi.

Almeno, non ne avevo udito nessuno, da quando era tornata.

Ma sospettavo che fossero spariti per sempre. Conoscendo Kieran, ero sicuro che avesse imposto un qualche meccanismo di protezione per impedire a Fare di accedere al subconscio di Kyra.

Le posai un bacio sulla fronte mentre sbadigliava di nuovo, con le gambe nude intrecciate alle mie. Avrei potuto abituarmi a quella vita. Dormire in un nido. Coccolarsi. Avere un'omega nuda appiccicata addosso notte e giorno.

Strofinò il naso sul mio petto, come a dire che era d'accordo. O forse si stava godendo le mie fusa. Sembrava che il profondo brusio la confortasse; per questo lo avevo emesso per diverse ore, mentre dormiva.

Kieran e Cillian avevano continuato a mandarmi

aggiornamenti, impedendomi di addormentarmi. Avevamo una pista sulla posizione di Fare, ed ero in attesa degli ultimi dettagli.

Ti ricordi del jet pieno di omega precipitato vicino al settore Exiled?, mi aveva chiesto Cillian un'ora prima.

Sì. Ne eravamo venuti a conoscenza solo di recente.

Nell'ultimo secolo, Quinnlynn aveva aiutato diverse omega a sopravvivere all'inferno nel settore Bariloche. Qualche mese prima, io, Kieran e Cillian avevamo collaborato con un gruppo di alfa X-Clan per smantellare l'operazione e uccidere l'alfa del settore.

La maggior parte delle omega ferite era stata trasferita nel settore Andorra.

Ma un aereo non era mai arrivato.

Un aereo pilotato da uno degli alfa che avevamo aiutato nel settore Bariloche.

Enrique è sopravvissuto, mi aveva informato Cillian dopo aver ricevuto la mia risposta affermativa. *Si trova su Venom Island, è in contatto con Ander.*

Le omega sono sopravvissute?, avevo domandato, accigliandomi.

Alcune. Sono sfuggite all'impatto grazie ad alcune navicelle, finendo in diversi punti del settore Exiled.

Avevo fatto una smorfia. Probabilmente era il posto peggiore al mondo in cui un'omega potesse piovere dal cielo.

Il settore Exiled ospitava gli alfa cacciati dai rispettivi settori per aver compiuto crimini orrendi e imperdonabili.

Era un mistero, per me, come Enrique fosse riuscito a contattare Ander. Per quanto ne sapevo, la tecnologia non esisteva su quelle isole. Gli alfa erano delle bestie feroci, praticamente degli animali selvaggi che vivevano nelle foreste incolte. Non c'era nulla di umano in loro.

Enrique perlustrerà le altre isole per vedere se riesce a trovare Fare, aveva aggiunto Cillian. *Corrispondono alla descrizione di Kyra. E sono anche il tipo di luogo in cui si nasconderebbe qualcuno che si finge morto.*

Ero d'accordo con lui.

E ora ero in attesa di novità.

Invece di cercare di riposarmi, cominciai a esaminare i candidati scelti da Kieran e Quinnlynn per vivere nel Santuario. Stavano iniziando ad arrivare anche da altri settori; i principi avevano selezionato accuratamente i loro alfa più fidati.

Al momento, il Santuario era ancora un segreto. Ma sapevamo che la situazione non sarebbe rimasta tale molto a lungo.

Il principe Cael aveva suggerito di organizzare una festa, una sorta di inaugurazione per mostrare ad alcune omega come fosse la vita nel settore V-Clan.

Quinnlynn ci stava ancora riflettendo sopra. Da quello che mi aveva detto Kieran, stava discutendo con alcune delle omega presenti nel Santuario per avere la loro opinione in merito.

C'erano molti cambiamenti in arrivo.

Alcuni sarebbero stati più facili da accettare. Altri un po' meno.

Trasferire le coppie di alfa e omega era il primo passo.

Informare il resto dei settori V-Clan della loro presenza sarebbe stato il secondo.

Purtroppo, questo avrebbe comportato un aumento delle misure di sicurezza. Non solo era difficile sorvegliare qualcosa che non si conosceva, ma ci sarebbe voluto ben più di una manciata di alfa per proteggere in modo appropriato un intero settore, soprattutto uno pieno di ambitissime omega.

Accarezzai i capelli scuri di Kyra, sorridendo quando strofinò ancora una volta il viso sul mio petto. Il mio sguardo era fisso sullo schermo, stavo leggendo una candidatura da parte di una coppia di lupi V-Clan. L'alfa aveva abilità telepatiche. Non allo stesso livello di Cillian, ma si sarebbe rivelato utile.

E la sua compagna era un'esperta nella forgiatura di armi.

Potrebbero dimostrarsi un'ottima aggiunta al Santuario. *Probabilmente l'omega piacerà a Kyra.*

Oh, mi piacerà di sicuro, rispose, facendomi lanciare un'occhiata nella sua direzione.

Stava leggendo anche lei. *Sei alla ricerca di una nuova omega?*

Sorrisi. *No. Mi piace quella con cui sono stato costretto ad accoppiarmi.*

Sbuffò in risposta, poi trascinò il dito sullo schermo per tornare sull'immagine dell'alfa. *Lui non è male.*

Un ringhio mi rimbombò nel petto. *Attenta, omega.*

La sua risatina riecheggiò intorno a noi, le sue iridi smeraldo brillavano di malizia. *Altrimenti…?*, mi provocò.

Altrimenti, ti…

Il mio telefono cominciò a squillare, interrompendo la mia minaccia scherzosa. O forse non poi così scherzosa.

Il nome di Cillian lampeggiò sullo schermo. Risposi, ma senza attivare il video dal mio lato. La mia omega era nuda, non volevo che nessuno la vedesse così.

La sua faccia apparve davanti a noi; per lui, invece, lo schermo sarebbe stato tutto nero. Se la cosa lo infastidiva, non disse nulla. E andò dritto al punto.

«Fare è ad Outcast Island» disse. «A quanto pare, è il loro equivalente di un alfa di settore».

Digrignai i denti. «Questo renderà più difficile ammazzarlo».

«Ma non impossibile» osservò Cillian.

«No, sicuramente non impossibile». Però avremmo avuto bisogno di aiuto.

«E io conosco qualche alfa X-Clan che ci deve un favore» aggiunse.

«Quando saranno disponibili?» chiesi.

«Non lo so, ma glielo chiederò subito».

«Perfetto» risposi. Poi abbassai lo sguardo sulla mia omega. «Ti conviene iniziare ad affilare quei coltelli. Abbiamo un alfa da uccidere».

KYRA

Tre giorni dopo...

C'era una strana ironia nella mia situazione. Mi trovavo a bordo di un jet stealth che si librava a poche centinaia di metri dalla riva.

Fare e i suoi amici vampiri avevano fatto esattamente la stessa cosa meno di due settimane prima. Solo che il loro jet aveva indugiato sul gelido mare di Groenlandia, anziché sulle onde tropicali del mar dei Caraibi.

Lorcan era accanto a me, un temibile Élite vestito da capo a piedi con una divisa mimetica. Indossavo anch'io un abbigliamento simile, solo che avevo preferito una canottiera, mentre lui una maglia a maniche lunghe. Le mie braccia erano coperte dal trucco militare, così come i nostri visi.

Eravamo tutti pronti a sparire e ricomparire su Outcast Island, una famigerata isola situata nel settore Exiled nota per la ferocia dei suoi abitanti.

Sembrava che i vampiri si fossero impadroniti di quel territorio. Era per questo che avevamo scelto di attaccare durante il giorno.

Nonostante il sole non potesse realmente danneggiarli, in quel momento splendeva alto nel cielo. E ai vampiri non piaceva la luce troppo intensa.

Lanciai un'occhiata in basso, verso le mie gambe, per controllare i coltelli. Un gesto che fece sorridere Lorcan. Perché, beh, lo avevo già ripetuto almeno sette volte da quando eravamo arrivati. Ma volevo assicurarmi di avere tutti i miei giocattoli con me.

Lui aveva con sé solo un'accetta, per occuparsi della vegetazione incolta che avremmo incontrato sul nostro cammino. Come arma principale avrebbe sfruttato la telecinesi.

E forse anche le zanne e gli artigli.

L'obiettivo era uccidere Fare e chiunque si fosse messo in mezzo.

«Da quello che ho capito, Fare è l'alfa del settore. Ma non ha molti fedeli seguaci» ci aveva informati Enrique al nostro arrivo. Non si era unito a noi per la missione, a quanto sembrava aveva altre priorità di cui occuparsi a Venom Island.

Il suo odore mi aveva rivelato che quelle "priorità" avevano a che vedere con un'omega incinta.

Anche l'alfa Ander non era venuto con noi per motivi simili, mandando il fratello, Sven. L'alfa biondo e massiccio aveva dato un'occhiata a Kieran e aveva sospirato. «Ancora tu».

Il divertimento di Lorcan mi aveva sfiorato la mente, ma la sua espressione era rimasta perfettamente impassibile.

Che problemi ha?, gli avevo chiesto.

Non spetta a me raccontare questa storia, aveva risposto.

Ma avevo colto qualche frammento nella sua mente.

Sembrava che Kieran si fosse offerto di aiutare la compagna di Sven, mentre si trovava nel settore Bariloche.

Solo che, almeno secondo gli standard di Sven, aveva *flirtato* un po' troppo.

Jonas, l'alfa X-Clan arrivato con Sven, sembrava pensarla allo stesso modo. Quando li avevamo incontrati sulla costa di Venom Island, aveva accolto Kieran con uno sguardo omicida.

«Come sta la mia cara Riley?» aveva chiesto Kieran all'alfa.

«Fottiti» aveva sbottato Jonas.

«Oh, così bene?» aveva detto Kieran. «Mmh. Forse presto la verrò a trovare. Per vedere come la pensa lei».

Jonas aveva ringhiato.

Lorcan e Cillian non avevano reagito, nessuno dei due considerava l'altro alfa una minaccia. Ma avevo percepito una risatina nella mente di Lorcan.

Mio cugino è molto bravo a farsi nuovi amici, aveva commentato in tono sarcastico.

Me ne sono accorta.

«Allora, andiamo?» aveva detto Kieran agli alfa X-Clan.

«Temevo che non l'avresti mai chiesto» aveva commentato il terzo e ultimo membro del gruppo degli X-Clan. Si chiamava Kazek, ed era l'alfa del settore Winter.

Tra tutti e tre, era quello che Lorcan aveva identificato come la minaccia maggiore.

Io ero l'unica omega. Ma nessuno degli alfa aveva messo in discussione la mia presenza. Anzi, sembravano rispettarmi ancora di più per il fatto che mi trovassi lì.

Ora eravamo accovacciati nella fusoliera del jet, mentre Sven si trovava nella cabina di pilotaggio. «La prossima volta che facciamo qualcosa di simile, voglio essere pagato con un jet stealth» aveva detto Sven, quando Lorcan gli aveva illustrato i comandi.

«La prossima volta?» era intervenuto Kieran.

Kazek aveva ghignato, confermando la valutazione di Lorcan. «Dovremmo invitarli a Copenaghen?».

«Scaricandoli in un covo di Infetti?» aveva chiesto Sven. «Non mi dispiacerebbe».

Cillian e Lorcan avevano sbuffato. Kieran era sembrato solo vagamente incuriosito.

Ma, ora che stavamo esaminando Outcast Island, ogni traccia di divertimento era svanita.

«Pronti?» disse Jonas.

«Sempre» rispose Kazek, che aveva addosso diverse pistole. «Chi vuole teletrasportarmi sulla riva?».

I lupi X-Clan non avevano abilità magiche; ciò significava che avremmo dovuto aiutarli a materializzarsi sull'isola.

Kieran afferrò il polso di Kazek, e l'attimo dopo sparirono entrambi.

Lorcan mi guardò, poi indicò Jonas con un cenno del capo. «Io mi occupo di lui. Ci troviamo in riva al mare. Non andare da sola».

«Sì, *alfa*» risposi. Ma uno sciame di farfalle inferocite iniziò a svolazzarmi nello stomaco.

Lo stiamo facendo. Lo stiamo facendo davvero.

Sì, confermò Lorcan, afferrando Jonas. *Raggiungimi sulla riva. Adesso.*

E svanì.

Cillian andò nella cabina per smaterializzarsi con Sven. Il jet era in hovering, nascosto alla vista. Una volta finita la missione, avremmo dovuto teletrasportarci di nuovo a bordo, ma non sarebbe stato difficile.

Lasciai che si occupassero degli ultimi dettagli e mi materializzai sull'isola, come mi aveva chiesto Lorcan.

I miei stivali toccarono la sabbia a qualche metro da dove si trovava lui. Jonas, Kazek e Kieran erano già spariti.

Io e Lorcan li seguimmo, addentrandoci nella foresta

tropicale che costeggiava la riva. Non riuscivo a ricordarmi il nome con cui era nota quell'isola prima del Contagio, ma sapevo che apparteneva all'arcipelago dei Caraibi. Sabbia bianca. Palme. Vegetazione lussureggiante. Umidità. *Calore.*

Arricciai il naso, inalando gli odori familiari. *È sicuramente il luogo dove mi ha portata Fare.*

Pensi che la tua lupa riesca a rintracciarlo?

Annuii. *Sì.*

Era quello il piano. Perché eravamo sicuri che Fare, essendo il mio compagno, avrebbe percepito il mio arrivo. Io e Lorcan gli avremmo dato la caccia, mentre gli altri si sarebbero nascosti. Erano i nostri rinforzi. E io ero l'esca.

Avrei dovuto avere paura, ma ero troppo incazzata.

La mia lupa era al comando. La sua energia furibonda costringeva le mie gambe a muoversi, seguendo l'olfatto.

Tecnicamente, ero ancora io ad avere il controllo. Ma le avevo lasciato le redini, come facevo quando ero in forma di lupo. Era un modo diverso di esistere, che avevo sperimentato un'altra volta soltanto: quando ero sfuggita a Fare. Aveva senso provare di nuovo proprio in un'occasione del genere.

Mi fidavo di lei. Sapevo che mi avrebbe tenuta al sicuro.

Che avrebbe protetto la mia metà vampira.

Che avrebbe *lottato.*

Ci addentrammo nel sottobosco. Le foglie verdi baciavano la mia pelle dipinta e mi rendevano un tutt'uno con l'isola. Non sarebbe servito a mascherare il mio odore, un aspetto che Lorcan temeva mi avrebbe tradita prima che Fare potesse fare la sua mossa.

Eravamo su un'isola piena di alfa selvaggi. Un solo sentore della mia fragranza di omega li avrebbe fatti accorrere in massa.

A loro non sarebbe importato che ero già accoppiata. *Due volte.* Avrebbero voluto un pezzo della mia carne, i loro bisogni animaleschi avrebbero prevalso.

Era per questo che vivevano lì.

Erano troppo selvatici per i loro settori di origine.

Se mi avessero accerchiata, avrei dovuto teletrasportarmi altrove. Ammesso che ne fossi stata in grado.

Kyra. Lorcan si fermò. Le sue narici fremettero, si voltò lentamente verso sinistra. Io mi bloccai dietro di lui, cercando di capire quale odore avesse captato.

Poi udii uno scricchiolio di ossa che si spezzavano, seguito da un sussulto sofferente.

Lorcan aveva catturato un vampiro con i suoi poteri telecinetici, che stava sfruttando per farlo a pezzi.

Le foglie frusciarono quando l'alfa si accasciò a terra, momentaneamente inerme. Momentaneamente, perché Lorcan non lo aveva decapitato. Stava conservando le sue forze per minacce più temibili.

Poi inclinò la testa, facendomi cenno di continuare.

La mia lupa ricominciò a camminare, avvolta dagli odori dell'isola. C'erano indubbiamente diversi alfa vampiri in quel luogo, ma io ne stavo cercando uno in particolare.

Dove sei?, mi domandai, mentre una liana mi accarezzava il braccio. *In quale caverna ti stai nascondendo?*

Temevo che non me lo avresti mai chiesto, rispose una voce.

Aggrottai la fronte. *Fa…*

Il mondo sparì, la mia abilità di smaterializzarmi si era attivata contro la mia volontà. Il ringhio di Lorcan mi riecheggiò nella mente, ma il suo potere non riuscì a trattenermi.

Cosa…? Mi aveva avvolta in un laccio telecinetico. Non avrei dovuto essere in grado di…

Sbattei le palpebre e il mondo tornò a fuoco, nonostante la mia visuale fosse oscurata dal petto di un maschio.

Oh.

Fu allora che capii che non mi ero smaterializzata.

Ero stata teletrasportata altrove.

Da Fare.

Non era stata una liana ad accarezzarmi il braccio, ma un vampiro.

Cazzo.

Sto arrivando, promise Lorcan.

Fa' presto, risposi. Fare indietreggiò di un passo, permettendomi di vedere quello che mi circondava.

Non si trattava della grotta in cui mi aveva portata all'inizio, ma di un contenitore metallico di qualche tipo.

No, non esattamente.

Eravamo circondati dall'acqua.

La sentivo infrangersi sulle pareti di acciaio.

Una nave, capii. *Mi ha teletrasportata su una nave.*

«Sono così contento che tu sia tornata» tubò Fare. «Ma non è stato molto corretto da parte tua presentarti con il tuo nuovo compagno».

Presi spunto da Lorcan e inarcai un sopracciglio. «Ah, sì? Da quando non vuoi più condividere?».

Parte del divertimento svanì dai suoi lineamenti, i suoi occhi rossi brillarono di un'emozione oscura. «Ho detto che puoi parlare?».

«No. Non mi ero resa conto di aver bisogno del tuo permesso».

Una fiammata guizzò nelle sue iridi color rubino. «Vedo che dobbiamo tornare all'addestramento di base». Mi avvolse la mano intorno alla gola e mi spinse contro la parete. Poi cominciò a stringere, guardandomi dritto negli occhi.

La mia lupa ringhiò in risposta. *No*, sembrò dire. *Non. Ci. Inchineremo. A. Te.*

Non si sarebbe mai piegata.

E, di conseguenza, nemmeno io.

Fare reagì stringendo ulteriormente la presa.

Non riuscivo a respirare. Ma non importava. Io e la mia lupa non avremmo mai ceduto.

Fare ringhiò, e sul suo volto scorsi un'emozione che avevo visto raramente. Di solito, era garbato e affascinante. Ma sembrava non apprezzare che la sua omega lo sfidasse.

Un ringhio gli rimbombò nel petto, un suono che una settimana prima mi avrebbe fatta cadere in ginocchio. Ora, però, riuscì soltanto a irritarmi. Perché non era il ringhio giusto. Non apparteneva al mio compagno.

Apparteneva a un mostro del passato.

Una reliquia che non ero riuscita a bruciare.

Un vampiro che desideravo uccidere.

Mi strattonò via dalla parete, e poi mi ci sbatté contro di nuovo. L'impatto mi provocò una fitta di dolore, i miei polmoni imploravano ossigeno.

Kyra. La voce di Lorcan aveva una nota di urgenza.

Ma non potevo lasciare che mi distraesse. Dovevo concentrarmi sul vampiro davanti a me. Sulla creatura furiosa a pochi centimetri dalla mia faccia. «Mi stai deludendo, piccola» mi avvertì.

Bene, pensai.

«Non so cosa sia successo alla tua mente, ma sistemerò tutto». Avvicinò il naso alla mia guancia, risalendo verso l'orecchio. «Non importa quanto tempo ci vorrà». Le sue labbra furono in un attimo sul mio collo, il suo intento era chiaro.

Il mio animale era sempre più agitato, la sua rabbia mi incendiava il sangue. *No*, stava dicendo ancora una volta. *No!*

Mi teletrasportai istintivamente dietro Fare, guadagnandomi un ringhio furibondo. «*Smettila. Di. Teletrasportarti*». La sua compulsione mi trafisse la mente come una lama, il bisogno di obbedirgli mi tolse momentaneamente il fiato.

Ma la mia bestia interiore tornò alla carica. Le sue fauci si abbatterono sul suo guinzaglio mentale, facendolo a pezzi. Sussultai, sentendo i polmoni bruciare per l'improvvisa boccata d'aria.

Posso respirare.

Posso smaterializzarmi.

Posso... trasformarmi.

Tutti quei coltelli infilati nei pantaloni non avevano più importanza. Erano affilati. Erano divertenti. Ma non erano nulla in confronto ai miei *artigli*.

Fare si lanciò in avanti, intenzionato ad afferrarmi di nuovo, ma mi teletrasportai dall'altro lato. Mentre le mie dita si trasformavano in armi letali.

Non sembrò accorgersene, troppo concentrato a catturarmi. Stava praticamente sbavando, la rabbia gli infiammava lo sguardo.

Usai la sua mancanza di lucidità a mio vantaggio, volteggiandogli intorno come avevo fatto con Lorcan durante la nostra prima lezione di combattimento.

Questo è ciò che sono, pensai. *Un'omega potente. Metà lupa, metà vampira. Forte. Indipendente. Un'assassina di alfa.*

Fare girò su se stesso, serrando le dita sulle mie braccia, ma gli sfuggii un istante più tardi.

L'alfa amava giocare, ma solo quando era lui ad avere la mano vincente. *Odiava* che ora fossi io ad avere il controllo. Gli faceva perdere la pazienza, sciogliendo la sua facciata affascinante.

Sinistra. Destra. Davanti. Dietro.

Mi ghermì le spalle, la sua aggressività stava inondando

la cabina. Mi smaterializzai prima che potesse gettarmi contro la parete o sul pavimento.

E l'attimo dopo lasciai che mi afferrasse. I miei artigli erano pronti.

Gridò quando glieli conficcai nel petto, e la mia lupa ululò in segno di vittoria.

Ma non le diedi l'opportunità di festeggiare, materializzandomi alle spalle dell'alfa per avventarmi di nuovo su di lui.

Mi dileguai per strapparmi i vestiti di dosso, con movimenti rapidi, sfruttando la mia capacità di agire nell'ombra.

Poi mi trasformai completamente in lupo, scagliandomi verso il vampiro furibondo.

Cercò di afferrarmi le spalle, ma non erano più le spalle umane che si aspettava.

Spalancò gli occhi, sorpreso, e io gli catturai la gola con le fauci.

Le braccia di Fare mi avvolsero immediatamente, la sua forza minacciava di frantumarmi le ossa. Ma non lo lasciai andare. Volevo distruggerlo. Ucciderlo. *Finirlo.*

Lorcan stava gridando nella mia mente.

Ma non riuscivo a capire cosa stesse dicendo, perché ero assordata dalla rabbia del mio animale.

Sentii le ossa scricchiolare per il contrattacco di Fare, la cui stazza giocava a suo vantaggio. Ma avevo una presa letale sulla sua gola, e non avevo nessuna intenzione di cedere. A qualsiasi costo.

La mia lupa scosse la testa, trattando il collo di Fare come un giocattolo da masticare, mentre lui ci stritolava i fianchi. Non riuscivo a respirare, ma nemmeno lui. Il sangue gli si riversò nella gola, facendolo soffocare.

Le costole mi perforavano i polmoni.

La mia spina dorsale minacciava di spezzarsi.

Ma io e il mio animale resistevamo, risolute.

Finché finalmente non udimmo un netto *crack*.

Che terminò con le braccia di Fare che si staccavano lentamente dal nostro corpo. Avevo male dappertutto. Continuavo a non riuscire a respirare. La mia visuale si stava oscurando. Ma dovevo staccargli la testa. Dovevo... *porre fine a tutto questo*.

Lasciai andare la sua gola solo per morderla ancora. E ancora. E ancora. Finché non riuscii più a vedere. A concentrarmi. A *sentire*.

È meglio che sia quasi morto, pensai, delirante. Sola. Annegando nel... nel sangue. Nel *suo* sangue. Perché gli avevo strappato la gola. E ora dovevo solo bruciarlo.

Accendere un fiammifero.

Affondare la nave.

Ucciderlo.

Rabbrividii. Stava diventando tutto così freddo. L'opposto di un incendio.

Perché non c'è aria. Cercai di sbattere le palpebre per mettere a fuoco quello che mi circondava. Ma non c'era niente da vedere. Niente da sentire.

Assolutamente... niente.

LORCAN

Kyra!, gridai. Il mio lupo era fuori di sé.

Non rispondeva.

Ci sono troppe fottute navi qui, mi ringhiò nella mente Cillian. *Ci vorrà un'eternità.*

Lo ignorai, continuando a teletrasportarmi in ogni imbarcazione, guidato dall'olfatto.

Kieran seguì il mio esempio, facendo lo stesso e lasciando gli alfa X-Clan a proseguire con la loro ricerca a piedi. Teletrasportarsi con loro avrebbe richiesto troppo tempo.

Saltai da una nave all'altra, furioso per ogni cabina vuota che trovavo.

Ero sul punto di controllare la decima, o forse undicesima, quando Jonas urlò: «Attenzione!». Una pistola comparve nella sua mano nel momento stesso in cui Kazek apriva il fuoco. Un gruppetto di alfa vampiri correva sulla spiaggia, pronto ad attaccare.

Fare doveva aver lanciato l'allarme.

Il mio lupo ringhiò, furioso per l'afflusso di odori vicino alla nostra omega ferita.

Dove sei?, le chiesi mentalmente, pur consapevole che non era abbastanza cosciente per rispondere.

Mi teletrasportai in altre sei imbarcazioni, ma fu tutto inutile. Non riuscivo a percepire il suo odore. *E se non fosse nell'oceano?*, domandai a Cillian. *E se si trovasse in una delle lagune?*

Vai. Noi continuiamo qui.

Mi materializzai all'interno dell'isola, preferendo teletrasportarmi invece di correre. Era più veloce.

Ogni laguna, però, era vuota. Niente barche. Nessuna traccia della mia compagna.

Ma non poteva essere troppo lontana. Fare era un vampiro, quelle creature non erano in grado di teletrasportarsi a più di qualche chilometro di distanza.

Stiamo ancora cercando, mi informò Cillian.

Non risposi. Il mio silenzio confermava che stavo facendo lo stesso.

Continuò a fornirmi un inutile aggiornamento ogni cinque minuti.

Ancora nessun segno di Kyra.

I lupi X-Clan stanno tenendo testa ai vampiri, nonostante la loro mancanza di poteri magici.

Proseguii con la mia ricerca, il mio lupo condivideva la mia determinazione. Ma fu tutto vano.

Con un sospiro frustrato, mi fermai in mezzo alla vegetazione e… chiusi gli occhi. La mia compagna era lì vicino. La sentivo. Dovevo solo *trovarla.*

Era in forma di lupo, avevo percepito la sua trasformazione.

Mi tolsi i vestiti, decidendo di fare lo stesso e liberare la mia bestia. Lui annusò l'aria, i suoi movimenti erano cauti, curiosi.

Poi le sue orecchie fremettero.

Seguite dal naso.

E scattammo, attraversando l'isola in una corsa forsennata. Non sapevo cosa avesse percepito, ma gli lasciai le redini, fidandomi di lui.

Proprio come Kyra si era affidata alla sua lupa per difendersi da Fare.

Passarono i minuti, i miei polmoni bruciavano. Ma dovevo trovarla. Aiutarla. *Proteggerla.*

Ancora niente, disse Cillian. *Kieran ha dovuto unirsi agli alfa X-Clan. Ci sono troppi fottuti vampiri.*

Il mio lupo risalì una collina, diretto verso una cascata. Poi si fermò sul bordo, e abbassò lo sguardo sul cassone malridotto sottostante.

Non era esattamente un'imbarcazione.

Ma un vecchio container.

Mi teletrasportai giù istintivamente, atterrando con un tonfo sul metallo. E sentii subito l'odore del sangue di Kyra.

È qui, ringhiai.

Ovviamente, non avevo idea di dove fosse "qui". Mi teletrasportai all'interno del container e la trovai accasciata vicino a una parete. Era tornata in forma umana, il suo corpo nudo era coperto da una miriade di lividi. *Kyra!* Mi lanciai verso di lei, ma mi bloccai nel vedere il vampiro fatto a pezzi che le giaceva accanto.

Non solo gli aveva maciullato il collo, ma si era anche accanita sulla sua faccia.

Considerato quello che era successo in passato, però, non sarebbe stato sufficiente a finirlo.

Tornai in forma umana, digrignando i denti. Volevo lasciarle l'onore di bruciare il corpo di Fare, ma non avevamo il tempo di goderci un bel falò. Dovevo guarirla e abbandonare l'isola, come dimostrato dai commenti di Cillian, che si susseguivano sempre più rapidamente, sul fatto che ci fossero "troppi fottuti vampiri".

Mi accovacciai accanto a lei, attivando istintivamente le mie abilità curative. Respirava a malapena, la sua gabbia toracica era stata sfondata da quel bastardo.

Lo aveva fatto con le braccia, ci avrei scommesso.

Ma lei doveva aver ricambiato il favore con le zanne, perché aveva il viso coperto di sangue. Sangue di vampiro.

Se non fosse stata quasi ammazzata di botte, avrei trovato la sua ferocia attraente.

La presi tra le braccia, immergendola nella mia essenza curativa, costringendola ad assorbirne il più possibile senza farla soffrire.

A volte, guarire troppo in fretta era doloroso; era difficile trovare l'equilibrio.

Lor… Lorcan?, sussurrò, percependo la mia presenza, nonostante fosse ancora svenuta.

Sono qui, piccola killer, la rassicurai. *Va tutto bene.*

F… Fare?, domandò. *M… morto?*

Gli hai staccato la testa, risposi. *Ma bisogna bruciarlo.*

A… accendi un fiammifero, mormorò. *Fin… finiscilo. Per… per me.*

Sapeva che volevo guardarla mentre lo uccideva.

Ma doveva aver percepito nella mia mente l'urgenza di lasciare quella maledetta isola. O forse non voleva rischiare che Fare si rigenerasse ancora una volta.

Lo brucerò, dissi, tenendola stretta al petto con un braccio e prendendo un accendino dalla tasca con la mano libera. Volevo offrirglielo in dono, ma non c'era tempo.

Doveva morire. Una volta per tutte.

Mi inginocchiai accanto a lui e avvicinai l'accendino alla sua camicia. Solo che mi resi conto in fretta che non sarebbe stato sufficiente. Avevamo bisogno di un accelerante.

Il tessuto iniziò a bruciare, annerendosi rapidamente, mentre io cercavo qualcosa di infiammabile.

Il container sembrava praticamente vuoto.

Mi teletrasportai all'esterno con Kyra e la sistemai con cura sul metallo, poi andai a cercare un po' di legnetti nella foresta.

La maggior parte delle foglie era umida. E la stessa cosa valeva per i rami.

Ho bisogno di qualcosa di infiammabile, cazzo, ringhiai, rivolto a nessuno in particolare. Con un basso ringhio che mi vibrò nella gola, mi voltai di nuovo verso il cassone.

E rimasi di stucco quando Cillian e Kazek si materializzarono lì davanti.

«Ho saputo che hai bisogno di aiuto» disse Kazek. Era coperto di sangue, e ne sembrava piuttosto compiaciuto. «I capelli sono abbastanza infiammabili». Gettò un borsone pieno di teste ai miei piedi. «Usa queste. E quello che c'è sul fondo».

Cillian non disse nulla.

Mi limitai a fissarli, stranito, poi afferrai il borsone e svanii. Mi materializzai nel container, dove rovesciai le teste su Fare.

E sorrisi quando, per ultima, cadde una latta.

Propano.

Non avevo idea di dove l'avesse trovato quel pazzo di un alfa X-Clan, ma non mi importava. Aprii la latta e cosparsi di liquido i resti, sorridendo al divampare delle fiamme.

Poi mi teletrasportai all'esterno, presi Kyra e raggiunsi Cillian in cima alla cascata. *Come mi hai trovato?*, gli chiesi.

Incantesimo di localizzazione, rispose, lanciando un'occhiata alla mia accetta.

Inarcai le sopracciglia. *Hai usato un incantesimo di localizzazione su di me?*

Temevo che avresti deciso di fare di testa tua, sparendo da qualche parte.

Quando mai è successo?, chiesi.

Si strinse nelle spalle. *Ti sei appena accoppiato, sai com'è. L'istinto fa strani scherzi. Me ne sono reso conto osservando Kieran, negli ultimi mesi. Ho immaginato che anche tu saresti stato difficile da gestire.*

Digrignai i denti.

Ma visto che ero corso via nel bosco, da solo, per trovare Kyra… forse non aveva tutti i torti.

«Dobbiamo andare» disse poi ad alta voce, in tono annoiato.

Kazek annuì e gli tese la mano.

E sparirono, lasciandomi solo con Kyra.

La strinsi ancora di più al petto, rendendomi conto solo in quel momento che eravamo entrambi nudi. Per fortuna, c'erano delle coperte nel jet.

Ci teletrasportammo direttamente nella stanza da letto, invece che nella cabina, e mi misi a cercare qualcosa da indossare.

Una camicia per lei.

Jeans per me.

Poi la sistemai sul letto, tornando a concentrarmi sulla sua guarigione.

Kieran si unì a me qualche secondo più tardi. I suoi vestiti erano intonsi, senza nemmeno una goccia di sangue.

Tipico, pensai. «Aiutami» sussurrai.

Annuì e avvicinò le mani alla mia compagna, senza toccarla.

Mi stesi sul letto accanto a lei, tenendola stretta a me mentre lui la curava.

Il respiro di Kyra diventò regolare quasi subito, strappando delle fusa di approvazione da parte del mio lupo. Chiusi gli occhi, ignorando chiunque altro fosse sul jet, concentrandomi totalmente sulla mia compagna.

Il mio futuro.

La mia omega.

Quando Kieran se ne andò, me ne accorsi a malapena. Tutta la mia attenzione era rivolta a Kyra, che si stava finalmente riprendendo.

Sei stata bravissima, mormorai dolcemente. *Sono così orgoglioso di te. La mia piccola killer.*

Il suo sbuffo riecheggiò nei miei pensieri. La sua mente era tornata cosciente, nonostante il corpo stesse continuando a guarire. *Piccola.*

Preferisci "assassina di alfa"?, le domandai.

In realtà, sì.

Okay, assassina di alfa. Le baciai la tempia.

O anche solo "compagna", sussurrò con uno sbadiglio mentale.

Compagna, ripetei.

La tua compagna.

La mia compagna, confermai.

Il mio alfa, rispose lei, continuando a dormire. *Ti va di fare le fusa per me?*

Sì. E le farò ogni volta che vorrai. Premetti il naso sul suo collo. *Vuoi che ci riporti al tuo nido? Invece di rimanere sul jet?*

Fare è morto?, domandò.

Sì, è morto, la rassicurai. *Per sempre, stavolta.*

Allora sì, mormorò. *Riportaci al nostro nido.*

Sorrisi. *Il nostro nido*, ripetei.

Sì.

Mi piace come suona, ammisi.

Anche a me, concordò. *Alfa.*

Omega, replicai, teletrasportandoci verso casa.

Verso il Santuario.

Verso il nostro futuro.

Verso il nostro *nido*.

KYRA

Lorcan mi osservò con un miscuglio di emozioni che gli si rincorrevano sul viso, e il suo lupo nello sguardo. Eccitazione, furia e orgoglio si contendevano il primato. La sua bestia era colpita per quello che avevo fatto, ma al tempo stesso era incazzata perché ero coperta dal sangue di un altro alfa.

Dilatò le narici mentre l'acqua scrosciava su di noi, disegnando rivoli rossastri sulla mia pelle. Il pensiero di scoparmi contro la parete della doccia volteggiò attraverso il nostro legame; Lorcan era combattuto tra il desiderio di darmi il suo nodo e la necessità di lavarmi. Forse sarebbe stato il caso di fare entrambe le cose contemporaneamente.

Ma l'idea di sentire il sapore di un altro alfa sulla mia bocca lo faceva esitare.

Non ho paura del tuo animale, gli dissi.

Dovresti. È furibondo.

Lo so. La mia lupa ne è entusiasta. Stava praticamente saltellando dentro di me, pronta a piegarsi e prendere il suo nodo.

In realtà, era così dal momento in cui eravamo ritornati nel nido. Ma un'occhiata al sangue che mi macchiava la pelle aveva spinto Lorcan a trascinarmi nella doccia.

Dove era rimasto immobile a fissarmi, con quel turbinio di emozioni che gli vorticava nello sguardo.

Fletté i muscoli nel tentativo di trattenersi, stringendo i pugni. L'adrenalina ci scorreva nelle vene, la lotta era troppo recente.

Il potere di Kieran mi aveva guarita in fretta, ma, tecnicamente, mi stavo ancora riprendendo. L'esitazione di Lorcan era dovuta anche a quello. Non voleva rischiare di farmi del male.

Ma non ero sul punto di cadere a pezzi.

Al massimo ero un po' ammaccata. E dolorante. Ma ero più che in grado di gestire il mio lupo affamato.

Mi passai le dita tra i capelli bagnati sotto il suo sguardo attento, i suoi occhi di ossidiana ardevano di oscuro interesse.

Avrebbe voluto prendermi per i capelli e strattonarmi verso di sé. Catturare le mie labbra. Punirmi con la lingua. Per poi costringermi a inginocchiarmi e scoparmi la bocca, fino a inondarmi il viso con il suo seme. Voleva cancellare l'essenza di Fare. Assicurarsi che soltanto i suoi fluidi marchiassero la mia pelle.

Ma un'altra parte di lui avrebbe preferito mettersi in ginocchio, premere la bocca sul mio clitoride e leccarmi finché non fossi più riuscita a stare in piedi.

La mia guerriera. La mia dea, stava sussurrando quella parte di lui. *Deve essere adorata. Lodata. Venerata.*

Non ero sicura di quale fantasia mi attirasse di più. Volevo entrambe. Volevo tutto.

Lorcan si schiarì la voce e prese un flacone di shampoo. Ne versò un po' sulla mano e me lo spalmò sui capelli con movimenti delicati. *Troppo* delicati. Soprattutto quando mi pettinò le ciocche con le dita. Lo fece con cautela, non in maniera dominante.

«Non mi romperò» lo rassicurai.

«Stai ancora guarendo» rispose in tono burbero. «E il tuo collo è sporco di sangue». Un ringhio sottolineò le sue parole.

Afferrò il soffione della doccia e indirizzò il getto sulla mia gola, per lavare via ogni traccia di quell'insulto. Poi guardò tristemente il sangue che scivolava nello scarico.

Il suo lupo lo vedeva come una sorta di trofeo, un premio per il mio coraggio.

Ma al tempo stesso aveva bisogno di rimuoverlo dal mio corpo, perché la puzza di un altro maschio lo faceva impazzire.

I suoi muscoli si tesero ancora una volta, attirando la mia attenzione sul suo addome e su quella deliziosa esibizione di forza sinuosa. Volevo accarezzarne ogni increspatura con la lingua.

Anche le ultime tracce di sangue sparirono, ma l'odore dell'altro alfa era ancora lì. Fu la mente di Lorcan a dirmelo, il suo lupo ne era disgustato.

Prese il sapone e me lo sfregò sul viso e sul collo, per poi sciacquare via tutto. Dopo aver ripetuto gli stessi gesti per quattro volte, non era ancora soddisfatto.

Nel frattempo, io avevo finito di lavarmi i capelli. Ma le sue mani continuavano a vagare sul mio corpo con un'oscura determinazione. Aveva bisogno che fossi pulita. Senza alcun segno estraneo. *Sua.*

Eppure, a lui e al suo lupo quella lunga doccia non bastava ancora.

La sua frustrazione crebbe, la sua aggressività aumentava di secondo in secondo.

La mia lupa danzava dentro di me, elettrizzata.

Ma quel maledetto maschio continuava a tenere a bada la sua bestia, rifiutando di assecondare la sua possessività.

Perché non voleva rischiare di farmi male mentre mi trovavo in quello stato, come se fossi stata una bambola di porcellana che doveva essere maneggiata con cura.

Lo fulminai con lo sguardo quando sollevò il sapone per la quinta volta, come se questo avesse davvero potuto risolvere il problema.

L'odore di Fare era sparito. Quello che doveva fare era *sostituirlo* con il suo.

Gli afferrai il polso, bloccando i suoi movimenti prima che potesse insaponarmi di nuovo. «Dammi il tuo nodo» gli ordinai.

Inarcò il suo stupido sopracciglio. «Prima devi riprenderti completamente».

Sbuffai. «Ho bisogno del nodo del mio alfa». Della sua rivendicazione. Del suo seme. Delle sue mani sul corpo. Delle sue zanne nella carne. «Dammi. Il. Tuo. Nodo».

Mi strinse la nuca con la mano libera, un gesto di chiaro dominio. «Non ancora». *Ti farò del male, in questo stato.*

Sbuffai. *Guarirò.*

Kyra.

Lorcan. Feci un passo verso di lui, premendo il ventre sulla sua erezione. «Scopami».

«No».

La mia lupa ringhiò, infastidita. Non le piaceva che lui rifiutasse di soddisfare i suoi bisogni, soprattutto visto che il suo animale condivideva gli stessi desideri.

Non piaceva nemmeno a me.

Sarei stata più che in grado di gestire la sua aggressività. Anzi, la bramavo.

Kyra, ripeté in tono stanco. *Sei stata attaccata da un alfa sadico. Non ho nessuna intenzione di dare libero sfogo al mio lupo mentre ti stai ancora riprendendo.*

Forse è proprio quello che voglio, ribattei. *Forse è proprio quello di cui ho bisogno!*

Il suo animale voleva cancellare l'odore di Fare dal mio corpo, e io volevo cancellare il ricordo di Fare dalla mia mente. Il nostro passato. Le cose terribili che aveva fatto. Volevo che sparisse tutto. Che fosse rimosso. Che fosse rimpiazzato da Lorcan.

Le sue riserve erano legate al fatto che ero stata ferita, che aveva avuto difficoltà a trovarmi su Outcast Island, dopo che la mia mente si era ammutolita.

Ma ora ero lì. Viva. E stavo *bene.*

Trattenersi era quasi un insulto a tutto quello che avevo passato. Ero forte. Ero una guerriera. Ero più che capace di affrontare la bestia di Lorcan.

Tuttavia, sembrava che avesse bisogno che glielo ricordassi.

Che gli ricordassi che non ero un'omega distrutta e terrorizzata dagli alfa. Non lo ero mai stata. Avevo sempre reagito, anche quando ero strafatta di veleno di vampiro.

E non avrei smesso di reagire proprio adesso.

Indietreggiai per guardarlo in faccia, inarcando un sopracciglio nella mia migliore imitazione della sua espressione caratteristica.

Poi mi teletrasportai fuori dalla doccia, nell'altra stanza, dove tenevo uno dei miei coltelli preferiti. Non mi importava bagnare dappertutto. Avrei pulito più tardi. In quel momento, avevo bisogno che il mio alfa mi vedesse come una pari. Come la sua partner. Come la sua *compagna.*

Il suo ringhio mi vibrò lungo la spina dorsale, esaltando il mio animale interiore.

Vieni a prendermi, sembrò pensare, rivolta a lui.

E Lorcan comparve nella stanza, aveva un'espressione guardinga. «Kyra…».

Non lasciai che finisse, preferendo smaterializzarmi e materializzarmi intorno a lui, cercando di pugnalarlo al fianco. Lui si mosse con una rapidità impossibile da eguagliare, bloccando il mio affondo prima ancora che riuscissi ad avvicinarmi. Il suo palmo si avvolse intorno alla lama, e il metallo affondò nella sua pelle come nel burro. Ma questo non gli impedì di strapparmi il coltello di mano.

Invece di fermarmi, sparii e andai a recuperare un altro pugnale nascosto nel nido. E glielo lanciai addosso, mirando alla schiena.

Si girò in tempo per afferrarlo a mezz'aria, con un ringhio che mi colpì tra le gambe. Il mio nome riecheggiò nella camera quando mi avventai sulla terza lama. Mi ordinò di fermarmi, un comando che non si rivelò nient'altro che un incoraggiamento a insistere.

Non sono un giocattolo delicato, sbottai. *Sono un'assassina di alfa.* Scattai verso un quarto nascondiglio, per poi teletrasportarmi accanto a lui, pronta a pugnalarlo.

Solo per ritrovarmi improvvisamente imprigionata nel mio nido, con un alfa molto affamato che mi schiacciava sulle lenzuola. «*Smettila*» ringhiò.

«*No*» sibilai, ripensando alla sua risposta nella doccia, quando gli avevo chiesto di darmi il suo nodo.

Un ringhio gli rimbombò nel petto quando cercai di smaterializzarmi da sotto di lui. Ma il suo potere mi teneva dov'ero, mentre le sue mani mi bloccavano i polsi sopra la testa.

Solo che erano sporche di sangue, e ciò rendeva la sua presa scivolosa.

Mi contorsi di proposito, la sensazione della sua essenza sulla mia pelle placava la mia lupa furibonda.

Nuovo odore. Nuovo marchio. Il mio alfa.

Solo che non era abbastanza. Ci serviva di più.

La sua bocca. Il suo nodo. Il suo *seme*.

Non aspettai che mi desse il permesso. Non mi preoccupai di chiederglielo ancora. Mi limitai ad alzare la testa e catturargli il labbro inferiore tra i denti.

E morderlo.

Il suo ringhio mi vibrò sul seno, facendomi indurire i capezzoli. L'eccitazione mi colò tra le gambe, il mio ventre si contrasse.

Sì, sì, pensai, avvolgendogli le cosce intorno alla vita. *Di più*.

Mi strusciai sulla sua erezione pulsante, leccandogli via il sangue dalla bocca.

Non era abbastanza.

Ne volevo ancora.

Lo morsi di nuovo, ma stavolta girai il viso in modo da premere la guancia sul suo labbro sanguinante. La mia lupa gongolò, felice che l'essenza del suo alfa le marchiasse la pelle.

Stavamo sporcando dappertutto. Ed era meraviglioso.

Lorcan sussurrò il mio nome, il suo autocontrollo era appeso a un filo.

Avevo ancora i coltelli stretti in pugno, nonostante la sua presa sui polsi. Li lasciai cadere sulle lenzuola e cercai di smaterializzarmi di nuovo.

Ma il suo laccio mentale era irremovibile, e il suo corpo massiccio mi teneva bloccata sotto di lui.

I suoi palmi insanguinati, tuttavia, mi permisero di muovere i polsi su e giù. La sua essenza mi tinse la pelle, donandomi un piacere immenso.

«Stringimi la gola» gli dissi. «Rimpiazza il suo tocco. Il suo odore. *Reclamami*».

Lorcan emise un suono basso, che raggiunse le

profondità del mio essere, accarezzando i miei sensi e incendiandomi il sangue.

Poi, fin troppo lentamente, mi accontentò.

Il calore mi sfiorò la pelle, il suo odore mi immerse in un bosco di sempreverdi. Sospirai, felice, strusciando la parte inferiore del corpo sul suo.

Se non aveva intenzione di scoparmi, allora avrei usato il suo nodo per il mio piacere.

Gemette quando il mio sesso incontrò la base del suo, il mio clitoride pulsava per la necessità di uno sfogo. Quel bastardo aveva insultato sia me che la mia lupa, insinuando che non sarei riuscita a gestire la sua bestia, che mi sarei spezzata.

Certo, voleva solo proteggermi. Un nobile proposito. Che, di norma, avrei rispettato.

Ma non quando si trattava del *mio* alfa.

Avrebbe dovuto saperlo.

Mezz'ora fa respiravi a malapena, sbottò nella mia mente.

Adesso respiro perfettamente, gli risposi con lo stesso tono, inarcandomi verso di lui. *Occupati di me, o mi arrangerò da sola.*

La sua bestia era furiosa, la sua presa sulla mia gola diventò una morsa. *Attenta, omega.*

No, ripetei. *Non voglio dover stare attenta. Ti voglio, alfa.*

La sua fronte ricadde sulla mia, il suo sospiro mi scaldò il viso. «*Cazzo*, Kyra».

«Sì, è quello che voglio».

Mi rispose con una risatina priva di allegria, scuotendo appena il capo. Ma non si trattava di un diniego, quanto di un gesto rassegnato. «Se ti faccio male, dimmi di fermarmi».

KYRA

Se Lorcan me ne avesse dato la possibilità, gli avrei risposto di no; non gli avrei mai detto di fermarsi, nemmeno se mi avesse fatto male. Ma mi catturò la bocca, impedendomi di parlare.

Il nostro bacio, intriso di sangue e lussuria, alimentò il mio desiderio e la mia fame. *Di più, di più, di più*, ansimò la mia lupa. *Nodo, nodo, nodo*.

Ma Lorcan sembrava deciso a prendersi tutto il tempo che voleva per esplorare la mia bocca con la lingua. Quando tentai di invitarlo a darsi una mossa, il suo palmo mi stritolò il collo, costringendomi ad accettare il suo ritmo, il suo tocco, *il suo dominio*.

Stavo cercando di dominare dal basso, o almeno questo era ciò che mi aveva detto la sua mente. E lui avrebbe corretto il mio comportamento con la sua punizione sensuale.

Perché era l'alfa.

Sebbene fosse contento di lasciarmi comandare in qualsiasi altra situazione, rifiutava di sottomettersi in camera da letto. Anche quando facevo *esattamente* quello che bramava: sfidarlo.

Una contraddizione che mi faceva girare la testa dalla rabbia, incoraggiandomi ancora di più a lottare.

Il suo petto vibrò di fastidio e approvazione, un miscuglio che infiammò i miei istinti. Mi inarcai verso di lui, con le viscere che gridavano per avere il suo cazzo. Le sue spinte. Il suo *nodo*.

«*Lorcan*» gli ringhiai sulle labbra.

«Zitta, omega». Mi baciò di nuovo, ancora più lentamente di prima. La sua lingua era talmente abile che quasi scordai il mio nome.

Eppure, continuò a lasciarmi ansimante e *smaniosa*.

Stava cercando di uccidermi con la bocca. La sua presa intorno alla gola era implacabile, l'altra mano mi bloccava ancora i polsi.

Ogni parte di me bruciava. I polmoni. Le vene. Il sesso.

La mia lupa emise un lamento, un lamento che mi sfuggì dalle labbra.

Mi sentivo così impotente, così eccitata da non riuscire a pronunciare una frase di senso compiuto. Solo suoni. Ringhi. Lamenti. *Gemiti*.

Lorcan mi accarezzò il collo con il pollice, indugiando sul punto in cui il mio battito pulsava, premendo l'inguine sul mio.

«Ti sottometti meravigliosamente» mormorò sulla mia bocca. «Ogni parte di te mi desidera, si arrende al mio tocco, *obbedisce* ai miei comandi. E, nel frattempo, la tua mente continua a sfidarmi. Il tuo bisogno di ribellarti mi eccita a dismisura».

Le sue labbra mi sfiorarono la guancia, spostandosi verso l'orecchio.

Rabbrividii quando mi morse il lobo, abbastanza forte da far uscire sangue.

Mi fece male, ma poi la sua lingua placò il dolore. E la

mancanza di veleno mi rilassò. I suoi denti si mossero verso il mio collo, sostituendo il pollice con la bocca.

Un altro morso mi indusse a serrare le gambe intorno alla sua vita, strappandomi un gemito.

Stavolta, però, mi succhiò il sangue e ingoiò.

Mi irrigidii, travolta dall'assalto dei ricordi, che furono cancellati in un istante dalle carezze confortanti della sua lingua.

Niente veleno.

Perché non è un vampiro.

È un alfa V-Clan. Il mio *alfa V-Clan.*

Sì, confermò, sigillando ancora una volta la bocca sulla mia gola. *Hai un sapore delizioso, compagna.*

Tremai, nonostante il mio corpo fosse stato nuovamente sopraffatto da un'ardente ondata di desiderio. *Lorcan…*

Bevve un'altra sorsata della mia essenza, il suo morso si impresse sul mio spirito. *Mia*, significava quel gesto. *La mia omega. La mia compagna.*

La sua fragranza di sempreverdi mi sommerse, mescolandosi all'odore del nostro sangue e della mia eccitazione. Creando un profumo inebriante che mi lasciò a fremere sotto di lui. Se non mi avesse scopata in fretta, sarei esplosa.

Ti prego, lo implorai quando la sua bocca tornò sulla mia.

Mi zittì ancora una volta, torturandomi con delle lente carezze della lingua sulla mia, mentre il suo sesso pulsava sul mio umido calore.

È troppo. Premetti il bacino sul suo. *È troppo. E non è abbastanza. Ti prego, Lorcan…*

Mi morse il labbro, senza che le sue mani lasciassero la mia gola e i polsi nemmeno per un attimo. Ero intrappolata sotto di lui. Il suo potere mi impediva di teletrasportarmi, il suo corpo possedeva il mio nel più piacevole dei modi.

Un alfa che voleva domare la sua compagna. Che voleva punire la sua lupa per aver passato il limite.

Che vuole premiarla per essere stata abbastanza coraggiosa da sfidarlo, mi corresse, muovendo i fianchi.

Sussultai quando mi riempì con un'unica spinta brutale.

Che vuole ricordarle che è sua, aggiunse, uscendo fino alla punta.

La sua stretta sulla mia gola soffocò il grido che emisi quando affondò di nuovo dentro di me. *Cazzo*, boccheggiai. Non mi ero mai sentita così piena. Non aveva senso. Avevamo già scopato. Eppure, ora sembrava molto più grosso.

E anche molto più padrone di sé.

Che vuole farle capire che la rispetta e che la considera sua pari, continuò Lorcan con un'altra spinta punitiva. *Ma è sua responsabilità prendersi cura di lei. Proteggerla. Non spingerla mai troppo oltre.*

Allentò la presa, permettendomi di respirare a pieni polmoni. *Puoi spingermi quanto ti pare*, replicai. *Sono perfettamente in grado di gestirti.*

«Lo so» mi sussurrò sulle labbra. «Ma questo non significa che tu debba farlo, Kyra».

È quello che voglio, ribattei. *Sei il mio compagno. La mia bestia* vuole *accettare la tua. Permettici di farlo, Lorcan. Lasciaci avere ogni parte di te.*

Un ringhio gli risuonò nel petto, in profondità. Il suo animale esigeva che accettasse la nostra offerta.

La mia lupa sentiva il suo desiderio di essere libero, di sfogare la sua aggressività. Il suo bisogno di *possedere* la sua compagna.

Sarebbe stato selvaggio. Feroce. *Stupendo.*

Lorcan imprecò, stava perdendo il controllo. *Kyra…*

Smettila di opporti, gli dissi. *Dammi tutto quello che hai. Ti prego, alfa. Smettila di trattenerti.*

Un altro brontolio, ed ebbi la netta impressione che ciò che sembrava tenerlo a freno si fosse spezzato.

Strillai quando il mondo si capovolse. Lorcan mi aveva fatta girare sotto di sé, la mia pancia ora era sul materasso. Non ero nemmeno sicura di come ci fosse riuscito. Sapevo solo che, improvvisamente, il mio sedere era premuto sul suo inguine e le sue mani mi stringevano i fianchi. E mi sollevarono finché non ebbi altra scelta che restare in equilibrio sulle mani e sulle ginocchia.

Poi fu dentro di me.

Riempiendomi.

Possedendomi.

La sua bocca si posò sulla mia nuca, sottomettendomi all'istante.

È così dominante. Così alfa. Così mio.

Mi morse, le sue azioni erano chiaramente guidate dal suo lupo. Il mio animale rispose con altrettanta passione, arrendendosi e incitandolo al tempo stesso, spingendosi indietro verso di lui.

In quella che era la tipica danza dei compagni.

Uno scontro selvaggio dei fianchi, mentre le nostre anime si univano, diventando una sola.

Non mi ero resa conto di quanto mi fossi sentita oppressa, con lo spirito diviso in due. Una metà apparteneva a un alfa vampiro, l'altra bramava di connettersi con quella di un alfa V-Clan.

Ma ora… ora ero semplicemente Kyra.

Un'omega ibrida con un unico compagno. *Lorcan.*

Il compagno *giusto.*

L'alfa giusto.

Mi serrai intorno al suo sesso, esortandolo a riempirmi, a completarmi, *a darmi il suo nodo.*

Mi fece le fusa sul collo; aveva colto la mia richiesta e non sarebbe mai riuscito a rifiutare. Soprattutto perché *non voleva* rifiutare. Mi aveva spiegato come si sentiva al riguardo con quel lungo, lentissimo bacio.

Ora era giunto il momento di scopare.

Il suo istinto primordiale rivaleggiava con il mio, le sue spinte violente colpirono quel punto in profondità dentro di me che mi fece bagnare ancora di più, strappandomi altri gemiti, alimentando la nostra passione.

Urlai il suo nome, dicendo al mondo intero, senza alcuna vergogna, a chi appartenevo.

Lui gemette con altrettanta foga, annunciando il suo intento, assicurandosi che tutti sapessero che ero sua, e che lui era mio.

Sembrò il nostro vero inizio, il nostro vero accoppiamento. Guidato dai giuramenti fatti l'uno all'altra, non ai nostri amici.

Niente più legami con il mio passato. Niente più Fare. *Niente più incubi.*

Solo il presente. Con Lorcan. E i sogni per il futuro.

Le mie dita si conficcarono nelle lenzuola e la mia schiena si inarcò, ogni terminazione nervosa fremeva.

Era tutto così caldo.

Troppo caldo.

Sono vicina.

Oh, così vicina…

Lorcan mi morse di nuovo la nuca. Il suo nodo pulsava, mentre mi prendeva con violenza da dietro. Non avevo bisogno di nessun altro stimolo, non avevo bisogno che mi accarezzasse il clitoride o che le sue mani mi stringessero il seno. La sua bocca e il suo nodo erano abbastanza, la posizione dominante era esattamente quello che bramavo.

La mia visuale si oscurò, e il mondo esplose. Le mie membra tremavano per l'orgasmo improvviso che sentii riverberarsi in ogni fibra del mio essere.

Lorcan mi fece le fusa nella mente, il suo lupo era compiaciuto della reazione suscitata dalla sua rivendicazione.

Poi, quando le sue spinte ripresero velocità, quel dolce brusio si fece più intenso e profondo.

Mi strinsi intorno a lui.

Ero ancora scossa dal primo orgasmo, eppure un altro stava già crescendo dentro di me.

Le mani di Lorcan ardevano sui miei fianchi, la sua bocca era rovente sulla mia nuca e il suo cazzo… Oh, *il suo cazzo*. Pulsava. Sbatteva. *Era così grosso*.

Fremetti intorno a lui, schiudendo le labbra in un rantolo, quando Lorcan esplose dentro di me.

Cazzo, mi ringhiò nella mente.

Sì, risposi, precipitando con lui nell'oblio.

I nostri corpi si unirono, il suo nodo ci assicurò insieme e ci gettò in una spirale di euforia che durò per diversi minuti. Forse addirittura per ore.

Non ne ero sicura.

Sentivo solo piacere.

Così. Tanto. Piacere.

Oh, dei… Avevo dimenticato come respirare. Come battere le ciglia. I miei polmoni erano in fiamme. I miei occhi ciechi. Il mio corpo… sazio. Esausto.

Lorcan collassò su di me. Poi mi prese tra le braccia e ci fece voltare sul fianco. Mi cinse il ventre con un braccio, continuando a stringermi a sé, continuando a venire dentro di me. Ogni fiotto caldo mi trascinava nell'ennesimo vortice orgasmico, una sensazione che mi faceva contrarre le viscere. L'estasi mi scorreva nelle vene.

Mugolai, gemetti, sospirai e ansimai il suo nome.

Ancora e ancora. Era come essere risucchiata in un tornado di beatitudine.

Lorcan mi baciò il collo. Le sue fusa tornarono, la sua mente sussurrò lodi nella mia. Mi disse che ero forte. Una combattente. La compagna perfetta. E mi ringraziò per aver accettato il suo lupo, rivelandomi quanto fosse stato bello dare libero sfogo alla sua potenza, quanto avesse amato mordermi e scoparmi.

Risposi con altrettanto affetto. Anche se le mie parole erano un po' confuse. Forse non erano nemmeno coerenti.

A dirla tutta, ero a malapena cosciente quando il suo nodo si ritirò.

Avevo gli occhi chiusi e le membra molli. Forse stavo addirittura russando.

Almeno finché non udii Lorcan mormorare: «Ti rispondo solo perché mi hai chiamato tre volte di fila».

Aggrottai la fronte e aprii gli occhi. *Mmh?*

Cillian, rispose. *Non preoccuparti, la videocamera è spenta.*

«Figurati, è stato un piacere essere volato fino ai Caraibi, affrontando un nido di vampiri rabbiosi mentre davi la caccia al loro equivalente di un alfa di settore» disse Cillian.

Lorcan grugnì. «Come se non avessi apprezzato tutto quel caos».

«Non credo di essermelo goduto quanto Kazek e Sven, ma non è per questo che ti ho chiamato».

«Allora ti consiglio di arrivare in fretta al punto, prima che riattacchi» replicò Lorcan.

«Hai lasciato me e Kieran sul jet, Lorcan. Poi Kieran ha deciso di fare la gara a chi dei due è più fuori di testa, e si è teletrasportato nel settore Blood. Quindi adesso sono a un'ora dal settore Andorra, su un jet che dovrei riportare magicamente a casa». Cillian fece una piccola pausa.

«Forse ve lo siete dimenticati entrambi, ma non sono un pilota. E non posso lasciare il jet a Sven».

«Non vedo perché no. Sembra che gli piaccia» mormorò Lorcan. La sua mente mi disse che l'ultima cosa che voleva era teletrasportarsi nel settore Andorra solo per pilotare il jet fino al settore Blood. «Sarebbe un bel ringraziamento per averci aiutati».

Cillian grugnì. «E io cosa ci guadagno?».

«Evitare di restare nel settore Andorra in attesa che io ti salvi il culo?» suggerì Lorcan.

Un altro grugnito. «Sai una cosa? Non mi sento più in colpa per il vero motivo per cui ti ho chiamato».

«Vuoi dire che non siamo ancora arrivati al punto?» chiese Lorcan in tono irritato.

«Kieran ha organizzato un incontro ufficiale con Ander e gli altri alfa X-Clan, si terrà tra novanta minuti» disse Cillian, d'un tratto terribilmente serio. Non era più il momento di scherzare. «Lui e Quinnlynn li informeranno dell'esistenza del Santuario, e vuole che vi uniate anche tu e Kyra, in videoconferenza».

Lorcan imprecò, mentre la telefonata terminava all'improvviso.

E, altrettanto improvvisamente, non ero più stanca. «Cos'è che ha intenzione di fare Kieran?» sbottai. «Non può».

«Sembra che lui e Quinnlynn abbiano già deciso» borbottò Lorcan, scivolando fuori da me. «Dobbiamo partecipare alla riunione».

«Lo so» mormorai, teletrasportandomi all'esterno del nido.

Solo che le mie gambe cedettero, e mi ritrovai tra le braccia del mio alfa, con il viso premuto sul suo petto. A causa della nostra connessione mentale, sapeva che mi sarei alzata.

«Abbiamo bisogno di un'altra doccia» disse, abbassando lo sguardo sul mio collo. Il suo lupo emise un basso ringhio di approvazione, le narici di Lorcan fremettero. *Mia*, lo sentii pensare. *È tutta mia.*

Perché ero coperta del suo sangue, del suo sudore e del suo seme.

La mia lupa saltellò, compiaciuta della rivendicazione.

Ma la mia parte umana era d'accordo con Lorcan: avevo proprio bisogno di una doccia. Soprattutto se dovevamo partecipare a una videochiamata.

Certo, avevamo novanta minuti.

Ciò significava che avevamo tutto il tempo per giocare.

Prima dovevo solo riuscire a camminare. O almeno inginocchiarmi.

Sì, inginocchiarmi mi sembra un'ottima idea, decisi. Perché così Lorcan avrebbe potuto rimpiazzare qualsiasi traccia fosse rimasta dell'odore di Fare sulla mia faccia… con la sua *essenza*.

Le pupille del mio alfa si dilatarono. *Ti stai offrendo di mettere la bocca sul mio nodo?*

Ti sto promettendo di fare molto di più, gli dissi con un sorrisetto. *Ora andiamo nella doccia, alfa. Voglio prendermi tutto il tempo di cui ho bisogno per esplorarti con la lingua.*

Poi avremmo partecipato alla riunione con Kieran e gli altri.

Per parlare del Santuario…

KYRA

Continuavo a muovere le gambe per il nervosismo, avevo lo stomaco in subbuglio. Era strano ritrovarsi davanti a una schiera di alfa a discutere di un luogo che avevo tenuto segreto così a lungo.

Gli alfa non appartengono al Santuario, pensai. *È la nostra isola sacra.*

Tuttavia, Quinnlynn non sembrava affatto a disagio. Aveva un'espressione neutra, professionale.

Non sapevo di cosa avessero parlato dopo l'attacco dei vampiri, visto che mi trovavo con Fare su Outcast Island, ma sembrava che Quinn avesse preso diverse decisioni in mia assenza.

In quanto Regina del settore Blood e custode della magia che proteggeva l'isola, mi fidavo di lei. Ma mi sarebbe piaciuto conoscere i suoi progetti per il Santuario.

Visto che, tra l'altro, ero la sua vice.

Dopo quella telefonata, avremmo dovuto avere una lunga conversazione sul futuro, per assicurarmi di aver capito quale fosse il mio ruolo e che fossi d'accordo con i suoi piani. Perché, altrimenti, non sarei più stata una buona vice.

Lorcan, pur restando concentrato sullo schermo, mi prese la mano e mi diede una piccola stretta.

Eravamo nella sua vecchia stanza al Santuario. Avevamo bisogno di un po' di privacy, ma, al tempo stesso, non volevamo usare il nostro nido. Quello non lo avremmo mai condiviso con il resto del mondo.

Così, avevamo preferito teletrasportarci lì, non sapendo dove altro andare. Il Santuario non aveva una sala conferenze. Anche se sospettavo che presto le cose sarebbero cambiate.

Molte cose sarebbero cambiate.

Uno schermo mostrava Cillian nel settore Andorra, seduto a un tavolo di vetro insieme a Kazek, Sven, Jonas e Ander. Quest'ultimo era un alfa dai capelli scuri e dall'aspetto minaccioso, che sembrava incapace di sorridere.

Un quinto alfa X-Clan indugiava sullo sfondo. Mi sembrava di aver capito che si chiamasse Elias. Considerando che era in piedi alle spalle di Ander, doveva essere un luogotenente di qualche tipo. O forse il secondo in comando del settore Andorra.

In ogni caso, rimase in silenzio.

Kieran, in collegamento dal settore Blood, era quello che stava parlando di più. Era sull'altro schermo, accanto a Quinnlynn. La coppia stava spiegando in cosa consistesse il Santuario e qual fosse il suo significato.

Deglutii, a disagio per quello sviluppo. Soprattutto perché sapevo che gli alfa X-Clan non erano come i V-Clan. Avevano la tendenza a prendere quello che volevano, quando volevano.

Ma quelli erano anche gli alfa che avevano attaccato il settore Bariloche e salvato le schiave omega.

Con l'aiuto di Kieran, Lorcan e Cillian.

Anche se sapevo che il loro obiettivo principale era la

cattura di Quinnlynn. La mia migliore amica si trovava laggiù, a prendersi cura delle omega come meglio poteva.

Le donne salvate avrebbero dovuto venire sull'isola, ed era proprio ciò che stavano cercando di negoziare Quinnlynn e Kieran in quel momento.

Non avevano potuto affrontare prima la questione senza rivelare l'esistenza del Santuario. Ma sembrava che avessero deciso che era giunta l'ora di condividere il nostro segreto con il resto del mondo.

Non ero sicura di come mi sentissi al riguardo.

Non con il resto del mondo, mi sussurrò nella mente Lorcan.

Vogliono annunciare la nostra presenza a tutti i settori V-Clan.

Sì, ed è opinione comune che i lupi V-Clan siano praticamente estinti. Eppure, sappiamo entrambi che non è così. Mi lanciò un'occhiata. Nel suo sguardo di ossidiana c'era un accenno di calore. *La nostra specie è brava a custodire i segreti.*

La riunione è tra noi e un gruppo di lupi X-Clan, gli feci notare. *Non V-Clan.*

Un gruppo di alleati fidati, rispose. *Alleati che hanno tutto da guadagnare a mantenere il segreto.*

La sua mente mi fornì una spiegazione dell'ultimo punto, informandomi che il settore Andorra era notoriamente carente di omega. Non avrebbero voluto che si venisse a sapere del Santuario. Preferivano tenere per sé l'accesso a potenziali compagne.

L'ultima parte mi fece accigliare.

La maggior parte delle omega presenti sull'isola non vuole un compagno alfa, gli dissi. *È per questo che si sono rifugiate qui.*

La maggior parte delle omega ha sperimentato soltanto l'aggressività degli alfa, ribatté. *Considerato quello che hanno passato, non c'è da stupirsi che l'idea di accoppiarsi le spaventi. Ma ciò non significa che l'alfa giusto non le spinga a cambiare idea.*

E mi lanciò un'occhiata eloquente, strappandomi uno sbuffo mentale. Ma era uno sbuffo divertito.

Perché stava usando *me* come esempio.

Io sono stata costretta ad accoppiarmi, ricordi?, gli dissi.

Mmh. E come stanno andando le cose adesso, Kyra? Pronunciò il mio nome con un accenno di fusa, facendo sospirare la mia lupa.

Questo è barare, borbottai.

Non vuoi offrire anche alle altre omega l'opportunità di trovare qualcosa di simile, se lo desiderano?, insistette. *Come minimo, meritano di avere l'opportunità di capire che non tutti gli Alfa sono dei mostri.*

Pensò ad Ashlyn e ad altre omega, che si erano timidamente avvicinate a lui per chiedergli aiuto con il combattimento e informazioni sugli alfa.

Erano incuriosite da lui. Con mia grande irritazione.

Sei il mio alfa, pensai, e la mia lupa sbuffò in segno di assenso.

Il pollice di Lorcan disegnò un piccolo cerchio sul mio polso. *Alla mia bestia piace la tua possessività.*

Il fatto che pensi ad altre omega non piace alla mia, ribattei.

Mi stai accusando di nuovo di cercarmi un'altra compagna?

Può darsi.

Lasciò andare la mia mano per avvolgermi il braccio intorno alla schiena, dandomi una piccola stretta al fianco. *Non appena la riunione sarà finita, ti cancellerò dalla mente quel pensiero ridicolo a furia di sesso, compagna. E non smetterò finché non sarò sicuro che sia sparito per sempre.*

Serrai le cosce. *Potrebbe volerci un po'.*

So essere molto paziente, rispose, stringendo la presa. *E accurato.* Sottolineò l'ultima parola con un basso ringhio, facendo affiorare nella mia testa tutta una serie di immagini.

Io in ginocchio. Lui in ginocchio.

Il suo nodo che pulsava sulla mia lingua.

Lui che mi afferrava i fianchi e mi penetrava da dietro.

Venire sul nostro nido. *Di nuovo.*

Essere coperta dal suo seme.

Marchiata dai suoi denti. Io che lo rivendicavo con le zanne.

Deglutii a fatica, la mia pelle era praticamente in fiamme. Ero a pochi secondi dal chiedergli di tornare nella nostra stanza, quando l'alfa del settore Andorra si schiarì la voce.

Mi irrigidii, sicura che mi stesse per rimproverare per i miei pensieri osceni. Perché ce li avevo sicuramente scritti in faccia, ed era inappropriato in una situazione del genere.

Grazie al cielo non si trovano fisicamente qui, pensai, avvampando ancora di più.

Perché, se fossero stati lì, avrebbero sentito l'odore della mia eccitazione.

E sarebbe stato… sarebbe stato imbarazzante.

Non glielo concederei mai, giurò Lorcan nella mia mente. *Il tuo corpo è mio, compagna. Solo e soltanto mio.*

Parlò di nuovo con quel ringhio delizioso, e un'altra ondata di eccitazione mi si riversò tra le cosce. *Lor…*

«Ho un suggerimento» disse l'alfa del settore Andorra con una voce profonda. Non aveva parlato molto dall'inizio della chiamata; si era limitato ad ascoltare le spiegazioni di Kieran sul Santuario e sugli ultimi eventi con un'espressione pensierosa.

«Siamo tutto orecchie» mormorò Kieran, il cui comportamento disinvolto era in netto contrasto con la quieta autorevolezza dell'alfa X-Clan.

«Di recente, abbiamo accolto nel nostro settore dieci omega Ash. Come potete immaginare, erano molto nervose. Venivano dal settore Shadowland, che è molto diverso da Andorra».

Sì, potevo immaginare che passare dalla natura selvaggia di Shadowland all'atmosfera iper-tecnologica di Andorra fosse stato uno shock.

Per non parlare della diversa gerarchia del branco e delle regole che ne derivavano.

Quelle omega dovevano essere terrorizzate, pensai. *Gli alfa X-Clan non sono famosi per la loro pazienza o per la loro gentilezza.*

Lorcan non fece alcun commento, la sua mente mi disse che era d'accordo con quella valutazione.

«Abbiamo organizzato una festa di benvenuto per le omega, in modo che potessero fare conoscenza con gli alfa del nostro settore» continuò Ander. «Lo scopo era di introdurle con cautela nella nostra società, e di chiarire che avevano il totale controllo del loro destino. Infatti, i nostri alfa erano autorizzati a corteggiare solo le omega che desideravano essere corteggiate».

E se non volevano essere corteggiate?, mi domandai.

«Qualche omega ha scelto di non accoppiarsi?» chiese Quinn, che doveva aver fatto lo stesso ragionamento.

«Sì» rispose Ander. «Due di loro non hanno ancora trovato un compagno adatto».

«E non saranno costrette a farlo?» insistette lei, una domanda che mi ero posta anch'io.

«Sono incoraggiate a farlo, ma non costrette. E con "incoraggiate" intendo dire che stanno ricevendo offerte dagli alfa, che sono libere di accettare o rifiutare».

Quinn inarcò un sopracciglio. «E se preferissero vivere nel Santuario senza prendersi mai un compagno?».

«Dal momento che fino a un'ora fa non eravamo al corrente dell'esistenza del Santuario, non posso risponderti».

«Prenderesti in considerazione l'idea di offrirlo come opzione?».

Fissò lo schermo, le sue iridi dorate lampeggiarono. «Farlo significherebbe parlare con il mio consiglio di alfa del Santuario. Finché tu e il tuo compagno non avrete deciso come procedere, ho le mani legate».

Quinn aprì la bocca, chiaramente pronta a ribattere qualcosa. Forse sull'effettiva necessità di condividere quelle informazioni con il consiglio. O sul fatto che la sua risposta sembrava una fottuta scappatoia.

Ma Ander alzò una mano, dicendole con un'occhiata che non aveva ancora finito di parlare.

«Tuttavia» continuò, con un'espressione intensa. «Se decidete di annunciare l'esistenza dell'isola anche ai membri del settore Andorra, allora sì, penso che saremo in grado di offrire loro quell'opzione. E lo stesso vale per le omega che abbiamo salvato nel settore Bariloche».

Quinn chiuse la bocca, la sua espressione si fece pensierosa.

«Saremmo anche interessati a mandare alcune coppie di alfa e omega a vivere sull'isola, per proteggere il Santuario» aggiunse Ander. «Ammesso che vogliate accettare alfa X-Clan come Protettori. Non abbiamo poteri magici, ma non siamo affatto deboli».

«Come dimostrato nel settore Bariloche o ad Outcast Island» mormorò Cillian, lanciando un'occhiata a Kazek e Sven. «Vale certamente la pena di prendere in considerazione l'offerta».

Kieran annuì. «Abbiamo molto su cui riflettere per quanto riguarda il Santuario». La sua attenzione si spostò su di noi. «Cosa ne pensi, Lorcan?».

«Penso che Quinnlynn e Kyra debbano parlare con le omega che vivono sull'isola per sapere quale sia la loro opinione» rispose Lorcan senza esitazioni. «Devono potersi fidare dei loro Protettori. Altrimenti, non ha nemmeno senso parlarne».

Se fossi stata in grado di fare le fusa, le avrei fatte. Perché la sua risposta dimostrò non solo il suo rispetto per Quinn, ma anche per me.

Nonostante il suo essere un alfa, non stava cercando di prendere decisioni al nostro posto. E nemmeno Kieran.

In realtà, nessuno degli alfa presenti alla riunione sembrava volerci imporre qualcosa. Stavano solo condividendo le loro idee e le loro opinioni.

Come la festa di benvenuto.

L'idea di annunciare l'esistenza del Santuario a tutti i V-Clan, e forse anche a parte dei lupi X-Clan, mi metteva ancora a disagio. Sotto sotto, però, capivo che lo scopo era garantire ulteriormente la nostra protezione.

Purtroppo, l'attacco dei vampiri aveva dimostrato che la barriera non sarebbe sempre stata sufficiente. E nonostante non avessi ancora parlato con le omega che erano state ferite, sapevo dai pensieri di Lorcan che alcune non l'avevano presa bene.

Erano spaventate. Inquiete. Non si sentivano più al sicuro. Tutte cose che non volevo che nessuna provasse mai.

Portare lì alcune coppie forse sarebbe stato d'aiuto. Avrebbe permesso alle omega di incontrare degli alfa innocui, che non erano interessati a trovare una compagna perché ne avevano già una che amavano e rispettavano.

Alfa come il mio, pensai, guadagnandomi una stretta affettuosa dal maschio al mio fianco.

«Possiamo chiedere alle omega cosa ne pensano dell'idea di aggiungere altri tipi di Protettori» disse Quinn. «Ho già discusso con alcune di loro della possibilità di rivelare l'esistenza del Santuario. Chiederò cosa ne pensano anche dell'opportunità di essere corteggiate».

Inarcai un sopracciglio.

Il fatto che Quinn avesse preso in considerazione l'ipotesi del corteggiamento mi fece domandare se qualcuna delle omega avesse già espresso il suo interesse a incontrare candidati per l'accoppiamento.

Avremmo proprio dovuto affrontare una lunga conversazione, al termine dell'incontro.

«Potete cambiare il nome del Santuario, rendendo meno ovvio di cosa si tratti realmente, e dire che non è nient'altro che un nuovo territorio V-Clan».

Tutti i presenti nella sala conferenze del settore Andorra si voltarono verso Kazek, apparentemente sorpresi dal suo suggerimento.

Aggrottai la fronte.

Lorcan rimase in silenzio, riflettendo sulle parole dell'alfa.

«Cosa c'è?». Kazek si guardò intorno, per poi concentrarsi su quello che immaginavo fosse lo schermo con le facce di Kieran e Quinn. «Sicuramente avrete già considerato questa opzione. È quello che farei io in una situazione del genere: reclamare il territorio, mettere un alfa potente al comando e poi non dire a nessuno, se non agli alleati, cosa c'è davvero lì».

Silenzio.

«Non è che organizziamo spesso feste o raduni» aggiunse. «Nessuno si aspetterebbe di essere invitato sull'isola. E solo un alfa deciso a sfidare l'alfa del settore si presenterebbe senza preavviso, cosa che succederebbe comunque, se qualcuno volesse attaccare il Santuario. Almeno, così, sarebbe una prospettiva meno allettante; quale alfa vorrebbe governare un'isola sperduta nel circolo polare artico?».

Non ha tutti i torti, dissi lentamente. *Tu e Kieran ne avete già discusso?*

No. Non abbiamo pensato di cambiare nome all'isola. Eravamo più concentrati su come annunciare la sua esistenza.

«La festa che avete in mente di organizzare potrebbe riguardare la formazione del settore, piuttosto che l'annuncio di un rifugio per omega. E sarebbe anche un ottimo modo per presentare qualche alfa adatto alle omega in cerca di un compagno». Kazek si strinse nelle spalle. «È quello che farei io. E poi manderei un messaggio per assicurarmi che nessuno si azzardi mai a sfidarmi».

L'ultima parte sembrava diretta a Lorcan.

Sven sbuffò. «Probabilmente costruiresti delle fosse piene di Infetti lungo il confine per tenere tutti alla larga».

«Assolutamente» confermò Kazek. Il suo atteggiamento disinvolto mi ricordava un po' Kieran. Anche se i due alfa possedevano delle aure molto diverse, seppur altrettanto pericolose.

Quinn si schiarì la voce, e i suoi occhi incontrarono i miei. «Credo che abbiamo molto di cui parlare».

«Sì» concordai.

«Beh, è stata una conversazione illuminante» mormorò Kieran. «Penso che tutti noi abbiamo molto su cui riflettere».

«Vogliamo parlare di quello che è successo ad Outcast Island?» intervenne Ander, inarcando il sopracciglio scuro in un modo che mi ricordò Lorcan. «O è meglio rimandare la conversazione a un altro momento?».

«Penso che Cillian possa farti un resoconto» rispose Kieran. «Si è trattato per lo più di un gruppo di alfa selvaggi che dovevano essere abbattuti».

«E una manciata di sani di mente rinchiusi nei sotterranei» aggiunse Sven, facendomi accigliare.

Rinchiusi nei sotterranei?, domandai a Lorcan.

Ma lui ne sapeva quanto me. *Devono averli trovati mentre ti cercavano.*

«C'erano anche delle omega?» chiesi con il cuore in gola. *Fare aveva un altro giocattolo che considerava la sua compagna? Una di cui non ero a conoscenza?*

Sven scosse la testa. «No. Solo qualche alfa vampiro. Non siamo rimasti a fare domande, li abbiamo liberati e li abbiamo guardati fare a pezzi i loro simili».

Oh, pensai. Non avevo idea di chi si trattasse, e non ero nemmeno sicura di volerlo sapere.

Kieran si schiarì la voce. «Se non c'è altro, vi ricontatteremo non appena avremo preso una decisione su come procedere». Si interruppe, in attesa che qualcuno dicesse qualcosa. Quando tutti rimasero in silenzio, aggiunse: «Ho sentito che vi lasceremo un jet stealth. Consideratelo un segno della nostra gratitudine». Mentre parlava, il suo sguardo si posò su Lorcan. Poi lo schermo diventò tutto nero.

Cillian grugnì e scosse la testa, ma stava sorridendo. «*Compagni fuori di testa*» borbottò. «Ricordatemi di non prendermi mai un'omega».

«Te lo ricorderò quando finalmente cederai alle pressioni di Ivana» rispose Lorcan, avvicinando il dito al pulsante per chiudere la chiamata. «A presto».

Tutti gli schermi diventarono neri. Non capii se "a presto" fosse un semplice congedo generico, oppure se intendeva dire che glielo avrebbe ricordato quanto prima.

Considerando quello che avevo sentito nella sua mente sull'insistenza di Ivana nei confronti di Cillian, probabilmente si trattava della prima ipotesi.

Penso proprio di voler conoscere quest'omega, gli dissi.

Magari la incontrerai durante il prossimo furto di sangue, rispose. Mi lanciò un'occhiata con un luccichio divertito nello sguardo. *Se non sbaglio, è stata incaricata di preparare la consegna*.

Aggrottai la fronte. *Cosa?*

«Pensi che non sappia della tua abitudine di rubare le nostre provviste?» chiese, inarcando il solito maledetto sopracciglio. «È stata una delle prime cose che ho sentito nella tua mente, dopo averti morsa».

«Oh». Arricciai le labbra di lato. «Non ho nessuna intenzione di scusarmi».

«Non ti ho chiesto di farlo». Mi sfiorò la guancia con un bacio. «Ma ho già preso accordi con Cillian per far preparare una spedizione trimestrale per il Santuario. Quindi, niente più scorribande nel settore Blood».

«E se mi piacessero quelle scorribande?».

«Allora andremo insieme» rispose. «Ti mostrerò alcuni dei miei posti preferiti in cui correre. Magari troveremo anche una caverna di ghiaccio dove farci le coccole».

La mia lupa raddrizzò le orecchie, felice e piena di aspettative. Doveva aver capito la promessa nel tono di lui. «Mi piace come idea».

«Anche a me». Strofinò il naso sul mio collo e arretrò. «Prima, però, dobbiamo telefonare a Kieran e discutere con lui e Quinnlynn del Santuario».

«Sì» concordai. «Ho diverse domande».

«Lo so». Digitò qualcosa sullo schermo proiettato dal suo orologio e, trovando il nome di Kieran, premette il pulsante di chiamata.

Squillò una volta, prima che l'altro alfa rispondesse. Lui e Quinn erano ancora nella stessa sala conferenze.

«Eravamo sicuri che avreste chiamato» commentò Kieran. «Lascio la parola a Quinnlynn. Vi aggiornerà lei».

LORCAN

Due settimane più tardi...

Trovai Kyra nella mia vecchia tana, stava osservando il suo riflesso nello specchio con un'espressione contrariata.

Indossava un abito nero, con la schiena scoperta fino alla base della spina dorsale.

Era incredibilmente sexy.

Anche se, a dire il vero, qualsiasi cosa si mettesse era sexy per me. Soprattutto perché adoravo fantasticare di strappargliela di dosso.

Jeans. Maglioni. Asciugamani. E ora vestiti eleganti...

Il mio nodo pulsava, pronto all'azione. Erano passate diverse ore dall'ultima volta che ero stato dentro di lei, perché aveva trascorso la maggior parte della serata con Quinnlynn a prepararsi per l'evento.

«Ho un aspetto ridicolo» borbottò Kyra. «Perché queste cose richiedono sempre un abbigliamento formale?».

Mi misi alle sue spalle, stringendole i fianchi e incontrando il suo sguardo nello specchio. «Hai un aspetto meraviglioso, Kyra» la corressi. «E, onestamente, non ne ho idea. Penso riguardi l'importanza dell'evento».

Kyra grugnì. «Beh, a me sembra una stupidaggine». Si voltò, restando tra le mie braccia. Le sue mani si posarono sul mio petto, mentre il suo sguardo danzava su di me. «Anche se... non mi dispiace come ti sta questo vestito».

Sorrisi. «È un complimento?».

«Vuoi che ti faccia un complimento?».

«No» mentii.

«Allora non lo è» disse lei, con un luccichio malizioso negli occhi verdi. *Lascerò che sia il mio odore a farti capire come mi fa sentire vederti così*, aggiunse mentalmente. Il suo profumo agrumato mi stuzzicò i sensi.

Premetti la mia erezione sul suo ventre, afferrandole la nuca con una mano e lasciando l'altra a stringerle il fianco. *Il sentimento è reciproco, compagna.*

Cominciò a sorridere, ma la interruppi con un bacio appassionato, sentendo improvvisamente il bisogno di marchiarla come mia. Le labbra gonfie sarebbero state sufficienti, così come il mio odore sul suo splendido corpo.

Le sfuggì una risatina quando sfregai la mascella lungo il suo collo, per poi risalire verso la guancia. *Hai intenzione di pisciarmi addosso?*, mi prese in giro.

Non tentarmi.

Fallo, e ti ucciderò davvero, alfa.

E ora mi stai provocando di nuovo parlando di preliminari, le sospirai nella mente. *Sarò costretto a passare la serata con il cazzo duro, davanti a tutte quelle omega...*

Kyra mi afferrò le spalle, conficcandomi le unghie nella giacca nera. *Non pensarci neanche, di andare in cerca di un'altra omega.*

Ghignai e le baciai la gola. *Quella che ho mi basta e avanza. Non ho nessun desiderio di trovarmene un'altra.*

Lei mugolò, emettendo un suono vagamente provocante.

Sei pronta per stasera?, le chiesi, cambiando argomento e parlando di cose serie. *Perché dopo tutto questo non potremo più tornare indietro.*

Dopo lunghe conversazioni con Kieran, Quinnlynn e diverse omega del Santuario, avevamo deciso di cambiare nome all'isola e seguire il consiglio di Kazek, creando un nuovo territorio che il resto del mondo avrebbe visto semplicemente come un altro settore V-Clan. Solo i nostri alleati più fidati sarebbero stati a conoscenza del suo vero scopo.

Dovrei essere io a farti quella domanda, mormorò Kyra. *Stai per essere nominato principe alfa.*

E tu la mia principessa, ribattei.

Oh, io sono solo un accessorio elegante. Sei tu che dovrai difendere il titolo.

Sbuffai. *Sono sicuro che mi aiuterai a farlo, compagna.*

Sì, ma il resto del mondo non lo sa. Io sono solo una fragile bambolina che esiste per prendere il nodo di un alfa. Sbatté pudicamente le ciglia, con un atteggiamento talmente distante da ciò che era davvero che non potei evitare di ridere.

Chiunque ti abbia conosciuta saprebbe subito che è una bugia, Kyra.

Sì, ma quelli che ci conoscono non sono nostri nemici, mi fece notare. *Per il mondo esterno, sono una piccola omega mansueta, dolce e malleabile. L'arma perfetta. Perché nessuno si aspetterà mai che tiri fuori gli artigli.*

Vero, concessi. Nonostante la sua fama di assassina di alfa fosse diffusa tra i lupi V-Clan, non era altrettanto nota all'esterno della nostra specie. Era davvero l'arma ideale per proteggere il nostro nuovo territorio. E non potevo essere più felice di averla al mio fianco.

Soprattutto quella sera.

Non perché avessi bisogno di un'arma segreta, ma perché avevo bisogno della mia compagna. Per aiutarmi a orientarmi in società e ad accettare il mio nuovo ruolo di principe alfa.

Avevo trascorso mille anni come Élite, nascondendomi nell'ombra e proteggendo mio cugino.

Al ricevimento, avrei avuto tutti gli occhi su di me.

Non troppo a lungo, per fortuna.

Dopo la presentazione del nuovo territorio V-Clan, Quinnlynn e Kieran avrebbero preso la parola per fare un annuncio molto più importante. Un annuncio che avrebbe rubato la scena e mi avrebbe tenuto lontano dai riflettori per il resto della serata.

Tutti gli alfa sapevano di cosa si trattava. Le voci avevano già iniziato a circolare all'inizio della settimana, quando il principe Cael si era lasciato sfuggire alcuni dettagli chiave con le persone giuste.

Lo aveva fatto apposta, ovviamente.

E ora tutti chiedevano a gran voce informazioni sulle dodici omega alla ricerca di un compagno.

Quando Quinnlynn e Kyra erano tornate al Santuario per parlare con le omega, alcune di loro si erano dimostrate incuriosite dall'idea di essere corteggiate. Molte non erano pronte, ma una manciata aveva espresso interesse a sondare il terreno.

Kieran aveva acconsentito a organizzare un programma di corteggiamento nel settore Blood. Tecnicamente, era Quinnlynn a essere al comando, mentre Kieran si occupava della sicurezza.

Gli alfa potevano chiedere di essere presentati a un'omega.

E le omega avrebbero deciso se quegli alfa erano qualificati per il corteggiamento.

Le omega, inoltre, potevano lasciare il programma in qualsiasi momento, decidendo di restare senza un compagno. Così come gli alfa potevano ritirare la loro candidatura, nel caso non fossero più interessati a prendersi una compagna.

Non invidiavo l'impegno che si erano presi Kieran e Quinnlynn con quel programma. Sebbene, a un certo punto, anche io e Kyra saremmo stati coinvolti. Lo scopo, infatti, era di riportare la maggior parte delle coppie sull'isola, per aumentare il numero degli alfa presenti e assicurare al tempo stesso il benessere delle omega.

«Le abitanti del Santuario ti hanno accettato in fretta perché sei accoppiato con me, e mi conoscono» aveva sottolineato Kyra durante le nostre discussioni. «Per quanto sia una buona idea accogliere le nuove coppie, sia le omega che gli alfa sono dei perfetti estranei per noi».

La questione era stata sollevata dopo che avevo accennato alla tiepida accoglienza riservata ad alcuni degli alfa che si erano trasferiti nel Santuario con le loro compagne; gran parte delle omega non era sembrata molto cordiale nei loro confronti.

«Ci vorrà tempo per fidarci di loro e vederli come parte del branco» aveva continuato Kyra. «Ma se un'omega come... oh, non saprei, un'omega come *Jas*, per esempio, portasse a casa un alfa, le altre si fiderebbero più in fretta di lui. Perché tutte si fidano già di Jas».

Era stato quel ragionamento ad aver spinto Quinnlynn a prendere seriamente in considerazione quello che aveva detto Ander sul corteggiamento, nonché il fatto che alcune omega avessero espresso il loro interesse a incontrare un alfa. Così, lei e Kyra ne avevano parlato con altre abitanti del Santuario.

E ora eravamo lì ad annunciarlo al settore Blood, a

diversi alfa appartenenti ad altri settori V-Clan e a una manciata di lupi X-Clan.

Tuttavia, gli X-Clan presenti non erano interessati personalmente al programma di corteggiamento. Avevano già tutti una compagna. Ma avrebbero potuto suggerire ad alcuni alfa fidati di partecipare; Kieran era ovviamente d'accordo.

Kyra mi accarezzò le braccia coperte dalla giacca, senza distogliere gli occhi verdi dai miei. «Pronto?» chiese.

Annuii. Avevo la mano ancora avvolta intorno alla sua nuca, quando ci teletrasportai nella sala da ballo nel cuore del palazzo del settore Blood. Era la stessa in cui mi ero trovato alcune settimane prima per l'incoronazione di Kieran. Solo che, stavolta, non avrei tentato di mimetizzarmi con le pareti, né sarei stato al suo fianco.

No, stavolta mi diressi verso la parte posteriore del palco, appena fuori dalle porte principali.

Kieran e Quinnlynn erano già lì, in attesa del nostro arrivo. Il primo indossava un completo nero, proprio come il mio. Il vestito di Quinnlynn, invece, era granata e lasciava intravedere la protuberanza all'altezza del ventre. La futura erede, o il futuro erede, del settore Blood.

«Ah, ti entra!» disse Quinnlynn, osservando l'abito di Kyra.

Kyra arricciò le labbra di lato. «Purtroppo». Guardò la sua migliore amica. «L'ho messo solo per te, lo sai, vero?».

«Sì».

«È anche l'unico motivo per cui sono nel settore Blood» insistette Kyra. «Sia adesso, che *prima*» aggiunse con un'occhiata eloquente a Kieran.

«Lo so» disse Quinnlynn.

«E per cui mi sono accoppiata con lui» continuò, indicandomi con un cenno del pollice.

«Lo so» ripeté Quinnlynn, il suo tono era leggermente esasperato.

«Quindi non azzardarti a dire che non ho mai fatto nulla per te. Ho fatto un sacco di cose. Come mettermi questo vestito».

Quinnlynn alzò gli occhi al cielo. «Lo so, la tua vita è così dura».

«Lo è!» affermò Kyra. «Sai quanto piace scoparmi a quel maledetto alfa? E quanto spesso? E quant'è *dura*?».

Kyra, mormorai.

Non ho finito. «È davvero dura, Quinn. *Super dura*, cazzo».

La Regina del settore Blood scosse la testa. «Non so cosa fare con te».

«Beh, potresti ringraziarmi» suggerì Kyra.

«Per cosa?» chiese Quinnlynn. «Per il vestito? Per il compagno che chiaramente adori? Per avermi portato il compagno che amo?».

Kyra ci rifletté sopra per un attimo, poi annuì. «Sì, tutte e tre».

Quinnlynn le lanciò un'occhiata. «O per averti dato un settore, rendendoti una principessa?».

«Ah, sicuramente anche per quello» disse Kyra. «Sarà un sacco di lavoro, sai».

«Lo so bene» rispose Quinnlynn. «Essendo stata una principessa io stessa. E ora una regina...».

Kyra annuì. «Eh, visto?!».

Le due omega rimasero in silenzio per un istante, poi Kyra ridacchiò e strinse l'amica in un abbraccio.

«Ti voglio bene» sussurrò all'orecchio di Quinnlynn. «Sai anche questo, vero?».

«Sì».

«Bene. E sono veramente contenta per te».

«Anch'io» mormorò, spostando lo sguardo su di me e su Kieran. «Ti voglio bene, Kyra».

Kyra la strinse ancora di più a sé, poi la lasciò andare. «Okay. Immagino che sia ora o mai più».

«Ora, assolutamente» intervenne Kieran, avvolgendo un braccio intorno alla vita di Quinnlynn, mentre il suo sguardo si posava su un gruppetto di omega lì accanto. Sarebbero state presentate nel corso della serata come omega in cerca di un compagno.

Le osservai anch'io, sentendo un bisogno innato di proteggerle.

Quelle omega erano parte del *mio* settore, e ciò le rendeva una mia responsabilità.

Tuttavia, sarebbero rimaste temporaneamente nel settore Blood per partecipare al programma di accoppiamento. Quindi, tecnicamente, al momento erano più sotto la protezione di Kieran, che la mia.

«Andiamo» lo sentii dire alla sua compagna. Avrebbe fatto sapere a me e Kyra quando sarebbe stato il momento di unirci a loro.

Quinnlynn diede una leggera stretta alla spalla di Kyra, poi uscì con Kieran dalle porte principali, salendo sul palco rialzato. Camminarono con grazia verso la ringhiera che sovrastava la sala, sollevando le braccia per salutare i presenti.

Guardai Kyra, posando la mano alla base della sua schiena. *Sei pronta a portare questo accoppiamento di convenienza a un altro livello?*

I suoi occhi da gatta scintillarono nella luce bassa della sala, che ricordava quella delle candele. *Sì.*

Bene, risposi, inclinando la testa verso Kieran e Quinnlynn. *Perché sto per fare di te la mia vera compagna.*

Non ci ha già pensato il tuo nodo?

Dovetti trattenere un sorriso. *Molte volte.*

Allora cosa c'è di diverso, adesso?

Adesso? Adesso mi assicurerò che ogni alfa presente nella stanza sappia che sei mia. Perché quel vestito ha un aspetto fin troppo peccaminoso.

E le omega?

Oh, lo sanno già, promisi. *Il mio lupo si è preso una cotta per te fin dal momento in cui mi hai morso, mentre architettavi il mio omicidio. Nessun'altra ha mai avuto una possibilità. Come confermato dall'espressione che ho quando ti guardo. Il mio lupo non nasconde nulla. E nemmeno io.*

«Benvenuti!» salutò Kieran, rivolto ai presenti. «Io e la regina Quinnlynn siamo felici che abbiate potuto unirvi a noi, perché abbiamo diversi annunci. Il primo riguarda la formazione di un nuovo settore V-Clan».

Ascoltammo Kieran illustrare la rivendicazione di un nuovo territorio vicino al circolo polare artico. Evitò accuratamente di condividerne la posizione esatta o il modo in cui era stato fondato, limitandosi a informare tutti della sua esistenza. E del bisogno di assegnare a me, il cugino troppo potente, un nuovo settore da governare.

Creare un nuovo settore era una pratica comune, quando due alfa erano in competizione e avevano più o meno la stessa forza. Invece di provare a condividere il branco, spesso si separavano e ne creavano uno nuovo.

La spiegazione di Kieran lasciava poco spazio alle domande e faceva capire che sfidarmi era una pessima idea. Perché stava essenzialmente dicendo che non voleva lottare contro di me per il dominio del settore Blood, preferendo aiutarmi a crearne uno nuovo.

Non era esattamente vero, visto che il Santuario esisteva già, ma solo i principi alfa, alcuni lupi X-Clan e una manciata di alfa diventati Protettori erano a conoscenza dei segreti dell'isola.

Con un po' di fortuna, le cose sarebbero rimaste tali.

«Beh, immagino sia il caso di andare dritti al punto, allora» disse Kieran spostandosi di lato, e con lui Quinnlynn. «Lorcan, Kyra, potete unirvi a noi?».

Ora o mai più, pensai rivolto a Kyra, mentre nella sala risuonavano gli applausi.

Ora, rispose, e i suoi tacchi riecheggiarono sul palco, man mano che attraversavamo le porte e ci mostravamo alla vista.

Iniziò a sollevare la mano in segno di saluto, ma io non ero ancora pronto. Premetti invece la bocca sul suo collo, mordendola appena, in modo che tutti vedessero. Perché quell'omega era mia, e volevo che il mondo intero lo sapesse.

Ma per Kyra non era abbastanza.

Ovviamente.

La piccola strega mi afferrò la giacca e si mise in punta di piedi per ripetere il gesto sulla mia gola, con la sua lupa che per tutto il tempo mi guardava attraverso i suoi occhi. *Neanch'io mi nascondo, alfa*, mi disse, riferendosi al mio precedente commento. *Sei mio.*

E tu sei mia, risposi. *La mia compagna di convenienza.*

Incredibilmente conveniente, replicò, con le iridi che brillavano di divertimento. *Il mio vero compagno.*

Sì, confermai, strofinando il naso sul suo. *Il mio amore.*

Amore?, ripeté, senza distogliere lo sguardo dal mio. *Penso che mi piaccia.*

Anche a me, ammisi. *È meglio di "assassina di alfa"?*

Sì.

Meglio di "compagna"?

Forse è lo stesso, rispose.

Cosa ne dici di… ti amo, compagna. Non la espressi come una domanda, ma come un'affermazione. Perché non era una domanda. Sapevo come mi sentivo. Quella donna era mia. Nel bene e nel male. Per tutta l'eternità.

Mi piace molto, sussurrò. *Ti amo anch'io… compagno*.

A quel punto sorrisi, perché non contava nient'altro. E la baciai. Appassionatamente. *Con amore*.

Un tempo ero convinto di non volermi accoppiare.

Mi sbagliavo.

Lo avevo capito conoscendo Kyra.

Era la compagna ideale. La *mia* compagna. E non avrei voluto che le cose stessero diversamente.

La risatina di Kieran si fece strada a stento tra i miei pensieri, perché tutta la mia attenzione era rivolta a Kyra.

Ma poi annunciò: «Vi presento il Principe e la Principessa del settore Night». Le sue parole rimbombarono nella stanza, seguite da un coro di ululati che ne sottolineava l'importanza.

Perché aveva appena annunciato il mio futuro.

Il *nostro* futuro.

Come Principe e Principessa del settore Night.

EPILOGO

CILLIAN

Sorseggiai il mio vino corretto al sangue nell'ombra, con le labbra che minacciavano di incurvarsi in un sorriso.

Principe Lorcan, commentai, divertito, reagendo all'annuncio di Kieran sul nuovo Principe e sulla nuova Principessa del settore Night. *Suona bene, vero?*

Sì, concordò Kieran. *E anche principe Cillian.*

Sbuffai. *No, per niente.*

Mmh, mormorò Kieran. *Vedremo.*

No, non vedremo un bel nulla, ribattei, scrutando la sala per osservare le reazioni dei presenti alla notizia del nuovo territorio di Lorcan.

Indugiando su quelle di due lupi in particolare, Myon e Fritz. Non volevo che partecipassero, ma era stata Quinnlynn a richiedere la loro presenza. Aveva detto che non poteva incolparli per quello che aveva fatto Fare.

Non ero d'accordo.

Per questo li tenevo mentalmente al guinzaglio.

I loro pensieri più superficiali sembravano tranquilli.

Per il momento. Ma non sarei stato lontano; sfruttando le mie abilità telepatiche, avrei mantenuto una costante sorveglianza delle loro teste.

Non mi fidavo di loro.

Cazzo, non mi fidavo della maggior parte dei lupi presenti.

Ma era normale, per chi era in grado di leggere la mente. Sentivo i loro desideri. Le loro verità. Le loro gelosie. Le loro paure.

Tutto.

Mi faceva venire il mal di testa.

D'altro canto, il mio compito era quello di ascoltare. E fu quello che feci, quando Kieran annunciò la creazione del programma per l'accoppiamento delle omega.

L'interesse degli alfa aumentò del mille per cento. Alcuni pensieri erano così volgari che non ebbi altra scelta che prendere un altro bicchiere di vino. Ne avevo già bevuto metà prima che avessero terminato di presentare le prime due omega.

Quinnlynn aveva preparato una breve introduzione per ogni candidata, che si concentrava principalmente sul nome e la specie di appartenenza. La maggior parte erano lupe V-Clan, ma c'erano anche una vampira, una lupa Z-Clan e una W-Clan.

Afferrai il terzo bicchiere da un vassoio mentre veniva rivelata l'ultima candidata.

Dodici omega.

Tutte desiderose di un alfa.

Sarebbe stato un incubo da supervisionare. Ma capivo perché Kieran si fosse offerto di ospitare il programma nel nostro settore. Avevamo le risorse migliori per occuparcene. E non potevamo sicuramente farlo nel settore Night.

«La nostra tredicesima candidata è un'aggiunta dell'ultimo minuto» disse Quinnlynn, facendomi aggrottare la fronte e alzare lo sguardo sul palco.

Cosa?, chiesi mentalmente a Kieran. *Non sono stato informato di una tredicesima candidata.*

No, confermò.

Stavo per domandargliene il motivo, quando Ivana salì sulla piattaforma. I suoi capelli biondo platino scintillavano nella luce soffusa.

«Ivana è un'omega V-Clan che viene dal settore Blood. I suoi interessi spaziano tra l'analisi, la tecnologia e le armi». Le parole di Quinnlynn aleggiarono nella stanza, facendomi stringere il bicchiere fin quasi a romperlo.

Cosa?!, domandai. *Che cazzo, Kieran?!*

Cosa c'è?, ribatté lui. *Ti ho detto che abbiamo offerto questa opzione anche alle omega del settore Blood. Ivana ha espresso il suo interesse, così Quinnlynn l'ha aggiunta al programma. È un problema?*

Sì, è un fottuto problema, pensai. Ma le parole erano rivolte a me stesso, non a lui.

Cillian?, mi esortò Kieran.

Svuotai il bicchiere e lo posai lì accanto. *Va tutto bene.*

Non andava bene per niente.

Come cazzo avrei fatto a supervisionare un programma con Ivana tra le candidate all'accoppiamento?

Aspettai la fine della cerimonia rimanendo in disparte, le ombre intorno a me erano oscure quanto i miei pensieri.

Ivana si è candidata. Perché è alla ricerca di un compagno alfa.

Era uno sviluppo… inaspettato. Eppure, al tempo stesso non lo era.

Era assolutamente stupenda. Così bella che faceva male guardarla. Soprattutto perché non aveva mai fatto mistero del suo desiderio nei miei confronti. E io avevo avuto bisogno di tutto il mio autocontrollo, fisico e mentale, per rifiutare le sue avance.

Meritava di meglio. Un alfa che potesse dedicare la vita solo e soltanto a lei.

Quell'alfa non ero io.

Kieran era la mia priorità e lo sarebbe sempre stato.

Ivana aveva bisogno di un alfa che la mettesse davanti a tutto il resto.

Lo troverà grazie al programma? Esiste un uomo degno di lei?

Aveva una mente così tranquilla. Rifletteva sempre, ma mai in modo chiassoso. Ed era anche una delle poche persone in grado di mascherare i pensieri in mia presenza.

Questo la rendeva facile da frequentare. E allo stesso tempo difficile.

La guardai attraversare la stanza, muovendosi con una grazia che ammirarono in molti.

È quel maledetto vestito, pensai, osservando lo spacco che arrivava fino a metà coscia. *Rivela così tanto… e non abbastanza.*

Aveva i lunghi capelli quasi bianchi raccolti in cima alla testa. I riccioli provocavano le mie dita, che fremevano dal desiderio di sapere se fossero morbidi quanto sembravano.

E i suoi occhi.

Cazzo, i suoi occhi.

Azzurro argenteo. *Come il ghiaccio.*

Oh, quella donna era assolutamente divina.

E, a quanto sembrava, aveva deciso di partecipare a un programma per trovare un compagno.

Che cazzo?, pensai di nuovo. *Perché non me l'ha detto?*

Mi parlava sempre di tutto, anche quando non volevo. Ultimamente, però, era stata… distante.

Aggrottai la fronte. A dire il vero, era stata distante fin dall'incoronazione. Non si era più presentata nei miei nascondigli per fare due chiacchiere.

Non me ne ero reso conto fino a quel momento. Ma era da quella sera che non si avvicinava a me. E ormai era passato quasi un mese.

Perché?, mi domandai, andando verso di lei.

L'ultima volta che l'avevo vista, mi era sembrata turbata. Ricordai di aver notato che aveva le spalle stranamente afflosciate.

Al momento, però, non lo erano. Erano dritte come al solito, mostrando la sicurezza di sé che la contraddistingueva. Quindi, qualsiasi cosa fosse successa quella sera, doveva averla superata.

Avevo provato a seguirla per scoprire cosa fosse accaduto, ma era sparita prima che potessi raggiungerla. E non avrei tirato fuori l'argomento proprio adesso.

No, le avrei chiesto invece: «Cosa diavolo stai facendo?».

Ivana si voltò verso di me, aggrottando la fronte. «Scusa?».

Okay. Non... non era quello che avevo intenzione di chiederle. «Hai deciso di partecipare al programma. Perché?».

Incrociò le braccia snelle sul suo splendido seno. «In che altro modo riuscirei a trovare qualcuno di *più adatto*?» chiese con uno strano tono di voce, facendomi aggrottare a mia volta la fronte.

«Cosa?».

«Sai, un alfa che possa apprezzare... com'era? Oh, giusto. La mia *sfrontatezza*, una delle mie tante *sgradevoli qualità*».

La guardai stranito. «Cosa?» ripetei ancora una volta. Non avevo la più pallida idea di cosa stesse parlando.

«Sei stato tu a dire che dovevo cercare un compagno più adatto, uno a cui non avrebbe dato fastidio la mia...». Alzò gli occhi, come fingendo di riflettere, poi schioccò le dita. «La mia propensione a dare ordini agli alfa. Forse troverò quel compagno attraverso il programma. Forse gli piaceranno anche i miei *giochetti infantili*».

Okay, un attimo… «Ivana…».

«Tranquillo, Cillian. Ho già detto a Quinnlynn che sarò felice di trasferirmi nel settore Night. Presto non dovrai più preoccuparti della mia sgradevole compagnia». Mi diede un paio di pacche sul braccio e si smaterializzò prima che potessi rispondere.

Non che sapessi cosa dire.

Perché… *cazzo*.

Aveva sentito tutto quello che avevo confessato a Lorcan alla cerimonia di incoronazione.

Quella maledetta lupa era sempre in agguato, e la sua abilità nel mimetizzarsi tra le ombre rivaleggiava con la mia. Era così che riusciva sempre a trovare i miei nascondigli preferiti.

Una volta le avevo detto che origliare l'avrebbe fatta finire nei guai. Ma sembrava che non fosse lei quella nei guai, ma io e la mia boccaccia.

Merda.

Un'immagine di lei la sera dell'incoronazione mi balenò nella mente; aveva le spalle afflosciate in un modo che mi aveva fatto capire che qualcuno l'aveva ferita.

Avevo minacciato di uccidere chiunque avesse osato turbarla o rifiutarla.

E Lorcan aveva risposto che, tecnicamente, io la rifiutavo sempre. E mi aveva chiesto se avrei punito me stesso.

Digrignai i denti.

Dannazione.

Ero stato *io* a farle del male, quella sera.

E ora stava entrando nel programma per trovare un nuovo alfa.

Perché si era finalmente arresa, rinunciando a me.

Era stato il mio obiettivo per anni. Volevo che trovasse un compagno più adatto. Ma la realtà… Capire che stavo per perderla per sempre…

Faceva schifo.

I capelli biondo platino di Ivana attirarono la mia attenzione. Era dall'altro lato della sala e aveva le labbra incurvate in un sorriso educato, mentre il principe Cael si chinava a baciarle la mano. Nei suoi occhi si accese un interesse che conoscevo *molto* bene. Un interesse che un tempo era riservato solo a me.

No, pensai. *Cazzo. No.*

L'avevo allontanata. L'avevo ferita. L'avevo *rifiutata.*

Non la meritavo.

Ma ciò non aveva mai impedito al mio lupo di desiderarla.

E ora era furioso, esigeva che la rivendicassi. *Mordila. Scopala. Prendila.*

Deglutii, tentando di tenere a bada quell'impulso ferino.

Che però aumentò a ogni secondo che passava, mentre guardavo il principe Cael farla ridere. *È mia*, sembrava ringhiare il mio animale interiore. *Quella femmina è mia.*

Solo che non era affatto mia.

Era un'omega disponibile.

Parte di un programma che avevo il compito di supervisionare.

Sembri pronto a uccidere il principe Cael, mormorò Kieran, materializzandosi al mio fianco. *Ha fatto qualcosa di cui dovrei preoccuparmi?*

Digrignai i denti e lo fulminai con lo sguardo. *Sta flirtando con Ivana.*

E quindi?

E quindi niente, sbottai. *È un'omega disponibile, no?*

Lo è, confermò. *A meno che non lo sia…*

Non dissi nulla.

Ci sarà da divertirsi nel corso delle prossime settimane, commentò Kieran. *Fammi sapere se vuoi essere aggiunto anche tu alla lista dei pretendenti. Hai fino a domani per decidere…*

La storia di Ivana e Cillian continua in *Il settore Eclipse*!

Il settore Eclipse

Un tempo amavo un alfa.
Un Élite irraggiungibile.
Un ex principe V-Clan.

Ero convinta che avessimo una connessione.
Un legame unico, fondato su valori e aspirazioni comuni.
Poi, con poche parole, è riuscito a spezzarmi il cuore.

Non mi vuole? Bene. Troverò un alfa che la pensa diversamente.
Ed è così che mi sono ritrovata sul palco, come la tredicesima candidata del programma per le omega disponibili all'accoppiamento.

Ma c'è un piccolo problema: l'alfa che mi ha spezzato il cuore è incaricato di supervisionare tutte le attività. Ciò significa che è al corrente di ogni colloquio. Di ogni appuntamento. Di ogni *bacio*.

Come faccio a trovare un compagno adatto a me, con quegli occhi ardenti che osservano ogni mia mossa?
Sussurrandomi commenti possessivi all'orecchio…
Ringhiando a ogni maschio che mi guarda…
Aggirandosi intorno al mio nido…

Il fatto che qualcuno stia attaccando le omega che partecipano al programma non aiuta.
Perché ora il mio alfa è ancora più territoriale, la sua natura feroce ancora più marcata.
Si rifiuta di lasciarmi sola.
E ha promesso di fare tutto il necessario per proteggermi.
Anche a costo di reclamarmi.

Nota dell'Autrice: Questo è un romanzo autoconclusivo sui mutaforma con elementi dell'Omegaverse. Ci sono dinamiche alfa, beta e omega con nodi, nidi e morsi. Per maggiori dettagli, assicuratevi di leggere le avvertenze sui contenuti presenti nell'introduzione.

La scrittrice di Bestseller per *USA Today* Lexi C. Foss è un'autrice persa nel mondo della tecnologia. Vive ad Chapel Hill, in Carolina del Nord, con suo marito e i loro figli pelosi. Quando non scrive è impegnata a mettere crocette sulla lista dei posti che vuole visitare. Nella sua scrittura si ritrovano molti dei luoghi in cui è stata, tra cui il mitico mondo di Hydria, basata su Hydra, nelle isole greche. È eccentrica, consuma troppo caffè e ama nuotare.

www.LexiCFoss.com

www.ingramcontent.com/pod-product-compliance
Lightning Source LLC
LaVergne TN
LVHW050930080826
845145LV00001B/286

* 9 7 8 1 6 8 5 3 0 3 3 6 5 *